한 남자가

한 여자의

엄마가 되었다

한 남자가 한 여자의 엄마가 되었다

김명주 장편소설

자유문고

1 —★ 별똥별처럼

1

4시가 넘어서자 병원은 한가해졌다. 마지막 환자가 가고 나서 나는 손을 씻고 창가로 다가갔다. 아직 저녁이 오지 않은 길엔 햇살이 쏟아지고 있다. 처음 이곳에 왔을 때 주위에 높은 건물이 없어 길 위에 그대로 쏟아지는 따뜻한 햇살에 매료되었다. 노란색 벤치가 동네 가로수길 아래 단정하게 놓여 있는 것도 마음에 들었다. 동네 길가에 벤치라니! 병원을 내려고 서울 여기저기를 돌아다녔지만 동네에 벤치가 정겹게 놓여 있는 건 보지 못했다. 나는 그 길로 벤치가 보이는 신축상가 1층을 얼른 계약하고 병원을 열었다.

진료실 창문의 사각에 왼쪽으로 아슬아슬 걸쳐 있는 건너편 카페 앞에 몇몇 사람들이 보인다. 재잘대며 지나가는 여학생들도, 유모차를 몰고 가는 젊은 엄마도, 노란색 벤치에 우두커니 앉아 지나가는 사람들을 보는 노인들도…… 매일 조금씩 다르긴 하지만 진료실 창문으로 보이는 길의 풍경은 언제나 비슷하고 단조롭다. 17년째 병원을 열고 있는 내 삶도 그 길의 풍경과 그리 다르지 않다.

내 병원의 고객은 동물이고 나는 동물을 치료하는 수의사다. 근래 애완동물의 종류가 다양해졌지만 고객의 주류는 여전히 개와 고양이다. 손님이 밀어닥칠 때면 눈코 뜰 새 없이 바쁘게 돌아가지만 손님이 없을 때 병원은 사막처럼 고요하다. 입원한 개나 고양이들이 있지만 그들은 병원에 들어오는 순간부터 이상하리만치 조용해진다. 밥을 갖다 주면 조용히 먹을 뿐 그 어떤 활발함도 보이지 않는다. 병원에서는 응당 그래야 하는 것을 아는 것처럼 말이다.

어쨌거나 내가 하는 일은 서비스업이다. 우리 동물병원이 웬만큼 자리를 잡은 것은 서비스가 좋다고 입소문이 나서다. 그렇다고 우리 병원의 서비스라는 게 별 건 아니다. 나는 환자를 왕으로 대한다. 사소한 진료라도 최선을 다하고 주인이 불안해하지 않도록 환자의 상태를 세심히 설명한다. 그들이 나의 목줄이므로 나는 그러지 않을 수 없다. 많은 사람들이 나의 그런 태도에 단골이 되었고 병원은 빠르게 자리를 잡았다.

하지만 난 동물이 좋아 수의사가 된 건 아니다. 나는 동물을 별로 좋아하지도 않았고, 수의사는 내 인생의 퍼즐에 없던 그림이었다. 나는 우연히 들은 친구의 말에 귀가 솔깃해 수의과로 진학했고, 그것이 내 직업이 되었다. 특별히 무얼 해야겠다는 생각이 없기는 했지만, 어쩌다 인생의 향방이 정해지고 억지춘향으로 살아가는 그런 일이 내게 일어난 것이 난 가끔 어이없고 의문스럽다. 그러나 사람은 왜 태어나고 반드시 죽는지, 왜 우주는 끝없이 팽창하고 있는지, 물 불 공기 흙은 왜 생겨났는지, 끊임없이 사람으로 태어나는 영혼들은 어디서 오는지 등등에 대한 의문이 해소되지 않는 것처럼, 내 삶에 대한 의문은 언제나 의문에 그치고 동물병원 외 다른 일을 생각하는 일은 없다. 이미 나는 이 길을 너무 오래, 또 많이 와버렸다.

동물병원의 일은 언제나 단순하다. 집중과 긴장이 필요한 수술 외에는 감기에는 감기약, 몸살에는 몸살약, 두통에는 두통약을 처방하는 것처럼 동물치료는 어느 정도의 다람쥐쳇바퀴를 벗어나지 않는다. 그런 탓에 나는 늘 비슷한 병원일에 가끔 진력이 난다. 하지만 동물병원을 개업한 후 내게 다른 선택지는 없다. 매일 동물병원 문을 열고 닫는 것이 내 일상의 모습이고 더 이상의 꿈도 비전도 특별히 없다. 그저 할 수 있을 때까지 동물병원을 유지하는 것, 그러면서 늙어가는 것, 그것이 전부다. 그래서 나는 가끔 생각한다. 도대체 나는 왜 사는 거지? 이렇게 살려고……

2

"인생이 뭐 별 거라고 그런 고민을 해."

간만에 만난 영수는 내 고민에 심드렁한 표정을 지었다.

"먹고 자고 즐기고 그렇게 늙어 가는 거지."

"그렇게 사는 게 만족스러워?"

"아니. 별로지. 그래서 난 사랑을 해. 그건 정말 익사이팅하거든."

"그래서 사랑을 한다고?"

"삶은 너무 뻔해. 머리 좋은 사람들은 그 단조로운 삶에 미쳐버릴지도 몰라. 매일 먹고 자고 일하고 먹고 자고 일하고. 그게 할 짓이야? 그래서 나는 가끔 밥을 보면 짜증이 나. 맨날 먹어야 한다는 사실이. 그 단조로움을 피하려고 이것저것 맛집 찾아다니는 사람도 많지만 그것도 한심한 짓이지. 먹으려고 태어난 것도 아닌데 이거 맛있네 저거 맛있네 하면서 세월 보내는 게 제정신이냐고. 하지만 사랑은 달라. 거긴 늘 사막의 오아시스 같은 긴장과 서스펜스, 환희와 희열이 있어. 결혼은 했지만 내가 사랑을 포기할 수 없는 이유가 그거야. 너도 사랑을 해봐. 그럼 인생이 달라질 테니까."

대기업 부장인 그는 부유한 집안의 장남이다. 그는 그 나이대에 갖기 힘든 별장도 있다. 물론 그건 자기 능력으로 산 게 아니라 기업가인 그의 아버지가 준 거다. 고등학교 때부터 죽마고우인 나를 그는 가끔 별장에 초대한다. 거기서 가족 모임을 할 때 그는 정말 모범적인 가장의 모습을 보여준다. 고기를 굽고 자기 와이프와 아들 입에 고기를 넣어주고.

그러나 나만 별장으로 부를 때는 그는 전혀 딴 사람이 된다. 와인바에서 코냑을 마시며 그동안 있었던 자신의 러브스토리를 이야기하는 데 열을 올리는. '결혼은 결혼이고 사랑은 사랑이지. 그 둘이 한 사람으로 가능하다면 금상첨화겠지만 불행히도 그런 경우는 거의 없다는 게 내 경험이야. 우리 와이프도 그렇지. 결혼상대로는 무난하지만 사랑의 상대로는 아냐. 와이프랑 하는 섹스와 애인이랑 하는 섹스가 다른 게 그 증거지. 물론 와이프를 잘라낼 생각은 없어. 애인을 잘라낼 생각도 없고. 그 둘은 내 인생에 다 필요하거든. 생활로는 와이프가 필요하고 사랑은 애인이 필요하고. 마치 하나의 나무에 이런저런 가지가 필요한 것처럼. 필요 없어서 잘라버릴 가지는 없는 것처럼 말야.'

사랑에 대한 그의 논조는 나름 지성적이다. 그러나 그의 사랑은 대개 적당한 데이트, 감각적 욕망의 즐거움, 섹스의 말초적 환희로 정점을 찍는다. 영수가 거기에 사랑이라는 이름을 붙이는 데 나는 거부감을 느낀다. 적당히 몸을 섞고 적당히 감정을 주고받다가 시들해져 끝나는 그런 감정놀음에 사랑이라는 순결한 이름을 갖다 붙이는 건 어처구니없는 일이다. 적어도 사랑이라면 영육이 합일되는 절정의 상태에 이르러야 한다는 게 내 지론이며, 나는 늘 그런 사랑을 꿈꾸었다. 아내를 만났을 때에도.

아내를 만난 건 대학 본과 졸업 직전이었다. 졸업을 얼마 안 남기고 교정을 걷다가 지나가는 그녀를 보고 한눈에 빠져 대시를 했다. 여자에게 소극적이던 내게서 그런 용기가 나온 건 나도 알 수 없는 일이었다. 그녀는 아름다웠다. 그녀가 왜 그때까지 애인이 없었는지 이해할 수 없을 정도였다. 나는 나도 모르는 내 용기가 한동안 혼란스러웠지만 이내 그럴듯한 생각 하나가 떠올랐다. 우린 운명의 짝이고 그래서 나도 모르는 용기가 나온 거라고. 그동안 우리는 운명의 짝이 아닌 사람들을 흘려보내며 서로를 오래 기다려왔고, 마침내 만난 거라고. 그녀는 내 말을 순순히 믿었고 우린 이내 사랑에 빠졌다.

대시가 단번에 사랑으로 이어진 건 그게 처음이었다. 내가 여자를 만나는 일은 언제나 덜거덕거렸다. 어린 시절 첫사랑은 가슴만 태우다가 끝났고, 철들어 한 사랑도 머피의 법칙처럼 움직였다. 내가 좋아하는 여자는 나를 좋아하지 않았고, 나를 좋아하는 여자는 내가 좋아하지 않았다. 아내는 달랐다. 무턱대고 다가간 나에게 아내는 처음부터 호감을 보였다. 거기엔 내가 오셀로 공연의 연출자라는 것이 단단히 한몫했다. 그녀는 내가 수의과

전공이라는 것도 마음에 들어 했다. 내가 그녀에게 들인 공은 이루 말할 수 없었다. 국문과인 그녀의 강의시간을 체크해 내 강의시간과 겹치지 않는 빈 시간이면 언제나 그녀를 챙겼다. 강의가 끝나고 나오기를 기다리고 있다가 커피를 건네고 CD로 녹음해 둔 클래식 음악을 들려주는 일은 다반사였다.

"음! 음악 정말 좋네요. 언제 이런 걸 다 녹음했어요?"

"가끔 좋은 클래식 들으면 녹음해요."

음악을 좋아하긴 했지만 그녀를 알기 전 음악을 녹음하는 일은 없었다. 음악은 그저 듣는 것으로 족했다. 음악을 녹음한 것은 그녀의 마음을 얻기 위해 애써 머리를 짜낸 일이었다.

"요즘 남자들은 보통 가벼운데 주효씬 정신세계가 깊은 것 같아요. 셰익스피어 연출에 클래식음악까지. 보면 볼수록 매력덩어리네요."

"뭘요. 전공공부가 힘들다 보니 스트레스를 풀려고 이것저것 하는 거예요. 연극도 하고 클래식도 듣고 그러다 보면 동물들 해부하고 그런 데서 오는 스트레스가 풀리거든요."

"해부하는 거 힘들어요?"

"힘들죠. 피를 봐야 하고, 뼈를 드러내야 하고, 구역질이 나기 일쑤죠. 하지만 피해갈 순 없어요. 공부를 위해선 해부가 필수거든요. 어디에 뭐가 있는지, 무슨 문제가 있을 때는 어디를 열어야 하는지, 이런 걸 알려면 해부학 공부를 하지 않을 수 없어요."

"생명을 살리기 위해 생명을 죽여야 한다는 거네요."

"사체를 쓰기도 하고. 아무튼 그래요."

"주효씨는 좋은 수의사가 될 것 같아요."

"그걸 어떻게 아세요?"

"음악을 좋아하는 사람이 나쁜 수의사가 될 수는 없잖아요."

인턴을 나가면서 그녀에게 프러포즈를 했고 우린 결혼을 약속했다. 그러나 순조로울 것 같았던 결혼은 예상치 못한 벽에 부딪혔다. 그녀의 부모님이 반대하고 나선 것이다. 이유인즉 의사가 아닌 수의사는 사윗감으로 마땅치 않다는 것이었다.

순풍에 돛단 듯 나가던 우리 관계는 일순간 암초에 부딪혔다. 순종적인 그녀는 부모님 말을 어기지 못하고 나를 멀리했다. 바쁜 인턴생활 중에 결혼에 대한 고민까지 하게 된 나는 급기야 불면증까지 걸렸다. 간신히 불면증이 나은 뒤 더 이상 미적거릴 수 없다는 생각에 그녀 집으로 쳐들어가 그녀의 부모님 앞에 무릎을 꿇고 단도직입적으로 말했다.

"아버님 어머님! 제가 마음에 안 드신 거 압니다. 제가 수의사인 거 탐탁지 않으신 것도 압니다. 하지만 사람을 다루는 의사나 동물을 다루는 의사나 똑같이 생명을 다루는 의사입니다. 사람은 중요하고 동물은 중요하지 않은 건 아닙니다. 생명은 똑같이 소중합니다. 전 그 생명을 다루는 사람입니다. 제 환자가 뭔지를 보지 마시고 제가 어떤 사람인가를 봐주십시오. 전 소정이만을 사랑합니다. 소정이를 사랑하는 제 마음은 저의 부모님을 사랑하는 마음과 똑같습니다. 그리고 장인 장모님이 되실 두 분 역시 제 부모님처럼 사랑할 겁니다. 제발 결혼을 허락해 주십시오. 소정씨 없이 전 못삽니다."

나는 한 편의 신파 같은 열변을 토했고, 그렇게 말하는 내 눈에선 나도 모르게 닭똥 같은 눈물이 떨어졌다. 눈물이 주효했는지 내 말이 주효했는지 결혼 허락이 떨어졌다. 나중에 아내에게서 들은 말에 의하면, 아내의 부모님은 내가 그렇게 말을 잘할 줄 몰랐다고 한다. 처음에 인사를 하러 왔을 땐 말도 잘 못하고 남자답지 못해 보여 수의사 사윗감은 싫다는 핑계를 댔지만 집으로 쳐들어온 날 당당하고 바른 내 직업관에 오히려 반했다고. 그동안 나를 피한 아내에게 서운한 마음이 굴뚝같았지만 아내 역시 부모님 때문에 그동안 속을 끓였다는 걸 알자 서운함은 눈 녹듯 사라졌다.

결혼하고 얼마 후 나는 인턴을 그만 두고 병원을 차렸다. 인턴 봉급으로는 생활이 어려웠고 장인과 장모는 창업을 바랬다. 아내도 그걸 원했다. 병원을 내는 일엔 재력이 좀 있던 처가 쪽에서 도움을 주었고, 부족한 부분은 대출을 받았다. 개업 초기의 정신없는 병원일 속에서도 결혼생활은 환상적이었다. 나는 매일 천국에 있는 것 같았다. 집에 들어가면 천국이 나를 기다리고 있었고, 천국의 문을 열어주는 천사는 아내였다. 매일 주머니에 넣고 다니고 싶었던 아내가 나를 위해 밥상을 차리고 옷을 준비해 주었고, 밤마다 갖는 잠자리는 뜨거웠다. 몸이 하나가 될 때마다 영혼이 하나로 녹아드는 것을 느꼈고, 떨어져 있어도 같이 있는 느낌이 들면서 내가 꿈꾸어왔던 절정의 사랑이 마침내 이루어졌다고 나는 생각했다.

그러나 동우가 태어나면서 상황은 달라졌다. 하나의 강물이 두 줄기로 나누어질 때 자연히 그 수량이 줄어드는 것처럼 동우가 태어난 후 아내의 관심은 나누어졌고 또 그건 거의 대부분 동우에게 갔다. 동우에게 손이 갈수록 아내에게 나는 덤덤한 사람이 되었고 그런 아내에 대한 내 감정 역시 덤덤해졌다. 매일 하던 섹스가 일주일 한 달을 넘기고도 별 문제가 없는 걸 보면서 나는 깨달았다. 신혼의 뜨겁던 사랑은 그저 한여름 밤의 꿈이며, 영육이 합일되는 사랑에 이르렀다는 환희에 찬 내 감동은 완전한 착각이란 것을.

병원이 어느 정도 자리잡은 요즘의 일상은 단조롭고 편안하다. '병원 다녀올게. 네, 잘 다녀와요. 다녀왔어. 수고했어요. 오늘 저녁은 닭도리탕이에요. 맛있겠네. 아빠! 오늘 학교에서 애들

이랑 축구했어요. 아 그래. 다치지 않게 조심해. 저 드라마 재미있다. ……'

그런 일상도 내 삶의 한 동력임은 부인할 수 없다. 그러나 늘 꿈꾸었고 마침내 다가왔다고 생각한 절정의 사랑이 착각이었다는 생각이 들 때마다, 그것이 이룰 수 없는 꿈인지도 모른다는 생각이 들 때마다, 나는 허전했고 가슴 밑바닥에선 알 수 없는 갈증이 일었다.

3

내 일상만큼이나 단조로운 병원 앞길 풍경에 약간의 변화가 생겼다. 그건 병원 건너편 오른쪽으로 옷가게가 나간 곳에 약국이 들어온 거다. 일주일 전부터 그 가게에선 뚝딱거리는 소리가 그치지 않았다. 오늘은 그 약국의 개업일이다. 검은색 벤츠가 주차된 약국 앞엔 개업을 축하하는 화환이며 난들이 줄지어 있었다. 들락거리는 사람은 많지 않지만 약국을 나오는 사람들은 저마다 손에 뭔가가 들려 있었다. 그건 개업을 할 때 흔히 주는 기념품 같았다. 기념품이 뭔지 살짝 궁금했지만 이내 시큰둥해졌다. 세상에 흔한 게 약국이고, 약국의 개업선물은 관심 밖이다.

창가를 벗어나 커피포트에 물을 붓고 스위치를 올렸다. 커피 마시는 건 일과가 끝날 즈음이면 빼놓지 않고 하는 일이다. 하루

일이 끝나 커피를 마시는 시간이 되면 진료가 주는 무형의 스트레스에서 해방되는 느낌이 든다. 아무도 모르지만 나는 진료를 하면서 개나 고양이가 캥캥대고 냐옹대는 소리를 들을 때마다 비발디의 바이올린이나 라흐마니노프의 피아노 선율을 떠올린다. 진료 중에 음악을 떠올리는 것은 내가 무슨 음악 애호가이거나 음악 없이 못 사는 마니아여서가 아니다. 내가 음악을 떠올리며 진료를 하는 건 좋아하지 않는 일을 해야 하는 데서 오는 스트레스를 푸는 나만의 방식이다.

커피포트에서 어느새 물 끓는 소리가 '쏴~' 하고 났다. 아까부터 카운터에 앉아 컴을 보고 있던 김실장이 고개를 들었다.

"커피 드시게요?"

"응."

"저도 한 잔요."

그녀는 샐쭉이 웃었다.

"오케이."

김실장은 개업 후 쭉 나와 함께 병원을 지키는 직원이다. 고등학교를 졸업하고 동물이 좋아 병원에 온 그녀는 적당히 여성스럽고 수선스럽지 않아 말이 별로 없는 나와 잘 어울린다. 나는 컵 두 개에 커피믹스를 넣고 뜨거운 물을 부어, 휘휘 저어 하나를 건네주고 나도 마신다.

"맛나요! 얻어 마시는 건 다 맛있다니까요."

커피 한 모금을 마신 그녀의 멘트가 나긋하다. 나도 맛있다. 물론 거기엔 일이 끝난 뒤의 해방감이 작용한다. 커피는 기분이니까.

"근데 아까부터 뭐하는 거지?"

"쇼핑요."

"뭘 사려고?"

"남자친구 생일선물요."

"어떤 친구야?"

"그냥 친구요?"

"결혼도 생각해?"

"결혼얘기는 안 해요."

"왜?"

"아직은 그냥 친구라."

"그냥 친구?"

"네. 결혼은 엄두가 안나요. 그 사람 비정규직이거든요."

"비정규직?"

"우리 아버진 평생 임시직이었죠. 그래서 삶이 늘 불안했어요. 직장에서 잘리기 일쑤였고, 그럴 때마다 엄마가 일을 해야 했어요. 그렇게 살고 싶진 않아요."

"사람은 어때?"

“사람은 괜찮아요. 그래서 고민이에요.”

“그 사람 평생 비정규직으로 살란 법 없잖아. 인생이 나쁘게만 흘러가진 않아.”

“별로 비전 없거든요. 제가 아는 남자들 거의 백수 아니면 알바, 아니면 비정규직. 거기서 정규직 되는 사람 사막의 오아시스처럼 드물어요. 원장님은 오너라 모르시죠? 우리나라에서 정규직 아닌 사람들은 그냥 물건이라는 거. 필요하면 쓰고 쓸모없으면 버리는. 우리나라 얼마 안 가 사막이 될 거예요. 사람 없는 사막. 먹고살기도 힘들고 결혼도 힘들고 애 키우는 건 더 힘드니 이 나라가 사막이 안 되면 그게 더 이상하죠.”

그녀는 한숨을 내쉬고 다시 컴으로 시선을 돌린다. 사막이라……! 물론 언젠가 그런 때가 올 것이다. 결혼을 안 하고 애를 안 낳아서가 아니라 지구의 엔트로피가 증가하고 그 엔트로피가 포화상태가 되면 지구는 더 이상 생명이 살 수 없는 곳이 된다. 인류는 그때까지만 지구에 살 수 있다. 여긴 유한한 곳이야. 진료실로 돌아와 컴을 켜고 마우스를 움직이는데 폰이 울렸다. 아내였다.

“무슨 일이야?”

“전화하면 안 되나 뭐.”

“그건 아니고.”

"퇴근할 때 쌍화탕 좀 사와요."

"왜?"

"동우가 감기기가 있어서."

"감기?"

"응."

"갑자기 왜?"

"밖에서 놀다가 한기가 들었나봐. 학원도 안 보냈어. 당신 퇴근시간 됐으니까 올 때 사오면 되겠다 싶어 전화한 거야."

"잘했어. 하루 학원 안 간다고 어떻게 되는 것도 아니고. 쌍화탕 사 갈게."

쌍화탕은 우리집 상비약이다. 약을 싫어하는 나는 몸이 찌뿌듯하거나 몸살기가 있으면 쌍화탕부터 찾았고, 대부분 쌍화탕으로 나았다. 그 영향은 식구들한테도 미쳤다. 처음엔 왜 무조건 쌍화탕이냐고 얼굴을 찌푸리던 아내와 아들도 이젠 몸이 좀 안 좋다 싶으면 쌍화탕부터 찾는다.

퇴근길에 개업약국에 들렀다. 평소엔 집 근처 상가약국 앞 좁은 길에 차를 대고 쌍화탕을 샀지만 더 이상 그런 수고는 안 해도 된다. 약국에 들어서자 약사 가운을 입은 두 여자가 합창하듯 인사를 했다. 약사가 둘인가? 난 가볍게 목례를 했다. 그런데 눈이 마주친 두 약사 중 한 여자가 어디선가 본 듯한 느낌이 들었다. 그녀도 나를 유심히 보는 것 같았다. 내가 물끄러미 바라보자 그녀는 흠칫 내 눈길을 피하다가 다시 나를 쳐다보았다. 나를 보는 그녀의 표정은 놀란 것 같기도 했고 당황한 것 같기도 했다. 서로를 바라보던 우리 두 사람의 입에선 동시에 외마디 소리가 터져 나왔다.

"유은!"

"선배!"

반색하는 그녀를 보자 나는 아득한 우주공간을 가로질러 엄청나게 희귀한 확률로 지구에 떨어지는 한 개의 별똥별이 떠올랐다. 세상에 이런 일이! 그래 언제나 세상엔 이런 일이 있다. 우연을 가장한 필연이. 필연을 가장한 우연이.

4

그녀를 처음 만난 건 대학 연극반에서였다. 그때 난 입학 후 바로 입대한 군복무를 마치고 복학해서 어느덧 졸업반이었고 그녀는 갓 입학한 새내기였다. 당시 나는 졸업작품으로 오셀로 연출을 맡고 있었는데 적당한 데스데모나 역을 찾지 못해 고심 중이었다. 연극부원 중에는 그 역을 맡을 만한 여학생이 없어 학내공모까지 내건 상태였다. 그녀가 나타난 건 시험 삼아 데스데모나 역을 맡겨본 여학생의 연기가 마음에 들지 않아 핏대를 올린 직

후였다. 여배우 하나 때문에 삐그덕거리는 연극에 열이 받은 나는 연극부실 창가에 걸터앉아 애꿏은 담배를 피워대고 있었다.

창밖으로 학교가 한눈에 들어왔다. 4층의 연극부실에서 바라본 교정은 싱그러웠다. 행사와 특강을 알리는 플래카드가 여기저기 펄럭이고 있었고 그 아래 남녀 학생들이 삼삼오오 웃고 떠들며 지나가고 있었다.

교정은 지난 6년 동안 내가 지나온 족적으로 가득했다. 강의를 빼먹고 대낮에 친구들과 어울려 소주를 마셨던 작은 언덕의 나무그늘, 복학 뒤 뒤처지는 공부를 위해 틀어박혔던 도서관, 지나가는 여학생에 반해 따라갔다가 보기 좋게 퇴짜를 맞은 인문학 강의동 앞 분수대, 연극부실을 빼겠다는 학교당국에 맞서 학생회 간부들과 같이 쳐들어갔던 대학본관, 체육대회에서 이어달리기 대표로 나가 뛰다가 코너에서 원심력을 확보하기 위해 팔을 빙빙 돌려 과 친구들이 배를 잡고 웃었던 운동장…… 그중에서도 연극동아리 추억은 백미였다. 연극동아리 활동은 수의학 공부에서 방전된 영혼을 충전하는 배터리였다. 일 년에 한 번씩 연극이 올라갈 때면 나는 어떤 배역이라도 따냈고, 동물 해부 등으로 쌓였던 수의학 공부 스트레스를 연극으로 날려버렸다.

연극부 활동은 그 무엇과도 바꿀 수 없는 활력이었지만 해부학 실습을 하면서 머릿속으론 연극 연습을 하다가 엉뚱한 부위를 메스로 잘라 지도교수에게 혼이 나고 해부실 밖으로 쫓겨난

적도 여러 번이었고, 가끔은 손을 벤 적도 있었다. 그럴 때면 파상풍이라도 걸릴까 봐 전전긍긍했다. 우여곡절 끝에 한 편의 연극이 오르고 그 연극이 막을 내리면 까닭 없이 먹먹한 마음에 부원들과 시간 가는 줄 모르고 술을 마시며 아쉬움을 달랬다. 한 편의 연극이 끝날 때마다 내 영혼은 몇 센티씩 자라는 것 같았고, 뭔가 대단히 신나고 멋있는 인생을 살고 있다는 자부심이 들었다. 그것이 대학 6년 내내 연극동아리를 떠나지 않은 이유였다. 수의과 친구들은 그런 내가 한심하다는 듯 혀를 찼다.

"적당히 해. 그거 해서 돈이 생기냐, 떡이 생기냐? 그러다 국시 떨어지면 어쩔래? 배짱인지 뭔지 알 수가 없다. 공부가 힘들면 영화나 보면 되지 무슨 연극이야……"

그러나 연극동아리 활동은 내가 포기할 수 없는 삶의 일부였다. 전공과 연극동아리 활동은 마치 새의 두 날개처럼 대학생활에 균형을 맞춰주었다. 공부시간이 부족했음에도 성적이 좋았고 국시까지 패스할 수 있었던 것도 공부에서 오는 스트레스를 연극을 통해 풀었기에 가능한 일이었다.

연극동아리 활동이 올해로 마지막이라는 생각이 들자 허전해졌다. '뭐든 끝이 있는 거니까……' 그때 연극부 문이 슬그머니 열리더니 한 여학생이 주춤거리며 들어섰다. 그리고 수줍은 듯 창가에 앉은 나를 보고 입을 열었다.

"데스데모나 공모 보고 왔는데요."

그녀를 보는 순간 나는 그렇게 찾았던 데스데모나 감이 눈앞에 나타났다는 것을 직감했다. 적당히 큰 키에 가냘픈 몸매, 긴 머리, 그리고 어딘지 모르게 가라앉은 분위기의 그녀는 비극적인 죽음을 맞이하는 데스데모나와 잘 맞아 떨어졌다. 내 예감은 적중했다. 그녀는 누구보다도 데스데모나 역에 잘 맞았고 연기 또한 나무랄 데가 없었다. 그녀 덕분에 대학 졸업작품으로 내가 연출한 오셀로는 그야말로 대박이 났다. 공연 내내 대학신문에선 호평이 이어졌고 입소문을 들은 극단들까지 그녀를 보기 위해 공연장으로 왔다. 여기저기서 스카우트 제의가 온 것은 물론이었다.

그러나 유은은 연극이 끝난 후 연기처럼 모습을 감추었다. 어디서도 그녀를 봤다는 사람은 없었다. 연락도 되지 않았고 주소를 아는 사람도 없었다. 들리는 소문에 의하면 외국으로 나갔다고도 했고 다른 학교로 편입을 했다고도 했다. 그러나 확인된 것은 아무것도 없었다. 그런 그녀가 신기루처럼 눈앞에 나타난 것이다.

5

"언니! 아는 사람이야?"

옆에 있던 약사가 궁금한 듯 유은의 옆구리를 찔렀다.

"대학 때 같이 연극하던 선배. 선배! 여기는 내 사촌동생, 보영."

"안녕하세요."

"네, 안녕하세요."

보영은 호기심 어린 눈빛으로 나를 쳐다보았다.

"언니와 동생이 같이 약국을 하는군요. 보기 좋습니다."

두 사람은 내 말에 미소를 지었다.

"보영이 아니었음 약국 할 생각 못했어요, 혼자선 엄두가 안 나서."

"근데 어떻게 된 거지? 다른 학교로 편입했다는 소문은 들었는데. 약사가 되다니."

손님이 들어와 처방전을 내밀었다. 보영이 눈치 빠르게 처방전을 받아 조제실로 들어갔다.

"약 나올 때까지 저기 앉아서 기다리시겠어요."

유은은 내 옆에 멀뚱히 서 있는 손님에게 뒤에 있는 의자를 가리켰다. 손님이 의자에 가서 앉자 유은이 다시 입을 열었다.

"설명하자면 길어요. 근데 여기서 선배를 볼 줄은 꿈에도 몰랐어요."

"내가 할 말이다. 바람 같이 사라지더니 도깨비 같이 나타나가지고."

"바람도 도깨비도 아닌데. 선배! 우리 정확히 몇 년 만이죠?"

유은은 웃으며 손가락을 꼽았다. 그녀의 손가락이 하얬다.

"너 지금 몇 살이지?"

"서른여덟."

"너 대학 일학년 때는?"

"스물."

"그럼 빼기를 하면 18년이네. 18년!"

"아 그렇군요. 근데 선배는 올해 몇이죠?"

"낼 모레 50."

"그럼 선배 그때 나이가?"

"서른."

"그렇게나 많았어요?"

유은은 놀라는 눈을 했다.

"대학 가기 전에 2년을 꿇었거든. 그리고 입학하자마자 군대 갔고. 수의과 6년차에 너를 봤으니 그렇게 됐지."

"아 그래요. 근데 그때도 그랬지만 지금도 그리 안 보여요. 젊어요."

"속은 곯았어. 근데 넌 정말 하나도 안 변했다. 똑같아."

"속은 곯았어요."

유은은 다시 웃었다.

"결혼은 했을 테고."

"애가 하나 있어요. 근데 선배 이 근처 살아요? 어떻게 우리 약국에."

"근처에 사는 건 아니고 근처에서 일하지."

나는 손가락으로 동물병원을 가리켰다.

"저기 저 동물병원?"

"응."

유은은 믿을 수 없다는 듯 눈을 크게 떴다.

"정말요?"

"응."

"어머! 말도 안 돼요."

"수의과 출신이 동물병원하는 건 코스지."

"참! 선배 수의과죠. 깜박 잊고 있었어요. 동물병원을 할 거라는 건 생각 못했어요. 더구나 여기서."

"나도 네가 이렇게 약사가운을 입고 나타날 줄은 상상도 못했다."

"난 그냥 선배하고 연극하던 기억만 있어 가지고."

"다행이군. 동물병원 수의사보다 연극하던 선배가 더 괜찮은 모습으로 남았을 테니까. 근데 너 원래 가정과였잖아. 학교를 다시 간 거니?"

"네. 자퇴하고 다시 약대 갔어요."

"왜 전공이 안 맞았어?"

"그런 셈이죠. 데스데모나도 그래서 하게 된 거예요. 공부도 그렇고 사는 것도 그렇고 그래서. 답답하던 차에 데스데모나 공모가 눈에 들어왔죠."

"그랬구나. 어쨌든 너 때문에 내 연출이 빛을 봤지. 넌 그때 대단했어."

"대단하긴요. 인생이 뭔지 모르던 때였죠. 근데 무슨 약 사러 왔어요?"

"아참 깜박했다. 쌍화탕 한 통 줘."

"쌍화탕요?"

"우리 애가 감기기가 있어서."

"몇 살인데요?"

"이제 5학년. 넌?"

"난 아직 유치원."

"아 그래."

"여기 쌍화탕!"

유은은 쌍화탕을 비닐봉투에 담아 내밀었다. 난 쌍화탕을 받아들고 카드를 내밀었다. 유은은 내 손을 밀어냈다.

"됐어요."

"개업 집에서 공짜로 가져가면 안 되는데."

"다음에 밥 사세요."

"그건 물론이지."

"선배 만나서 너무 좋아요. 바로 앞에 있으니 매일 볼 수 있고.

근데 집은 어디에요?"

"집은 차로 한 30분 거리야. 길동."

퇴근길은 어느새 어둠이 내리고 있었다. 도로는 길을 가득 메운 차량들로 정체를 빚고 있었고 나는 느긋하게 브레이크와 액셀을 번갈아 밟아댔다. 운전 중에도 유은 생각이 멈추지 않았다. 그녀의 등장이 너무도 비현실적이었다. 대학에서 마지막으로 연출한 연극의 주인공이 18년 만에 다시 나타나다니! 내 병원 앞에 약국까지 차리고. 세상에 이런 우연이……! 묵광의 말이 머리를 스쳤다. "우연이란 없어. 세상사는 언제나 필연으로 엮어지네. 우연이 있다는 사람들은 모든 것이 필연인 우주의 이치를 몰라서 그런 거야. 어쩌겠나? 알면 아는 대로 살고 모르면 모르는 대로 살아야지."

6

묵광은 운주사 스님이다. 그를 알게 된 건 우연이었다. 결혼 전 아내와의 결혼이 문제가 생기면서 난 심각한 불면증에 걸렸다. 결혼 때문에 고민을 하던 나머지 밤을 새는 일이 계속되었고 급기야 잠을 자고 싶어도 잘 수 없는 상태가 되고 말았다. 너무도 잠을 잘 자던 나는 느닷없이 찾아온 불면증에 당황했다. 하지만 어디에서도 해결책을 찾을 수 없었다. 정신과 의사는 그저 수면제만 처방해주고 맘을 편하게 먹으라는 말이 다였다. 그러나 수면제는 그때뿐이었고 증세는 더 심해졌다. 한약을 먹어보고, 수면에 좋은 차를 마시고, 운동도 하고, 이렇다 하는 대중적인 요법들을 다 시도했지만 불면증은 별 차도가 없었다. 잠을 자고 싶어도 잘 수 없는 상황이 계속되자 극심한 공포가 밀려왔고 하루하루가 칼날 위에 서 있는 심정이었다. 그때 나를 살린 사람이 바로 묵광이었다.

살 수도 죽을 수도 없는 절망적인 상황에 빠져 있던 나는 자포자기하는 심정으로 경기도에 있는 한 절을 찾았다. 그곳이 운주사였다. 일주문을 걸어 들어가 대웅전 앞에 이르러 나무 밑에 힘없이 앉아 있는데 키가 훤칠한 스님 한 명이 대웅전을 돌아 나와 내 쪽으로 걸어왔다. 얼핏 보기에 스님의 나이는 육십이 넘어보였다. 그를 보는 순간 나도 모르게 자리에서 일어났다. 그리고는 다짜고짜 스님에게 매달렸다.

"스님! 도와주십시오."

"무슨 일인데 그러시는가?"

내 앞에서 걸음을 멈춘 묵광은 나를 지긋이 바라보았다. 그의 눈빛은 깊고 따뜻했다.

"제가 잠을 못 잡니다."

"잠을?"

"한 달 가까이 잠을 못 자고 있습니다."

"허 큰일이군. 사람이 잠을 못 자는 것처럼 힘든 일도 없지. 근데 왜 그런 일이 생겼나?"

"처음엔 고민이 있어 잠을 청하지 못했는데 언젠가부터 고민과 상관없이 잠이 안 옵니다. 아무리 자려고 해도 잘 수가 없습니다. 한 번도 잠자는 문제로 고민을 해본 적이 없던 제가 잠을 못 자니 미치겠습니다. 정신과에도 가고 한약도 먹어보고. 기치료도 받고 아무리 노력을 해도 별 소용이 없습니다."

"쓸데없는 짓만 했구만."

그의 말은 뚱딴지같았다.

"네?"

"엉뚱한 짓을 하니 잠이 올 턱이 있나."

"무슨 말씀인지 잘 모르겠습니다."

"그런 식이면 오던 잠도 달아날 판이구만."

"그럼 어떻게 하면 되겠습니까?"

"어떻게 해보려는 그 마음을 버려."

"네?"

"아무 생각 없이 그냥 냅둬. 자기 운전수에게 다 맡기고. 그럼 걔가 다 알아서 할 거니."

"운전수? 그게 무슨 말입니까?"

난 도무지 그가 무슨 말을 하는지 알 수 없었다. 내 말에 묵광의 눈썹이 잠시 꿈틀거렸다.

"자동차의 시동을 거는 놈이 누구지?"

"운전수죠."

"자동차의 시동을 끄는 놈은 누군가?"

"운전수죠."

"자동차가 시동을 끌 수 있는가?"

"안 됩니다."

"자넨 운전순가 자동차인가?"

"운전수요."

"자네가 왜 운전수야? 그럼 자네 마음대로 잠을 자고 깨고 해야지. 자동차가 운전수라고 착각하고 있으니, 쯧쯧!"

"제가 자동차라구요?"

"지금까지 자네는 자동차가 시동을 끄려고 한 꼴이나 마찬가지야. 차에 시동을 켜고 끄는 건 자동차의 몫이 아니라 운전수의 몫이네. 자동차가 그걸 걱정하는 건 말도 안 되는 일이지."

그의 말은 종잡을 수 없었다.

"어렵습니다."

"돌대가리군. 어렵긴 뭐가 어렵다고!"

그는 화를 버럭 냈다.

"자고 깨는 일이 자네의 생각과 의지로 돼?"

"안 됩니다."

"그게 안 되는 이유는 자네가 운전수가 아니기 때문이야. 왜냐하면 운전수는 자기 맘대로 시동을 켜고 싶으면 켜고 끄고 싶으면 끄니까. 그러니까 자넨 확실히 운전수가 아냐. 자넨 자동차라고."

"조금 알 것 같습니다."

"그렇게 친절하게 일러줬는데도 조금 알 것 같습니다? 자넨 스톤헤드가 아니라 스틸헤드로군. 하지만 뭐 조금은 알겠다니 희망이 있어. 잘 듣게. 이제 남은 건 할 일은 하고 하지 못할 일은 하지 않는 거네. 지금 자네가 할 일은 자네가 자동차라는 걸 알고, 시동은 운전수가 켜고 끄는 거니 운전수를 믿고, 그놈에게 자동차 관리를 맡기는 걸세. 잠을 재우는 것도 그놈 마음이고 잠을 깨우는 것도 그놈 마음이야. 그러니 안달복달하지 말고 가만히 있으면 돼. 몸의 시동을 켜고 끄는 건 그놈이 알아서 다 잘할 거니. 세상에 자동차를 망가뜨리는 운전수는 없다네. 자넨 그저 운전수만 믿으면 돼."

그 말을 마치고 휘적휘적 걸어가는 묵광의 뒷모습을 멀뚱히 바라보다가 집으로 돌아왔다. 수수께끼 같은 묵광의 말이 자꾸 생각났다. 운전수에게 맡기라고……? 운전수가 다 알아서 한다고……? 그가 해준, 듣도 보도 못한 말은 시간이 가면서 차츰 감이 왔다. 수면제를 먹고 한약을 먹고 자려고 애쓰고…… 그 모든 게 자동차가 시동을 끄려는 일이었다는 생각이 들었다. 묵광의 말에 의하면 그건 될 수가 없는 일이었다.

그날 밤 나는 머리에서 일어나는 잠에 대한 모든 생각을 덜어냈다. 걱정, 불안, 회의…… 그리고 스스로 나를 자동차라고 생각하고 자동차를 운전하는 운전수란 놈에게 내 잠을 맡겼다. '그놈이 다 알아서 한다니 에라 모르겠다. 죽이려면 죽이고 살리려면 살려라.' 그러자 신기하게도 나도 모르게 엄습하던 불안과 초조가 사라졌고 잠이 오기 시작했다. 하루 이틀이 지나고 일주일 한 달이 지나도 불면증은 재발되지 않았다. 난 뛸 듯이 기뻤다. 수면제도 정신과 의사도 못 고친 병이 스님의 한마디로 나았다는 생각이 들자 신통하다는 생각이 들었다. 묵광이 보통사람이 아니라는 생각이 들자 그 길로 운주사로 달려갔다. 하지만 묵광은 보이지 않았다. 할 수 없이 종무소에 들러 묵광을 수소문했다.

"법명은 모르겠고 한 달 전쯤 대웅전 앞에서 우연히 만났습니다. 그때 제가 좀 아팠는데 그 스님 덕에 나았어요. 그래서 인사를 드리고 싶은데 만날 수가 없네요."

"그래 가지고 스님을 어떻게 찾수?"

얼굴에 주름이 깊게 패인 남자는 어이없다는 표정이었다.

"키가 크고 나이가 한 육십 정도."

"그럼 그 스님인가? 혹 그 스님 눈이 부리부리하지 않던가?"

"맞습니다."

"묵광스님 같은데."

"묵광스님이라구요?"

"그 스님은 도깨비야. 동에 번쩍 서에 번쩍. 종잡을 수가 없어."

"여기 기거하지 않나요?"

"그 스님은 거처가 따로 없어. 없다 싶으면 있고 있다 싶으면 없고. 그 스님 만나는 건 포기하슈. 그 스님 만나러 사람들이 여럿 왔지만 다 못 만났지."

"그래요?"

"부처가 아니면 부처를 못 알아본다는 말이 있는데 난 꼭 그 스님이 숨은 도인 같아. 댁 같이 가끔 그 스님을 찾는 사람들이 있는데 하나같이 고마워하거든. 병이 나았다고도 하고. 절집생활 40년째지만 그 스님 같은 분은 처음이야."

그 뒤에도 몇 번 운주사를 갔지만 그는 만날 수 없었다. 다시 유은 생각이 났다. '18년이라니……! 어제까지만 해도 꿈도 꾸지 않았던 일이……!' 오묘하고 날선 느낌이 온몸을 엄습했다. 옆 차선에서 차 한 대가 갑자기 내 차 앞으로 끼어들었다. 나는 황급히 브레이크를 밟으며 속도를 줄였다. 끼어든 차는 깜박이도 없이 속력을 내며 어둠 속으로 질주해갔다. 짜증이 날 법한 상황이었지만 유은에 대한 상념에 젖어 있던 나는 세상의 시시비비에 초연한 사람처럼 무덤덤했다. '결혼을 했구나 그새.' 유은이 연극부실 문을 열고 들어오는 장면이 생생하게 떠올랐다. 수줍던 표정도. '인생이란 알 수 없어.' 나도 모르는 중얼거림이 입으로 새어나왔다. 끼어들기를 한 차는 어느새 어둠 속으로 사라져 보이지 않았다. 약간의 흥분과 설레임이 전달된 발이 액셀을 지그시 눌렀다. 차는 가로등이 켜진 밤거리를 천천히 달리기 시작했다.

2 — 남자라는 생각이 없다는

1

진료실 창문으로 약국이 보인다. 약국엔 보영만 있다. 잠시 후 검은색 벤츠가 약국 앞에 섰다. 차에서 내린 사람은 유은이었다. 차에서 내린 그녀의 시선이 잠시 동물병원 쪽을 향했다. 나는 들킬 새라 창문 옆으로 살짝 몸을 숨겼다. 유은은 몸을 돌려 약국으로 걸어 들어갔다. 다시 눈앞에 나타난 그녀를 보면서도 나는 여전히 꿈을 꾸는 것 같았다. 어제 유은 이야기를 꺼내자 아내도 눈이 휘둥그레졌다.

"인연인가 보다."

"인연?"

"그렇지 않고 그럴 수 있겠어? 이 넓은 세상에서 그렇게 만난다는 게. 만날 사람은 언젠간 만나 우리처럼."

"우리처럼?"

"우리도 그렇게 만났잖아?"

그랬다. 처음에는. 그리고 점점 멀어져 갔다. 처음의 그 뜨겁고 황홀했던 접점이. 아내는 그 처음의 접점을 아직 간직하고 있을까? 그렇지 않을 것이다. 동우가 태어난 뒤 달라진 아내의 모습을 떠올리며 나는 그렇게 생각했다. 하지만 내 대답은 다르게 나갔다.

"그랬지."

내 말에 아내는 만족스런 표정을 지었다. 그 표정에 난 오히려 공허해졌다.

"반가웠겠다."

"좀 놀랐어."

"왜?"

"생각지도 못한 일이라."

"근데 혹시 둘이 그렇고 그런 사이 아니지? 감독하고 배우 그런 일 많다던데."

아내가 눈을 곧추세우고 나를 쳐다봤다.

"그런 일은 없었어. 공연이 끝나자 바로 사라졌고."

"사라지다니?"

"자퇴를 했대. 과가 마음에 안 들어 다시 공부해서 약대를 갔다고."

"공부를 잘했나 보네. 결혼은 했대?"

"유치원에 다니는 애가 있다는데."

"여자애야 남자애야?"

"몰라. 안 물어봤어."

"남편은 뭐하는데?"

"몰라."

"뭐, 아는 게 없어."

"사람도 참! 그럼 18년 만에 만난 후배한테 호구조사부터 해?"

"그건 그렇다. 근데 이뻐?"

"이쁘긴 뭐…… 그냥 그렇지."

"말하는 거 보니까 이쁘구나."

"좀 가녀리지. 첫눈에 데스데모나를 보는 것 같았으니까."

"남자들 그런 여자 좋아하는데."

"지금은 결혼하고 애엄마야."

"요즘은 가정 있는 여자들도 애인 많대."

아내는 뭔가를 알아내려는 것처럼 나를 쳐다보았다.

"나한테는 해당사항 없어."

"그게 무슨 소리야?"

"나한텐 당신 외에 여자는 없으니까."

그건 사실이다. 가족이란 울타리 속에서 부부사이가 뜨뜻미지근하지만 아내 외 다른 여자가 내 머리 속에 들어온 적은 없다. 아내는 실눈을 떴다.

"정말이야?"

"그럼. 세상 그 어떤 여자보다 이쁘고."

그것도 사실이다. 결혼 17년차이지만 아내는 여전히 이쁘고 여성스럽다. 그러나 거기까지다. 그 이쁨과 여성스러움에 섹스어필하는 임팩트는 없다. 그렇지만 별 불만은 없다. 만족도 없지만. 나는 적응 중이다. 생각과 다른 아내 모습에. 단조롭고 나이브한 결혼 생활에.

나는 가끔 한 석학의 말을 상기한다. '부부는 닮아 가는 것이 아니라 적응되어 가는 것이다. 맞지 않는 것은 맞지 않는 것이다. 결혼생활이 원만히 굴러가기 위해선 서로 맞지 않는다는 것을 인정하고 서로 다른 꼴을 견뎌내야 한다. 많은 사람들이 착각을 한다. 결혼이 사랑의 결과물이라고. 그러나 결혼은 결혼할 때가 된 남녀가 같이 생활하기로 결심한 일일 뿐 사랑의 결과물이 아니다. 사랑의 결과물은 사랑을 통해 진화된 우리 자신이다. 그때 우리는 사랑 그 자체인 우주를 경험하고 환희에 젖는다. 그것이 사랑의 진정한 결과물이다. 결혼할 때가 되면 결혼하라. 그러나 거기서 많은 것을 기대하지 말라. 결혼의 결과물은 생활이다. 그저 사랑하고 또 사랑하라. 그것이 당신이란 존재가 꽃피는 유일한 길이다.' 신혼의 단꿈에 젖어 있을 때 그의 주장은 낯설고 이질적이었다. 그러나 지금 그의 말은 정곡을 찌른다.

"나이 앞에 장사 없어. 거울을 볼 때마다 늙어가는 나를 봐."

어느새 사랑은 저만큼 가고 생활이 삶이 된 아내가 늙음에 저항하는 모습은 생경하다.

"당신 아직 쌩쌩해. 주름도 별로 없고. 그러고 보니까 당신이 더 젊어 보이는 것 같다."

나는 일부러 아내를 치켜세웠다. 그 정도 칭찬은 가정생활을 유지하는 데 필요한 양념이다.

"수상해. 그 후배한테 관심 있는 거 둘러대는 거 아냐?"

아내는 내 말에 의심의 눈초리를 보냈다.

"다른 여자들한테 관심 없어. 난 당신만 있으면 돼."

내 말에 아내의 입꼬리가 올라갔다. 듣기 좋은 소리는 누구나 좋아한다. 설령 그것이 거짓말이라고 해도. 그러나 온전한 거짓말은 밑천이 말짱하게 드러난다. 거짓말이 온전하기 위해서는 진실의 양념이 필요하다. 아내가 젊어 보인다는 건 진심이다. 다른 여자들에게 관심이 없다는 것도. 내 말이 끝나자 아내는 슬그머니 주방으로 가더니 맥주 한 캔을 갖고 왔다.

"갑자기 무슨 맥주?"

"한잔 하고 싶어서."

"나랑?"

"그럼 여기서 누구랑 마셔?"

아내가 눈웃음을 쳤다. 아내의 허리에 살짝 팔을 둘렀다. 아내는 몸을 지그시 기대어왔다. 그러나 익숙한 아내의 몸은 별다른 감흥이 없다. 하지만 익숙함이 주는 편안함은 나쁘지 않다. 거기엔 지루함이 있으나 쉼도 있다. 말랑거리는 아내의 몸에서 나는 하루의 고단함을 잊는 쉼을 맛본다. 그 정도면 된다. 아내에게 더 이상을 바라는 건 욕심이다. 물론 더 이상을 바랄 수도 없다. 맥주 두 캔을 마시고 알딸딸한 취기에 나는 금방 잠들었다. 희미한 고향의 냄새가 나는 것 같은 아내의 가슴에 코를 박고. 늘 팔 하나 정도의 거리를 두고 자던 내게 그건 드문 일이었다. 술김이 아니라면 가능하지 않은.

돌연 커피향이 났다. 몸을 돌리니 어느 틈에 김실장이 옆에 와서 커피를 내밀고 있다.

"뭘 그렇게 넋을 놓고 보세요?"

그녀는 내게 커피를 건네고 창밖을 두리번거렸다.

"겨울이 이제 얼마 남지 않았나 봐요. 나무들 움이 트려고 해요."

나는 커피 한 모금을 마셨다. 적당한 뜨거움이 기분 좋게 목을 타고 내려갔다.

"뭐 좋은 일 있으세요?"

"왜?"

"기분 좋아 보여서요."

"그래?"

"네."

"오랜만에 친구를 만났어. 18년 동안 헤어진 친구를."

"오! 정말요?"

김실장의 눈이 동그래졌다.

"응."

"어떻게 그런 일이? 인연인가 봐요."

김실장은 아내와 같은 말을 한다.

"그분도 수의사인가요?"

"약사야."

"약사요?"

"대학 때 내가 연극부 활동을 했어. 졸업 전엔 연출도 한 번 했고."

"처음 들어요."

"내가 졸업작품으로 무대에 올린 연극의 여주인공이 바로 그 친구야."

"여자라구요?"

김실장의 목소리가 커졌다.

"왜?"

"남자인 줄 알았거든요."

"친구가 여자일 수도 있지."

"그야 그렇죠. 사랑하던 사인 아니었나요?"

"실망시켜서 미안한데 그런 사이는 아니었어. 공연이 끝나자 그 주인공은 바람처럼 사라져버렸지."

"사라져요?"

"알고 보니 학교를 그만뒀어. 그리고는 18년 만에 나타난 거야."

"근데 그분을 어떻게 만났어요?"

"우연히."

"세상에 우연은 없대요."

병원문 열리는 소리가 났다. 김실장이 후다닥 진료실을 나갔다.

"원장님! 환자예요."

김실장이 밖에서 소리쳤다.

"아! 들어오시라고 해."

2

가운을 입고 돌아서니 작은 여자아이가 카멜레온을 안고 들어왔다.

"카멜레온이구나. 자! 여기 내려놔 봐."

여자아이는 안고 있던 카멜레온을 조심스레 진찰대 위에 올려놓았다.

"어디가 안 좋아?"

"하루 종일 움직이지 않고 먹이도 안 먹어요."

여자아이는 걱정스런 표정을 지었다.

"먹이는 뭘 줬지?"

"귀뚜라미요. 살아 있는."

"음."

나는 카멜레온을 들고 배를 만졌다. 배는 홀쭉했다. 눈엔 활기가 없었다.

"잘 먹어?"

"아뇨."

"소화불량은 아닌 것 같은데."

"이상하게 잘 안 먹어요."

"컨디션이 별로 안 좋은 것 같군. 사육장은 어떤 걸 쓰니?"

"유리사육장요."

"온도와 습도는 잘 맞춰주고?"

"그건 제가 잘 못해서 엄마가 해요."

"UVB램프와 히팅램프는 잘 켜둬?"

"그게 뭐에요?"

"온도 조절하는 거야. 카멜레온은 춥게 두면 안 돼. 그럼 애가 스트레스를 받아. 먹이도 안 먹고. 이 앤 마다카스카르, 이란, 파키스탄, 레바논 같은 더운 곳에 사는 애거든."

"아! 가끔 불이 꺼진 걸 봤는데."

"그럼 가끔 추웠겠네. 수분 공급은 잘 해줬어?"

"그것도 엄마가. 전 그냥 보기만 해요."

여자아이는 수줍은 표정을 지었다.

"촉촉한 거 보니까, 피부수분은 괜찮은 거 같고. 근데 추위에 좀 떨었던 것 같다. 엄마한테만 맡기지 말고 항상 램프 불이 켜져 있나 잘 봐. 얘들은 따뜻해야 해."

"알겠습니다."

"특별히 아픈 데는 없어 보인다. 그러니 걱정하지 마. 소화제를 줄 테니 좀 먹이고 따뜻하게 해줘. 먹이는 조금씩 주고. 사육장 문을 열어 환기도 시켜주고. 가끔 베란다에 내놓고 햇빛도 쏘여주고. 얘들은 일광욕을 좋아한단다."

"네."

"넌 파충류가 징그럽지 않아?"

"조용해서 좋아요. 강아지처럼 깽알거리지도 않고, 고양이처럼 앙칼스럽지도 않고."

"근데 너 학교는 안 가니? 초등학생 같은데."

"오늘 가정학습이에요."

"아! 그래."

여자아이가 나간 뒤로 발을 다친 시츄, 눈에 상처가 난 응석받이 퍼그, 너무 먹어서 뚱뚱해진 페르시안 고양이가 다녀갔다. 페르시안 고양이를 데려온 건 할머니였다.

"움직이질 않아. 먹는 일 외에는."

고양이는 한눈에도 비만이었다.

"살이 좀 쪘는데요. 밥을 많이 먹나요?"

"먹을 때만 움직이고 나머진 가만있어. 그래서 움직이게 하려고 밥을 계속 줬지. 근데 그 뒤로는 밥을 줘야 움직여. 안 먹을 때는 움직이지도 않고. 얘가 너무 뚱뚱해지는 것 같아서 데려왔어. 텔레비전에 보니까 비만이면 빨리 죽는대서."

"맞습니다. 덜 먹어서 빨리 죽는 건 없는데 많이 먹으면 빨리 죽는 일이 많아요. 아픈 데도 많고. 사람도 동물도 똑같아요. 이제는 아무 때나 주지 마시고 시간을 정해서 주세요. 그래야 돼요. 산책도 시키고."

"산책은 어려워. 이 늙은이가 거동을 잘 못해서."

"밖에 나가실 때 유모차 같은 거 끌고 다니지 않으세요?"

"그거 없으면 못 다녀. 다리에 힘이 없어서. 오늘도 끌고 왔는걸."

"그럼 유모차에 끈을 묶어서 데리고 다니세요. 태워 다니지 말고요."

"그래야겠네."

"식욕이 떨어지는 약을 드릴 테니 먹이세요. 그런데 할머니는 고양이가 좋으세요?"

"고양이가 좋냐고?"

"네."

"이 고양이는 내 식구지. 좋고 말고가 없어. 가족은 그런 거지."
"할머니 집에 다른 식구는 없나요?"
"없어. 할아버진 죽었고."
"자식들은요?"
"하나 있는 아들은 미국에 살지."
"미국에요?"
"얼굴 본 지 오래야. 떨어져 살다보니 아파도 모르고 밥을 굶어도 모르고 일일이 말할 수도 없고. 사는 게 외로워. 그나마 이 고양이 덕에 적적하지 않다우."
"네."
"매일 봐야 가족이지 어쩌다 보는 게 가족이우? 이억 만 리 떨어져 어쩌다 전화 한 통 달랑 하는 건 가족이라 할 수 없지. 거죽만 가족이고 속은 남이야. 그런데 이 고양이는 나를 챙겨줘. 와서 안기고 재롱도 떨고. 내 기분을 잘 맞춰줘. 가족이란 그래야 하는 거 아니우, 의사선생?"
"네, 그렇지요."
약을 받아든 할머니가 나가자 어느덧 점심시간이 지나 있었다.
"김실장! 밥 먹자."
"뭘 시킬까요?"
"짜장면."

"알겠어요."

김실장의 목소리가 경쾌하게 울렸다.

가운을 벗고 손을 씻는데 노크소리가 났다. 몸을 돌려보니 문 앞에 유은이 서 있었다.

"어! 어쩐 일이야?"

"선배 병원 어떻게 생겼나 궁금해서요. 정말 선배가 이 병원에 있는지도 궁금하고."

유은의 눈이 진료실을 둘러본다.

"현실이네요. 선배도. 동물병원도."

"다행이다. 꿈이 아니고 현실이라서."

"점심 같이 하실래요?"

"점심?"

"왜 약속 있어요?"

"아니."

"그럼 점심 같이해요."

"잠깐만."

나는 진료실을 나와 김실장에게 다가갔다.

"짜장면 하나 취소시켜야겠는데. 손님이 와서."

김실장은 유은을 보고 고개를 끄덕였다.

"네! 알겠어요."

"참 여긴 아까 말하던 그 친구. 18년 만에 만난. 바로 요 앞 약국 약사."

"요 앞 약국 약사요! 그…… 연극을 같이하셨다는?"

김실장은 놀란 것 같았다.

"네. 그랬죠."

유은이 미소를 보였다. 하얀 이가 웃는 입술 사이로 고르게 드러났다.

"축하드려요. 점심 잘 드세요."

"앞으로 잘 지내요."

"네."

"잠깐 나갔다 올게."

"네."

나는 유은을 데리고 병원을 빠져나왔다.

"뭐 먹을까?"

"아무 거나 괜찮아요."

"한정식 어때?"

"좋아요."

3

유은을 데려간 곳은 내가 자주 가는 동네 분식집이었다. 할머니가 운영하는 그 분식집은 분식만 파는 게 아니라 된장찌개도 동태탕도 판다. 아직 손님이 몰려들 시간이 아니라 분식집은 한가했다.

"여기가 한정식이에요?"

"할머니 혼자 하시는 작은 한정식이지."

"작은 한정식?"

유은은 가벼운 미소를 띤다.

"맛이 아주 좋아. 그래서 자주 와."

할머니가 다가와 반갑게 맞았다.

"강원장! 점심 먹으러 왔어? 못 보던 손님을 데리고 왔네."

"네, 제 후배입니다."

"후배? 아이구 이쁘게도 생겼다."

"안녕하세요."

유은이 재빠르게 인사했다.

"식당이 아담하고 이뻐요."

"뭐 볼품없어, 음식맛은 자신있지만. 남편이 간 후 이거 열어서 풀칠하고 사는 세월이 자그마치 20년이우. 근데 점점 이거 하는 게 힘들어. 언젠가는 접어야지 하면서 이러구 있다우. 시작도 어렵지만 끝내는 건 더 어려워. 인생도 웰비잉보다 웰다잉이 어렵고. 무식하지만 그건 알아. 주워들은 게 있어서. 아유! 손님들 앞에서 웬 주책이."

"웰다잉도 아시고, 할머니 멋지세요. 이 아담하고 이쁜 가게처럼. 자주 올게요."

"자주 온다고? 이 근처 사람은 아닌 것 같은데."

"우리 병원 앞에 약국을 냈어요."

"아 그래? 그럼 정말 단골이 되겠구만."

"단골이 될지 어떻게 아세요?"

"척 보면 삼척이지. 그럴 거죠, 아가씨?"

"저 아가씨 아니에요."

"처녀 같아 보이는데."

"젊게 봐주셔서 감사해요. 할머니."

"시집 갔수?"

"네. 애엄마에요."

"이렇게 날씬하고 이쁜데 댁을 누가 애엄마로 봐. 완전 아가씨지. 정말 요즘 사람들은 나이를 짐작할 수 없어. 우리 때는 애 하나 낳으면 낳는 만큼 늙었는데. 애를 둘 셋씩 낳아도 날씬하고 이쁜 여자들이 얼마나 많은지. 댁은 더 하우. 근데 이 약사 아가씨가 강원장 후배라구?"

"네, 먼저 밥부터 주세요. 배고파요."

“아이구 참. 늙은이가 눈치가 없다니까. 밥 먹으로 온 사람에게 무슨 말을. 나이가 들면 말할 사람이 그리워. 마음 맞는 사람은 더 그립고. 그러다 보니 마음이 통한다 싶으면 말이 많아져.”

“뭐 먹을래? 여기 다 맛있어.”

“선배는 뭐 좋아해요?”

“동태탕.”

“저도 같은 걸로요.”

“동태탕 둘 주세요.”

“아, 그래 알았어. 조금만 기다려요, 아가씨! 아참 아가씨가 아니랬지. 그렇다고 아줌마로 부르기도 그렇네.”

“편한 대로 부르세요.”

유은은 싹싹하게 말했다. 동태탕은 금방 나왔다. 두부 몇 쪽, 빨간 고추, 표고버섯이 적당한 비주얼을 자랑하는 동태탕은 보기에도 먹음직스러웠다. 맛을 본 유은은 생각보다 맛있는지 엄지척을 했다.

“오호! 정말 맛있는데요.”

“많이 먹어. 내가 사는 거니까.”

“이거 사고 면피하시려구요? 이건 제가 살 테니까 선배는 더 비싼 걸로 쏘세요.”

“비싼 거?”

“병원장에 어울리는 걸로요.”

"병원장은 무슨. 구멍가게야."

"그래서 한잔 못 사신다는 거예요?"

"한잔?"

"연출과 여주인공이 오랜만에 만났는데 술 한잔도 없어요?"

그녀가 술자리를 제안하는 건 뜻밖이었다. 오셀로 공연연습을 할 때 뒤풀이에서 술을 전혀 입에 대지 않던 그녀를 나는 기억한다. 세월이 그녀를 변하게 만들었나? 어쨌든 그녀 말대로 연출과 여배우의 18년 만의 해후에 한잔의 술은 자연스러운 일이다. 결혼 후 아내가 아닌 여자와 술자리는 없었다는 것을 빼고는 말이다. 밥 먹는 내내 그녀는 질문을 쏟아냈다. 병원한 지 얼마나 됐느냐, 자리는 잡았느냐, 결혼은 언제 했느냐…… 나도 그녀에게 비슷한 질문을 해댔다. 서로 기본적인 정보가 없었으므로 어느 정도의 호구조사는 필연적인 수순이었다. 나는 그녀에게 병원 개업한 지 17년째라는 것, 병원 열면서 받은 대출은 다 갚고 이제 좀 살 만하다는 것, 결혼은 인턴을 나가면서 바로했고 5학년짜리 아들이 있다는 정도를 말했고, 그녀에게 얻어들은 정보는 결혼한 지 11년 되었고 이제 7살 난 딸이 있으며 남편이 검사라는 거였다.

"검사?"

"남편 집안이 다 그쪽이에요. 판사, 검사……"

"집안이 좋은데."

"공무원 몇 명 있으면 좋은 집안인가요?"

평범한 덕담에 대한 그녀의 반응은 뜻밖에 시니컬했다.

"그건 그렇지. 검사도 판사도 일개 공무원이지."

나는 그녀의 표정을 살폈다.

"시댁이 돈은 좀 있어요. 시아버지가 대전에 갖고 있던 밭 옆으로 길이 나면서 돈이 어마어마하게 들어왔거든요. 선배! 하루아침에 떼돈을 번 사람들 특징이 뭔지 아세요? 돈 쓰는 일엔 벌벌 떤다는 거죠. 돈은 많은데 쓸 줄을 몰라요. 자린고비도 그런 자린고비가 없어요. 남편도 그런 건 좀 닮았어요. 생활비도 쥐꼬리만큼 주고. 공무원 봉급이 얼마 되지도 않지만."

그녀의 말투는 여전히 냉소적이다.

"공무원 봉급으로 어떻게 벤츠를?"

"차는 엄마가 해준 거예요. 전에 타던 아우디가 낡았다고. 친정도 돈은 있어요. 엄마가 사업을 크게 하셔서. 약국도 엄마가 해주신 거고. 얼마 전엔 제 앞으로 작은 빌딩 하나를 주셨어요. 언젠가 줄 거니까 미리 준다면서. 거기서 나오는 임대료가 꽤 돼요. 평생 아무것도 안 하고 살아도 될 만큼."

잠시 뜸을 들이던 그녀는 동태국을 입안에 넣고 총각무를 씹으며 다시 말을 이었다.

"선배! 전 결혼에 대한 로망이 있었어요. 결혼하면 전혀 다른 삶을 살 줄 알았고 날마다 행복할 줄 알았죠. 그게 착각이란 걸

깨닫는 데 시간이 얼마 걸리지 않았어요. 살림하고 애 키우고. 그게 일상이고. 사는 게 정말 별 거 아니란 걸 알았어요. 가끔 생각해요. 내가 왜 결혼을 했나 하고. 어느새 내일모레 사십이에요. 20대 때에는 30이 되고 싶었는데 30대가 되니 40을 바라보는 게 겁나고 서글퍼요. 왜 이렇게 빨리 나이를 먹는지. 그래서 약국을 하는 거예요. 가는 세월이 서글퍼서. 좀 재미있게 살려고."

낮은 목소리였지만 나는 당황했다. 떨어져 있긴 했지만 옆엔 다른 사람들도 있었고, 그 사람들이 들을 수도 있었다. 그러나 그녀는 다른 사람들이 듣건 말건 상관없다는 태도였다. 어쨌든 '나는 행복하지 않다'고 그녀의 표정이 말하고 있었다. 검사 남편에 빌딩까지, 아무것도 부족한 게 없어 보이는 그녀에게서 전해지는 불행의 느낌은 낯설었다. 하긴 뭐 그럴 수는 있다. 외적인 조건이 행복과 일치하는 건 아니니까. 어쨌든 사는 게 별 게 아니란 그녀의 말은 나도 동감이다. 17년째 동물병원을 하면서 내가 얻은 결론은 인생이란 단순한 반복을 물리도록 한다는 거다. 어제 한 일이 오늘도 반복되고 오늘 한 일이 내일도 반복되고…… 먹고 자고 일하고…… 그 평이하고 빤한 삶의 궤적을 벗어나는 일은 거의 일어나지 않는다.

영수는 그것을 사랑으로 푼다. 사랑 같지 않은 사랑이지만 그래도 그는 돌파구가 있다. 그러나 동물병원을 하는 거 외에 내게 다른 일이 일어날 가능성이 전혀 없는 지금의 상황이 나는 가끔 감옥 같다. 그럴 때면 뒷골이 서늘하다. 그래서 나는 남몰래 꿈꾼다. 언제쯤 가능할지는 모르지만 동물병원에서 벗어나는 자유를. 그걸 앞당기는 최선의 방법은 가족이 살 수 있을 만큼의 돈을 버는 거다. 가족의 생계가 보장되고 더 이상 돈을 벌어야 하는 삶을 살지 않아도 되면 나는 동물병원을 미련 없이 그만둘 것이다. 이건 아내도 동우도 모르는 비밀이다.

4

토요일, 병원은 아침부터 분주했다. 개와 고양이가 분주히 다녀갔고 처방전을 내고 약을 주는 일이 계속 이어졌다. 적성에는 맞지 않지만 이왕지사 하는 일 잡생각 없이 분주한 건 그리 나쁘지 않다. 일과가 끝날 시간이 되자 손님들이 빠져나가고 병원은 한가해졌다. 나는 라흐마니노프 피아노곡을 들으며 의자에 몸을 기댔다. 긴장되었던 몸의 세포들이 나긋해지더니 졸음이 몰려왔다. 깜박 잠이 들었는지 눈을 뜨니 2시였다. 서둘러 병원문을 닫고 영수의 별장으로 출발했다.

영수는 자타가 공인하는 연애박사다. 여자의 심리를 읽는 데도, 여자와의 수싸움에도 탁월해 그가 마음먹어서 넘어가지 않는 여자는 없었다. 제 아무리 콧대가 높아도 그가 손을 뻗치면

십중팔구 걸려들었다. 물론 거기엔 잘생긴 외모도 한몫했다.

그에게 어제 전화가 왔다. 나 혼자 별장으로 오라고. 가족이 아니고 나만 별장에 부르는 건 그에게 새로운 러브스토리가 생겼다는 뜻이다. 이번엔 또 누구지? 적당한 여자와 적당히 유희를 즐기는 그의 사랑법이 마음에 들지 않지만 가끔은 그가 부럽다. 그래도 거긴 어떤 접점이 있고 크든 작든 설렘이 있을 것이다. 아내에게서 설렘이 사라진 건 오래전이다. 그 빈자리엔 익숙함과 편안함이 대신 자리잡았다. 점점 존재감을 키워 가는 권태도. 그의 별장에 도착한 시간은 3시였다. 그는 혼자 와인바에서 술을 마시고 있었다.

"어서 와."

"벌써 술이군."

"오늘은 기분 좋은 날이야."

나는 와인바 테이블에 팔을 걸고 의자에 앉았다.

"무슨 좋은 일 있어?"

그는 말없이 나폴레옹 꼬냑을 따라 잔을 내밀었다.

"마셔봐. 30년산이야. 향이 좋아. 쓸데없이 비싸지만 값은 해."

"차 가져왔는데."

"걱정 말고 마셔. 여기 오는 대리기사 있어. 그들은 언제든 대기하고 있지. 대리비를 넉넉하게 주거든."

테이블엔 꼬냑 말고도 과일세트와 건포도, 영수가 좋아하는 족발과 참치회도 있었다. 아마도 출장요리를 부른 듯했다. 나는 꼬냑을 입안에 살짝 흘려 넣었다. 꼬냑의 향이 구강을 점령했다.

"향 좋다."

건포도를 입에 넣었다. 영수는 취한 듯 눈이 살짝 풀려 있다.

"비싼 건 다 이유가 있다니까."

"그런 것 같군."

"나 여자 생겼어."

그의 표정은 사뭇 진지했다.

"이번엔 누군데?"

"좀 있다가 올 거야. 그림 그리는 사람인데 괜찮아. 아마 너에게도 괜찮은 여자 소개해 줄 거야. 네 얘기를 했거든."

"관심 없어."

"너도 나처럼 연애를 해야 돼. 그래야 사는 게 재미없다는 소리를 안 하지. 네 말대로 대출도 다 갚고 병원도 잘 굴러가고 가정도 순조롭고. 그런데 사는 게 지루한 건 사랑이 없기 때문이야. 사랑엔 흥분과 엑스타시가 있어. 그건 다른 어디에서도 찾을 수 없어."

영수는 내가 자기처럼 살기를 바란다. 오늘처럼 나를 만나는 자리에 여자를 부르는 건 자랑하고 싶은 마음도 있지만 내가 자극받기를 바라는 이유도 있다.

"이번 여자는 접점이 맞아?"

"맞는 거 같애."

"몸이?"

"응."

"영혼은?"

"야! 고리타분한 소리 그만해. 네가 그러는 건 사랑을 모른다는 증거야. 사랑을 모른다는 건 인생을 모른다는 거고, 그건 또 여자를 모르기 때문이지."

그건 그의 단골 레퍼토리다. 그의 주장은 적어도 백 명 정도는 연애를 해봐야 여자를 안다는 거다. 그런 기준에 나는 한참 못 미친다. 결혼하기 전 만난 여자도 손으로 꼽을 정도고, 연애를 제대로 해본 것은 동우 엄마 하나다.

"난 다른 건 몰라도 여자는 알아. 여자는 때로 바다처럼 깊어. 여자는 때로 접시물처럼 얕아. 여자는 때로 우주처럼 넓고 때로 바늘처럼 좁지. 그렇게 종잡을 수 없는 게 여자야. 그래서 여자는 재미있어. 그 중심에 몸이 있어. 그래서 여자는 감정의 동물이고. 근데 너는 너무 저 위에서 놀아. 여자한테 영혼의 접점 그런 거 찾지 마. 그러다 떨어져. 떨어지면 되게 아프고."

영수가 말한 여자가 별장에 온 건 저녁때가 다 되어서였다. 곤색 투피스를 입은 그녀는 한눈에도 미인이었다. 그녀가 먼저 인사를 해왔다.

"안녕하세요."

"네. 안녕하세요."

"동물병원 하신다고 들었어요."

"네."

"저도 강아지 키워요. 치와와."

"아, 그래요."

"탈나면 강원장 병원에 데려가. 실력 하나는 좋아."

여자는 영수 옆자리에 앉았다.

"강원장에게 맞는 여자가 있겠어?"

영수의 말에 여자는 나를 지그시 보았다.

"있을 것 같은데요. 이혼한 친구 가운데 떠오르는 애도 있고."

"참! 이 사람도 이혼했어. 아까 말했지만 전공이 미술이고. 강의도 나가지. 곧 전시회도 열어."

여자는 내게 팜플렛을 건넸다. 팜플렛 겉면엔 그녀의 이름이 큼지막하게 박혀 있었다. 화가 김진희.

"한번 구경 오세요."

"네."

여자는 내게 눈길을 거두고 영수가 따라준 코냑을 스트레이트로 마셨다.

"술 잘 마시지? 남녀 사이엔 대화보다 술이 좋지. 말은 거추장스러워."

영수는 여자의 허리를 감싸 안았다. 여자는 살짝 눈을 내려 깔았다. 그건 자기 감정을 남에게 보이고 싶어 하지 않는 여자들의 전형적인 태도다. 여자는 건배를 제안했다.

"다 같이 한 잔 하죠."

나를 보는 여자의 눈빛은 도발적이다. 나를 볼 때만 저렇진 않겠지. 그녀는 화가다. 화가가 대상에 대해 갖는 직관적인 관찰은 저런 눈빛을 만들 수 있다. 그렇게 생각하자 그녀의 눈빛에 긴장되었던 내 세포가 느슨해졌다. 여자의 제안에 다시 꼬냑이 술잔에 채워졌다. 세 개의 잔이 허공에서 부딪쳤고 열린 세 개의 입술 사이로 꼬냑이 소리없이 흘러들어갔다. 여자의 눈은 틈틈이 나를 향했다.

"이번에 소개해 주면 잘해 봐. 너무 빼지 말고. 진희 씨가 소개할 정도면 퀄리티가 있어. 이 기회에 너도 즐기면서 살아. 와이프한테만 매달리지 말고. 세상에 한 가지만 있는 나무는 없어."

그는 전에 하던 나무와 나뭇가지 이야기를 또 한다. 잠시 그 말이 맞다는 생각이 들다가 이내 고개를 숙인다. 그건 나와 맞지 않아. 9시가 넘어서 나는 자리에서 일어났다. 눈치 빠르게, 그리고 너무 늦지 않게 영수와 여자를 두고 별장을 나오는 것은 불문율이다. 몸이든 영혼이든 별장에 남은 두 사람은 내가 없는 공간에서 그들만의 접점을 찾을 것이다. 대리기사가 운전하는 차가 팔당댐 근처에 이르자 서울의 야경이 눈에 들어왔다. 어머니도 아내도 동우도 유은도 반짝이는 저 불빛 어딘가에 있다. 늘 나를 어린애로 보는 어머니, 설렘이 식어버린 아내, 어느덧 커버려 친구를 더 좋아하는 동우, 별똥별처럼 갑자기 나타난 유은. 그들은 어디서 나와 접점을 이루는 것일까.

5

유은과 가끔 점심을 먹는다. 때론 할머니 분식집에서 때론 중국집에서…… 그녀와 함께하는 시간들은 물에 물탄 듯한 미지근한 내 일상에 작은 활력소가 되고 그녀와의 점심이 기다려지기까지 한다. 그때마다 그녀는 살아온 이야기를 조금씩 털어놓는다. 그 이야기들엔 언제나 우울이 그림자처럼 깔려 있다. 어느 날 들은 할머니 이야기도 그랬다.

"어릴 때 난 할머니와 살았어요. 이혼 후 먹고사는 일에 뛰어들어야 했던 엄마는 늘 바빴고 집에 거의 없었어요. 엄마는 정말 어쩌다가 왔죠. 집에 왔다가 가는 엄마의 뒷모습에 난 늘 울었어요. 할머닌 그런 나를 달래느라 애먹었고. 그러다 사업차 일본으로 건너간 엄마는 거기서 일본사람을 만나 재혼을 했는데 그 때문에 엄마가 집에 오는 횟수는 더 줄었어요. 엄마가 결혼한 건 철이 들어서야 알았어요. 하지만 그걸 몰랐던 어린 시절 난 이해할 수 없었어요. 왜 엄마는 매일 집에 없는지. 난 왜 다른 아이들처럼 엄마 아빠랑 같이 살지 않는 건지. 아이들과 다른 내 처지가 혼란스럽고 힘들었어요. 할머닌 그런 내게 공부를 강요했어요. 공부를 잘 하게 하는 게 엄마를 대신해 나를 잘 키우는 거라고 생각하셨던 건가 봐요. 그 때문에 난 늘 숨이 막혔어요. 친구들은 노는데 난 언제나 공부만 해야 했거든요. 그것도 억지로."

"엄마가 일본에 사셔?"

"네. 사업이 커져서 거기서 보내는 시간이 많아요. 일본 식구들도 거기 있고. 여긴 저 하나 달랑 있죠. 한국은 가끔 들어와요. 물론 통화는 자주 하고."

"돈을 일본에서 버셨나보네."

"네. 덕분에 제가 돈 걱정 안 하고 살죠."

그렇게 가정사를 털어놓던 유은이 갑자기 뜬금없는 말을 했다.

"근데 이상해요. 선배는 남자라는 생각이 안 들어요. 제가 우리 집 이야기를 막 털어놓는 것도 그래서고."

나는 웃음이 났다.

"그게 무슨 말이야? 남자인 내가 남자로 보이지 않는다는 건 심각한 문젠데."

내가 웃자 그녀는 오히려 표정이 진지해졌다.

"처음 봤을 때부터 그랬어요. 오랜 친구를 만난 것 같고 고향에 온 것 같은."

"내가 편하다는 소리 같은데."

"그렇겠죠, 병원장님!"

"그 소린 하지 말라니까."

"엄연히 동물병원 원장님이잖아요."

그녀의 눈이 배시시 웃었다.

"남들 들으면 무슨 큰 병원 원장인 줄 알아."

"동물병원도 병원이죠. 그 병원의 주인이 원장이고. 거기에 무슨 우열이 있어요? 난 선배가 생명을 돌보는 동물병원을 한다는 게 좋아요. 우리 검사보다 훨 나아요."

우리 검사는 남편을 지칭하는 것 같았다.

"무슨! 수의사가 검사만 하겠어."

"저도 처음엔 우리 검사가 대단하다고 생각했죠. 그래서 결혼했고. 그런데 살아보니 너무도 평범한 사람이 그 안에 있더라구요. 자기 맘대로 안 되면 투덜대고 짜증내고 스스로 잘났다고 생각하고. 그러니 평범한 거죠. 정말 잘난 사람은 스스로 잘났다고 안 하거든요. 금이 스스로를 내세우지 않는 것처럼."

"멋있는 말이군."

"늘 하는 생각이에요."

"남편하고는 사이가 안 좋아?"

나는 조심스럽게 물었다.

"우린 네모와 세모에요."

"네모와 세모?"

유은의 설명은 이랬다. 네모와 세모는 생긴 모양이 다르다. 그 둘은 어떤 노력으로도 같아질 수 없다. 그 둘이 하나가 되려는 노력은 무망하다.

"그런데 그걸 몰랐어요. 저는 노력하면 좋아질 수 있다고 생각했어요. 세상에서 가장 완벽한 부부가 될 수 있을 거라고. 후훗! 세상엔 노력으로 안 되는 일도 있다는 걸 몰랐던 거죠. 이젠 안 해요. 아니까. 쓸데없는 노력은 인생을 낭비하는 것이란 것을."

유은의 표정이 딱딱해졌다.

"신혼 초엔 그나마 싸우기라도 좀 했어요. 근데 아무리 싸워도 안 되더라구요. 그리고 서로 안 맞다는 것을 안 이후엔 접었어요. 이젠 서로 터치를 안 하는 쪽으로 방향을 바꾸었어요. 집에서 우린 서로 투명인간이에요. 나도 그이에게 그 사람도 나에게 직접 말을 안 걸죠. 말은 애를 통해서 해요. 아빠한테 저녁 드시라 해. 그 사람도 같아요. 엄마한테 저녁 먹자고 해. 되게 웃기죠?"

유은의 쓸쓸한 웃음이 허공으로 퍼졌다.

"아니."

"요즘은 왜 사나 싶어요. 재미도 없고 지겹기도 하고. 그래서 그냥 견디는 중."

왜 사나 하는 생각은 나도 한다. 그러나 그 왜에 대한 답은 늘 오리무중이다. 결혼 전 종로의 한 노점에서 우연히 타로를 본 것도 답이 없는 그놈의 왜 때문이었다. 그때 내 타로를 본 여자는 그렇게 말했다. 나는 영육의 합일을 꿈꾸는 영혼이라고. 누구와 그 합일을 이루게 될지는 미지수지만 나는 평생 그 꿈을 포기하지 않을 거고 누군가를 만날 거라고. 아무도 모르는 내 사랑의 환타지를 들킨 나는 설레는 마음으로 그녀에게 물었다.

"미래의 아내일까요?"

그 여자는 내 말에 미소를 띠었다.

"그럴 수도 있겠지요. 그렇지 않을 수도 있고. 그건 모르는 일입니다."

"아내가 아닐 수도 있다는 건가요?"

"반드시 그 합일을 아내와 이루어야 하는 이유가 있나요?"

"그건 아닙니다만……"

"부부 사이든 아니든 영육의 합일이란 축복입니다. 이 땅에서 그걸 맛보는 사람은 드뭅니다. 자신을 자유롭게 두세요. 미리 머리로 조건을 설정하지 말고. 그건 작위적인 겁니다. 영육의 합일은 우주적인 일이고 인간의 작위적인 노력으로 되는 일이 아닙니다. 그건 어느 날 우연히 그러나 필연적으로 일어나는 일이에요. 두 사람이 그런 인연이라면 말이죠. 물론 두 사람 사이엔 서로를 알아보는 어떤 우주적 사인들이 있습니다. 머리가 조작하는 의식의 장난에 속지 말고 조작이 없는 그 우주적 사인을 붙드세요. 그럼 실패는 없습니다. 많은 삶이 실패하는 것은 사람들이 삶을 의식적으로 조작하기 때문입니다. 그건 마치 파도로 바다를 가늠하려는 것이나 같습니다. 어리석은 일이죠. 어쨌든 카드를 보면 당신은 어떤 형태로든 그걸 추구합니다. 영원히요. 타로의 한계는 보통 6개월인데 당신의 타로는 그걸 뛰어넘는다고 나와요. 이런 타로는 저도 처음입니다. 당신은 보기 드물게 진지한 영혼이군요. 보통은 잠시 그러다 마는데 영원히 그걸 추구하다니! 정말 흥미롭군요. 당신이 누구와 그걸 해낼지."

6

캘린더가 3월로 바뀐 둘째 날, 오전에 간간이 날리던 눈발이 오후 들어 폭설로 변했다. 앞이 보이지 않을 정도로 하얗게 내리는 눈에 차들은 엉금엉금 기었고 세상은 그야말로 은색의 왕국으로 변했다. 발이 묻힐 정도로 내린 눈 때문에 동물병원을 찾는 사람들의 발길은 뚝 끊어졌다. 3월에 그렇게 많은 눈이 내리는 건 이례적이었다. 넋이 나간 듯 눈을 보고 있는데 폰이 울렸다. 유은이었다.

"어, 무슨 일이지?"

"커피 마시러 오실래요?"

눈 오는 날 커피초대를 하는 이가 있다니! 나이스하다. 그러나 그가 유은이라는 사실은 여전히 실감나지 않는다. 얼마 전까지만 해도 그녀는 내 삶에 없었다. 그녀의 등장은 요술램프의 마법 같은 느낌이 든다. 전화를 끊고 나도 모르게 콧노래가 나왔다. 마침 손님도 없어 바로 약국으로 건너갔다. 보영은 없었다.

"갑자기 웬 커피?"

"눈이 와서요. 3월에 눈이 오다니. 홋카이도에 갔을 때 내리던 눈도 생각나고. 그때도 3월이었어요. 그런데 이렇게 눈이 펑펑! 그러니 커피를 안 마실 수 없잖아요."

유은은 말갛게 웃으며 커피를 내밀었다. 알싸한 향이 코끝을 스쳤다.

"눈이 오면 칙칙한 세상이 지워져서 좋아요."

유은의 목소리가 약국을 울렸다.

"지워진다고?"

"네. 다 다시 그리고 싶어요. 나도 세상도."

그녀는 밖을 내다본다.

"그럼 다시 태어나야겠는걸."

"그건 싫어요. 사는 게 너무 빤해서. 이 커피는 빼고. 커피는 아무리 마셔도 안 질리는 것 같아요. 눈 오는 날 커피란 일종의 축복이죠. 커피맛 괜찮죠?"

유은은 그제서야 내게 시선을 돌린다. 그녀의 눈길은 눈처럼 보송보송하다. 그러나 그 밑에는 살얼음 같은 냉기가 깔려 있다.

"눈과 딱 어울리는 맛이군."

"너무 추상적인데요."

나는 다시 적절한 단어 하나를 골랐다.

"로맨틱한 맛."

"로맨틱요? 보기보단 문학소년이군요."

"보기엔 어떤데?"

"동물병원 원장님 같죠."

"그 소린 말라니까."

"호호! 알았어요. 근데 선배는 18년 만에 만난 게 아니라 계속 만나온 것처럼 느껴져요."

"내가?"

"그럼 여기 누가 있어요?"

유은의 눈이 반짝거렸다.

"그렇군."

눈은 더 기세 좋게 내리고 있다.

"궁금한 게 있어요."

"뭐가?"

"수의과엔 왜 간 거예요?"

"고등학교 같은 반 친구가 나더러 수의과가 전망이 좋다고 자꾸 바람을 넣는 거야. 그땐 정말 그런 것 같았고. 그게 내가 수의과를 간 이유의 전부야."

"동물을 좋아해서가 아니고요?"

"전혀. 그냥 그 친구 말 따라 간 게 다야. 그러니까 친구의 한마디에 내 인생이 결정된 거라고 할 수 있지."

"그 친구랑 같이 수의과를 간 거예요?"

"아니. 영수는 경영학과에 갔어."

"그 친구가 영수에요?"

"응."

"좀 우습군요. 자기는 가지도 않고."

"그러게 말야. 그 녀석 말에 넘어가서 팔자에도 없는 동물병원을 하고 있으니."

"팔자에 있었겠죠. 그걸 몰랐을 뿐. 인생이 그렇잖아요. 처음부터 어떻게 다 알겠어요? 그치만 팔자에 있는 건 결국 겪게 되는 것 같아요. 그러니 저도 이렇게 사는 거고."

"운명을 믿어?"

"그냥 생각을 해보는 거예요. 내가 원하는 거완 다르게 흘러가니까."

나는 남은 커피를 입에 털어 넣었다.

"근데 넌 가정과를 왜 간 거야?"

"할머니가 가라고 해서요. 여자는 살림을 잘해야 한다고. 난 별생각 없이 따랐죠. 근데 가보니 아니더라구요. 그래서 관뒀어요. 데스데모나는 학교 관두기 전에 추억 같은 걸 가지려고 한 거예요. 등록금만 내고 학교를 그만두긴 너무 억울해서."

병원으로 돌아올 때도 눈은 여전히 오고 있었다. 눈을 털며 들어서는 나를 보고 김실장이 새침한 표정을 지었다.

"원장님은 좋겠어요."

"뭐가?"

"밖에선 커피 챙겨주는 후배가 있고 집에는 밥 챙겨주는 사모님이 계시고."

"무슨 뜻이지?"

"무슨 뜻이긴요. 부럽다는 거죠."

"나는 김실장이 부러운데."

"뭐가요?"

"김실장은 아직 젊고 무한한 가능성이 열려 있잖아. 사랑도 인생도."

"무한한 가능성요? 막연하고 막막한? 전 그런 거 싫어요."

나도 그게 싫었다. 막연하고 막막한 인생이. 내 인생의 대부분도 막막함의 연속이었다. 중고등학교 시절은 아버지의 사업실패로 집이 망하면서 미래는 막막하고 삶은 불안했다. 그러나 우리 집이 망할 줄은 전혀 짐작하지 못했던 나는 그저 그 충격을 견디는 게 할 수 있는 전부였다. 중학교 시절 내가 살던 부산 거제리엔 기차역이 집에서 멀지 않은 곳에 있었다. 기차요금은 버스비보다 훨씬 저렴했다. 나는 통학비를 아끼기 위해 버스 대신 기차를 타고 등교했다.

어느 날 늦잠을 자는 바람에 기차를 타기 위해 뜀박질을 해야 했다. 앞만 보고 뛰다가 작은 돌부리에 걸려 사정없이 앞으로 엎어지고 말았다. 정신을 차려보니 가방은 내팽겨쳐지고 책과 도시락이 가방 밖으로 튀어나와 있었다. 손은 까져서 피가 흘렀고 옷은 온통 흙투성이였다. 허겁지겁 책과 도시락을 챙겨 다시 기차역으로 뛰었다. 기차는 벌써 와 있었다. 사람들이 다 탔는지 플랫폼엔 아무도 없었다. 급한 마음에 철길로 뛰어가니 기관차의 창문이 열리고 기관사가 얼굴을 내밀고 뛰어오는 나를 미소 띤 얼굴로 보고 있었다. 내가 기차에 올라타니 그제서야 기차는 경적을 울리며 출발했다. 내가 탈 때까지 기관사가 기다려준 것이다. 맥이 풀린 나는 통로바닥에 주저앉았다.

달리는 기차에서 바라보는 시가지의 풍경은 다채로웠지만 가난의 시린 추위에 움츠러든 내 영혼은 그 풍광을 즐길 여유가 없었다.

고등학교에 진학을 해서도 집안형편은 풀리지 않았다. 학교에 내는 사소한 돈도 항상 기한을 넘겼다. 그럴 때마다 담임은 나를 교무실로 불러 차가운 얼굴로 말했다.

"마감이 언제 지났는데 아직이야?"

"어머니에게 말씀드리겠습니다."

옆의 선생과 농담을 주고받던 담임은 귀찮다는 듯 나가라는 손짓을 했다. 돈이 없어 교무실에 불려가 담임에게 매몰찬 말을 듣는 날이 오리란 건 전혀 짐작하지 못한 일이었다. 그래도 대학을 가야겠다는 생각에 방과 후 매일 도서관에서 공부를 했지만 저녁을 먹을 돈이 없어 도서관이 끝나는 10시까지 배를 곯아야 했다. 밤늦게 집에 들어가면 그제야 어머니가 이불 밑에 넣어두었던 밥을 꺼내 밥상을 차려주셨다. 동생들도 아버지도 모두 자는 단칸방에서 늦은 저녁을 먹는 것도 내 머리 속에는 없던 일이었다.

가난의 쓰라림을 온몸으로 겪던 사춘기 내내 내 삶엔 미래가 없어 보였다. 날품팔이로 생계를 이어가는 어머니, 연고도 없는 서울에서 일거리를 찾아 헤매는 아버지, 다섯 식구가 한 이불 속에서 자야 하는 궁색한 삶이 나아지리란 보장은 어디에도 없었다. 내가 수의과에 가는 것도 엉겁결에 결정된 일이었고, 전공에 대한 회의감으로 대학 내내 방황할 줄은 꿈에도 몰랐다, 간신히 마음을 붙였던 연극도 미래는 없었다. 동물병원도 마찬가지다. 하루하루 꾸려가고 있지만 이 동물병원의 끝에 무엇이 기다리고 있을지 나는 알 수 없다. 유은이 자신의 삶을 견디듯 나도 견딘

다. 불확실한 미래와 답답한 현실의 이중주를.

7

중개사 김씨가 눈을 털며 병원으로 들어섰다. 그는 동네 터줏대감이다. 적어도 동물병원 근처의 매물은 거의 다 그의 손을 거쳤다. 내가 병원을 얻을 때도 그의 손을 빌렸다. 17년 가까이 안면을 튼 탓에 그는 천연덕스레 병원을 드나든다. 오늘 그의 손엔 봉지 하나가 들려 있다.

"야! 동물병원도 공치네. 우리도 그래. 눈 때문인지 손님이 그림자도 없어. 그래서 놀러왔어. 같이 먹자구. 혼자 먹자니 궁상맞아서."

그가 풀어놓은 것은 군고구마였다. 고구마를 보고 김실장이 반색을 했다. 그녀는 잽싸게 커피 세 잔을 만들어왔다. 이미 유은과 커피 한 잔을 마시긴 했지만 한 잔 더 마시는 커피도 나쁘지 않다. 고구마를 먹던 김씨가 나를 보더니 의미심장한 미소를 지었다.

"강원장! 요 앞 약국 약사와 잘 지내던데. 재주도 좋아."

"무슨 말씀이신지?"

"무슨 말이긴. 다 알면서."

김씨는 내 어깨를 툭 쳤다.

"잘못 짚으셨어요."

김실장이 끼어들었다.

"잘못 짚어?"

김씨는 의아한 표정을 지었다.

"그 언니 원장님 대학 후배거든요. 친한 건 당연하죠."

"대학 후배?"

"네. 연극공연도 같이 했대요."

"정말이야?"

김씨의 언성이 올라갔다.

"네. 대학에서 제가 연극반 활동을 했어요. 후배는 내가 본과 졸업반 때 처음 연출한 연극의 주인공이었죠. 그런데 그 후배가 18년 만에 나타났어요. 제 병원 앞에 약국을 열고."

"정말? 야! 세상에 그런 우연이 있나."

김씨는 믿기 어렵다는 눈치였다.

"우연이 아니라 인연인 거죠."

김실장이 점잖게 훈수를 둔다.

"난 그것도 모르고 괜히 딴 생각을 했네."

"무슨?"

"약사가 이쁘장하잖아."

"우리 원장님이 바람핀다고 생각하셨어요?"

김실장이 눈을 흘겼다.

“사내란 말이야. 자기 마누라가 아무리 이뻐도 다른 이쁜 여자가 보이면 눈이 돌아가. 그게 남자야. 김실장도 조심해. 결혼하면 처음부터 문단속을 잘 해야 돼. 남편 믿고 놔뒀다간 사고 나기 십상이야. 말이 나왔으니 말이지 여기 우리 동네 가게 사장들 애인 없는 사람 없어. 요즘은 애인 없으면 사람 구실을 못하는 세상이야. 나도 빨리 하나 구해야 하는데.”

“사장님도 보통 남자군요.”

“그래 난 그저그런 남자지. 그러니 이렇게 사는 거고. 하지만 특별한 남자가 되고 싶지도 않아. 인생은 즐겁게 살면 되는 거야. 안 그래, 강원장?”

“글쎄요. 뭐가 즐거운 건지 잘 모르겠습니다.”

그는 내 말에 짐짓 달관한 얼굴을 했다.

“사실은 그게 문제란 말야. 뭐든 다 거기가 거기거든. 재미난 것도 즐거운 것도 맛있는 것도…… 아! 거래가 성사될 때 그땐 엔돌핀이 돌아. 건수가 크면 더하고. 근데 거래가 없으면 시들해. 그거 가지고 저승 가는 것도 아닌데 사람 기분이 왜 그렇게 돈에 흔들리는지. 근데 세상이 어떻게 되려고 그러나. 3월에 무슨 눈이 이렇게 와? 지구가 어떻게 되려는 건지.”

김씨는 뒤숭숭한 표정으로 창밖을 바라본다. 고구마를 한입 먹던 김실장의 눈이 김씨를 향한다.

“사장님도 그거 믿으세요?”

"뭐?"

"종말 같은 거요."

김실장의 말에 김사장은 손을 휘휘 저었다.

"그런 거 관심 없어. 죽으면 죽는 거지 뭐. 하지만 종말이든 아니든 그냥 살기가 좀 편했으면 좋겠어. 물가는 매일 올라가고 장사는 안 되고. 입에 풀칠하는 것도 어렵고. 이래서야 어디 사람 살겠냐구."

"TV에 보니 종말을 대비해 산 속에 벙커를 지어놓고 먹을 거 식수 이런 거 다 챙겨놓는 사람들도 있더라구요."

"미친놈들이지."

"왜요?"

고구마만 먹기엔 입이 심심한 건지 김실장은 계속 김씨의 말꼬리를 잡고 늘어진다.

"아, 저만 살겠다고 그러는 게 그게 정상이야? 사람들 다 죽고 혼자 살면 그게 사는 거야? 죽는 것만 못하지. 김실장은 절대 저 혼자 살아남겠다는 그런 놈하곤 결혼하지 마."

"종말이든 뭐든 일어날 일은 일어나고 일어나지 않을 일은 일어나지 않겠지요."

김씨는 못마땅한 듯 인상을 찌푸렸다.

"강원장은 부처님 같은 말을 하는군."

"걱정한다고 달라질 건 없으니까요. 종말이든 뭐든 전 강아지,

고양이 똥구녕 보는 거 달라지지 않고. 김사장님 부동산 하시는 거 달라지지 않고. 그러니 하는 일이나 열심히 할 밖에요. 김사장님은 거래액수가 크니까 한 건 하시면 밥 한번 사시고."

"밥 사지. 그까짓 거 얼마 한다고. 근데 거래가 있어야지. 손가락 빨게 생겼어."

김씨의 폰이 울렸다. 바지에서 폰을 꺼내 받는 김씨의 얼굴이 환해졌다.

"부동산에 오셨다구요? 예! 잠깐만 계세요. 금방 갑니다."

전화를 끊은 김씨는 자리에서 일어섰다.

"야! 죽으라는 법은 없네. 이 눈에도 손님이 와."

"어서 가보세요."

"남은 고구마는 두 사람이 먹어."

그가 나가자 병원은 조용해졌다. 투명한 유리문 밖으로 걸어가고 있는 김씨의 등에 눈이 하얗게 쌓이고 있었다. 김실장이 테이블을 정리하기 시작했다. 나는 손에 남은 고구마를 입에 털어 넣고 창가로 다가섰다. 눈발 사이로 보이는 약국엔 하얀 불빛 아래 유은이 턱을 손에 괴고 움직이지 않는 정물처럼 미동을 하지 않고 있다. 눈발은 다시 굵어지고 있었다. 내리는 눈 사이로 눈싸움을 하는 초등학생들, 유모차를 지팡이 삼아 밀고 가는 할머니, 배달 오토바이를 탄 사람, 행상트럭…… 마치 진공청소기에 빨려 들어가듯 모든 것이 눈 속으로 사라지고 있었다.

3 —• 오아시스

1

3월의 끝자락, 세상엔 끔찍한 일들이 연이어 터졌다. 입양한 아이를 학대 끝에 죽게 한 아버지도 있었고, 의부증으로 남편을 살해한 아내도 있었다. 이탈리아의 유조선이 알래스카에서 좌초해 기름띠가 바다로 흘러들어 많은 바다생물들이 죽어갔으며, 중동에선 전쟁이 일어나 대량 난민이 발생했고, 독일에선 때 이른 장마로 도시가 마비되었고…… 방송들은 그 끔찍하고 불행한 사건들을 앞다투어 보도했다. 그것만 보면 세상은 고통을 겪기 위해 태어난 곳 그 이상도 이하도 아니었다. 할머니 분식집에서 유은과 점심을 먹을 때도 TV에서 그 뉴스가 흘러나왔다.

"이 세상은 확실히 천국이 아니에요. 온통 아프고 다치고 죽고."

TV에 시선을 고정한 유은의 미간이 살짝 패였다. 주문한 청국장을 내온 할머니도 못마땅한 듯 TV를 보았다.

"에휴! 세상이 온통 아수라장이야. 나도 그렇고. 70년 가까이 살아왔지만 편할 때가 언제 있었나 싶어. 맨날 동동거리고, 애간장을 태우고."

"힘들게 살아오셨나 봐요."

유은은 동정어린 눈길을 보냈다.

"힘들었지. 아들 교통사고로 죽고, 아들 가니 남편 병들어 죽고, 혼자 입에 풀칠하려고 버둥거린 게 내 인생의 전부야. 요즘 연속극 거 뭐냐, 사랑하는 사람과 알콩달콩하는 거 있잖여."

"동매란 드라마요?"

"그래 그거."

"저도 그거 가끔 봐요. 근데 청국장 참 맛있어요."

"아 그래? 청국장 맛있다는 소린 많이 듣지. 근데 그 드라마 보면 속상해. 나는 뭐했나 싶고. 그냥 먹고 사느라 버둥거리기만 했지 평생 사랑이라곤 근처도 못 가봤으니. 동매 사랑하는 거 보니 이쁘더구만. 저렇게 한번 살아봤으면 좋겠다는 생각이 절로 나고. 하지만 이 생은 글렀다우."

유은은 할머니의 손을 덥석 잡았다.

"할머니 대단하세요."

"뭐가?"

"전 힘들면 짜증만 내요. 근데 할머닌 아들 남편 다 갔는데도 이리 꿋꿋하게 식당을 하시고, 맛난 밥도 만드시고, 친절하시고."

"아가씨도 힘든 게 있어? 그런 거 없어 보이는데."

"우리애가 아토피에요. 몇 년 째 병원에 다니는데 차도가 없어서 애가 많이 힘들어해요. 애가 힘드니 저도 힘들고."

이야기 중 유은은 슬쩍 나를 쳐다보았다. 말 없는 말이 유은의 눈 속에 있었다. 자신을 힘들게 하는 게 더 있다는. 물론 그건 나만 아는 이야기다. 할머니는 측은한 표정을 지었다.

"아토피엔 공기 좋은 데가 좋은데. 지금 어디 살우?"

"서초에 살아요."

"공기 좋은 곳으로 이사해. 그게 수야."

"그럴 생각은 있는데 어디로 가야 할지 몰라서요. 좋은 데가 있을까요?"

나는 그제서야 대화에 끼어들었다.

"우리 동네 괜찮은데."

"선배 동네가 어딘데요?"

"길동이라고 했잖아. 근처에 산이 있어. 공기 하나는 끝내주지. 서울 외곽이라 매연도 적고. 출퇴근도 괜찮고."

"아, 그래요?"

"물도 좋아."

"물요?"

"공원에 약수터가 있는데 물이 좋아. 주말마다 물 뜨러 온 사람들이 바글바글해."

손님이 들어와 음식 주문을 하자 할머닌 주방으로 들어가며 말했다.

"거기로 이사하면 되겠네."

2

4월, 유은이 이사를 했다. 할머니 식당에서 이사 이야기가 나온 지 한 달도 되지 않은 시점이었다. 그녀가 이사한 곳은 둔촌동 뒤편 일자산 자락과 붙은 조용한 고급빌라였다. 번갯불에 콩 볶는 듯한 이사였지만 유은은 그게 자기 스타일이라고 했다. 그리고 생각지도 못한 제안을 해왔다.

"선배! 우리 카풀 해요. 우리 집이 선배 집과 병원 사이니 딱이에요."

"그 노선은 카풀이 아니라 일방적인 기사노릇인데."

"너무 억울해하지 마세요. 저도 가끔 픽업 갈게요."

카풀이 시작되면서 나는 좀 부지런해졌다. 그전엔 적당히 눈을 뜨고 밥을 먹고 옷을 입고 나서면 그게 출근시간이었지만, 이젠 정해진 시간에 그녀를 픽업해야 했으므로 그럴 수 없었다. 아침에 그녀의 집 쪽으로 가면 유은은 늘 먼저 도로 옆에 나와 있었다. 차를 대고 유은이 차를 탈 때면 그와 동시에 바깥 공기가 그녀와 함께 딸려오면서 그녀의 향수냄새가 차 안을 가득 채웠다. 아내 아닌 다른 여자의 향수냄새가 차에서 나는 건 처음이었다. 그녀는 가끔 먹을 걸 갖고 탔다. 그게 김밥일 때도, 과일일 때도, 샌드위치일 때도 있었다. 내가 운전을 하고 있으면 유은은 이런저런 이야기와 함께 먹을 걸 내 손에 쥐어 주었고, 난 전방을 주시하면서 그녀가 건네 준 것을 받아먹었다. 혼자 무료하게 차를 타고 다닐 때는 없던 아기자기한 재미였다. 그녀가 간식가방을 들고 타는 날이면, 나는 언제나 그 속에 뭐가 있을까 궁금했다.

어느 날 아침 시무룩하게 차에 오른 그녀는 말없이 핸폰을 만지고 있었다. 간식가방도 보이지 않았다. 눈은 폰을 향한 채 입술을 다물고 있었다. 어쩌면 화가 난 표정 같기도 했다.

"뭐해?"

침묵을 깬 건 나였다.

"남편과 싸우는 중이에요."

"싸운다고?"

"우린 싸울 때 톡으로 해요."

유은은 나를 힐끔 보더니 다시 폰으로 시선이 향했다.

"톡으로?"

"웃기죠?"

그녀의 카톡은 손가락이 보이지 않을 정도도 빨랐다.

"대놓고 싸우면 큰 싸움이 되거든요. 이건 타협의 산물이죠."

유은은 다시 카톡에 빠져들었다. 한참을 그렇게 오가던 톡이 잠잠해졌다. 유은은 그제서야 손을 멈추고 나를 쳐다보았다.

"무슨 일인데?"

"시댁요!"

"시댁?"

"이사 때문에."

"이사?"

"아버님에게 이사했다고 말했더니, 느닷없이 '왜 내 허락도 안 받고 이사했냐?'고 그러시는 거예요. 제가 제 집 이사하는데 왜 아버님 허락을 받아야 하느냐고 했더니, 그 집이 왜 네 집이냐고. 그 집 살 때 당신 돈이 들어갔다고 하는 거 있죠. 집 살 때 남편이 반을 댔는데 그 돈이 당신 거라고. 자기 돈 들어갔으니, 집 사고파는 거 자기 허락을 받아야지 왜 맘대로 하냐고. 매일 집으로 전화해서 돈 내놓으라고 소리 지르고. 그런데 이 남편이란 인간이 가만히 있는 거예요. 나보고 알아서 하라고."

톡이 다시 오기 시작했다. 유은의 손가락은 움직였다 멈췄다를 반복했다. 그리고 사이사이 혼잣말처럼 중얼거렸다. '내가 왜 이런 인간과 결혼했는지, 이런 사람이 무슨 검사를 한다고, 자기 앞가림도 못하는 주제에……' 부글부글 끓는 그녀의 아드레날린이 차 안을 가득 채웠다.

"저 그동안 시댁에 잘했어요. 엄마도 일본에 있고 아버지도 친아빠가 아니고 그래서 시부모를 진짜 부모님처럼 대하고, 사랑 받고 싶어서 노력도 엄청 했어요. 신혼 때 주말마다 집에 오셔서 주무시고 내려가도 불평 하나 안 하고 모셨고…… 주말 다 반납하고 친구 만나는 것도 포기하고…… 그 시간이 3년이에요."

폭풍 같은 그녀의 하소연이 이어졌다.

"매주 오시니 처음엔 나를 좋아하나 보다 생각했어요. 그래서 고맙기도 하고. 그래서 매일 전화드리고 안부도 살피고 그랬는데, 이번에 알았어요. 시아버지가 왜 몇 년 동안 주말마다 꼬박꼬박 우리 집에 있다 갔는지. 시아버진 그동안 우리 집을 당신 집이라고 생각해왔던 거예요. 우린 그냥 거기 들어와 사는 사람이고. 그래서 주말마다 그렇게 당신 집처럼 와서 쉬다 간 거죠. 심지어는 제가 약속이 있어 나가야 하니 오지 말라고 하면 경비실에 키 맡겨 두고 가라고도 했어요. 당신이 문 열고 들어가겠다고. 그땐 이해가 안 됐어요. 아무리 자식집이지만 우리집에 당신 맘대로 문을 열고 들어오겠다는 게. 그런데 지금은 다 이해가 돼요. 당신 집이니까 그랬던 거예요. 근데 내가 그 집을 팔고 이사 갔으니 열불이 난 거죠."

"돈 가지고 저승 갈 양반이군."

"그게 다가 아니에요."

출근길이라 도로에 차가 많았다. 난 유은의 말을 듣느라 운전에 집중이 잘 안 되었다. 갑자기 차 한 대가 급히 끼어들었다. 유은이 비명을 질렀다. 난 급히 브레이크를 밟아 속도를 줄였다. 끼어든 차가 다시 멀어지자 유은은 가슴을 쓸어내렸다.

"아 미안! 저 차가 밀고 들어오는 바람에."

"괜찮아요. 그냥 놀래서."

"근데 다가 아니란 말은 뭐야?"

유은의 입을 통해 듣는 이야기는 상상 이상이었다. 유은이 돈이 없다고 하자 시아버지는 직접 서울에 사는 유은 삼촌과 이모에게 전화를 해서 돈을 갚으라고 닦달을 했다는 거였다. 그것도 점잖게 돈을 갚으라는 것이 아니라 반협박 조로 돈을 안 갚으면 가만히 있지 않겠다고. 유은의 결혼생활이 원만치 않다는 것을 아는 삼촌과 이모는 그녀의 결혼생활이 깨질까 봐 돈을 주겠다고 했고. 그 대목에서 유은은 거의 통곡을 했다.

"사돈을 그렇게 막 대하다니."

그녀의 말을 듣고 있자니 나도 열이 났다.

"제가 돈이 없어서 없다고 한 거 아니에요. 그 정도 돈은 저한테도 있어요. 말도 안되는 말을 해서 없다고 한 건데. 친정식구들한테 그런 전화를 하고."

유은은 다시 울먹였다.

"시아버지 말 다 무시하고 상대하지 마."

"그게 잘 안 돼요. 집안어른이어서."

나는 언성을 높였다.

"좋은 며느리 콤플렉스 있어? 말도 안 되는 짓을 하는데 그런 사람과 잘 지내고 싶냐구."

"원수처럼 지낼 수는 없잖아요. 남편 아버진데. 하지만 선배가 그렇게 말해주니 속은 시원하네요."

훌쩍거리는 그녀의 눈이 발갰다.

"오늘 뭐해?"

"별 일 없어요."

"그럼 퇴근하고 산에 가는 거 어때? 오늘은 토요일이라 일찍 끝나니 퇴근하고 바람 좀 쏘이면 기분이 나아질 것 같은데. 4월이라 나무도 파릇파릇하고."

"산요?"

"응. 우리 동네 뒷산. 네 집과도 붙어 있어."

"산은 봤어요."

"아직 안 가봤지?"

"그럴 시간이 없었어요."

"산책로도 잘 돼 있고, 걷는 것만으로도 힐링이 돼."

"그래요?"

"약수터 있다는 건 말했지?"

"네."

"약수맛도 한번 보고."

"약국이고 뭐고 다 치우고 지금 바로 가고 싶네요."

"병원 끝나면 전화할게."

"알았어요."

3

그녀에게 산행을 제안한 것은 다소 즉흥적이었다. 눈물바다가 된 유은에게 뭔가 위로를 해주고 싶었고, 그 순간 산행이 번개처럼 머리를 스쳤다. 산행 제안에 다소 밝아진 그녀를 내려주고 병원으로 향하면서 나는 자문했다. '잘한 일이지?' '그래 잘한 일이야. 유은 얼굴이 밝아졌잖아.' 그러나 유은과 산행을 하다가 아는 동네사람을 만날 수도 있다는 생각이 들자 슬며시 걱정되었다. '괜히 산행을 하자 그랬나? 뭐 내가 불륜을 하는 것도 아니고 후배 좀 위로해주자는 건데…… 별 일 없겠지……' 그렇게 생각을 정리하면서 진료실로 들어서는데 어머니에게 전화가 왔다.

가끔 하시는 안부전화다. 병원은 잘 되고 있는지, 아픈 데는 없는지…… 혼자 사시는 어머니의 전화는 언제나 짠하다. 아버지가 돌아가신 뒤 같이 살자는 내 청을 어머닌 한사코 뿌리치셨다.

"내 몸 건강하고 밥 챙겨먹을 수 있는데 신세지고 싶지 않다."

"어머니 그게 무슨 말씀이세요? 신세라뇨. 당연한 건데. 그리고 어머니 혼자 사시는 거 걱정됩니다."

걱정이 된다는 내 말에 어머니는 희미하게 웃었다.

"걱정은 네가 된다."

"네?"

"나는 네가 늘 걱정이야. 눈에 보여도 눈에 안 보여도. 밥은 잘 먹는지 운전은 잘 하고 다니는지 병원은 잘 굴러가는지."

"걱정 안 하셔도 됩니다. 그리고 동우 엄마 저 잘 챙깁니다. 병원도 잘 되고 있고. 걱정하실 거 없어요."

"그래도 나는 네가 늘 걸려. 어릴 때 못 먹고 자라선지 끼니를 거르면 못 참잖니. 가끔 네가 병원일 하다 늦은 점심을 먹는다는 소리를 들으면 마음이 아파. 너 갓난아기 때는 정말 굶다시피 했지. 먹고 살 길이 없어 갓난아기인 너를 안고 네 아버지 고향인 흑산도에 가는데, 무슨 파도가 그리 센지. 정말 죽다가 살아났다. 그때 다들 큰 바다 나온다 하면서 드러눕는데 초행인 나는 왜들 그러나 싶었어. 근데 너울이 배를 치는데 정말 죽는구나 싶었어. 배가 바다로 들어갔다 나오고 바닷물이 배로 쉴 새 없이 들어오고 여기저기서 토하고 어린애들은 무섭다고 울고…… 난리도 그런 난리가 없었지. 간신히 도착한 흑산도는 먹을 게 정말 없더구나. 쌀은 구경할 수도 없고 있는 것이라곤 생선밖에. 이러다 너 죽겠다 싶어 바짝 마른 너를 다시 데리고 부산으로 오니 외할머니가 얼마나 서럽게 울었는지 모른다. 망할 놈의 집구석이 너를 이 지경으로 만들었다고. 당장 이혼하라고."

그 이야기는 벌써 수십 번을 듣는다. 물릴 법도 한 그 이야기를 할 때면 어머니는 목소리에 생기가 돈는다. 거기엔 어려운 과거를 잘 살아낸 자부심이 있다. 나는 그 자부심에서 어머니가 건강하다는 것을 확인한다. 아쉬운 건 그때 그 흑산도에 대한 기억이 내게 없다는 거다. 하긴 내가 어머니 등에 업혀 흑산도를 간 게 3살 때니 대상에 대한 기억을 간직하긴 어렵다. 그러나 초등학교를 졸업하기 전 여름방학 흑산도에 간 기억은 생생하다. 뱃길은 멀미 하나 없이 편안했고 어머니가 들려준 그 죽을 뻔했다던 큰 바다 파도는 기척도 없었다.

그 여름의 흑산도는 황홀했다. 나를 작은아버지라 부르던 현상이 노를 젓는 작은 배를 타고 나서면 세상 끝에 선 듯한 수평선이 동서남북으로 펼쳐지고, 그 망망한 바다 끝자락에 은빛 속치마처럼 펼쳐진 하얀 모래톱과 바닥을 알 수 없는 시커먼 물에 미끼를 달아 내리는 족족 팔뚝만한 고기들이 펄떡거리며 올라오는 광경은 보기만 해도 가슴이 설렜다. 현상은 나이가 많은 사람이었다. 족보상 내가 작은아버지가 된다고 했지만 거의 아버지뻘의 용모를 가진 그가 초등학생인 나를 작은아버지라고 부르는 건 거북했다.

"작은아버지 이리 오시오잉. 여기가 고기가 정말 잘 잡힌당께. 낚시만 넣으면 그냥 고기가 줄줄이 올라와. 한번 넣어보랑께. 어찌 되나."

그는 눈을 껌벅거리며 한 지점을 가리켰다.

"내가 작은아버집니까?"

"그라요. 나한테 작은아버지라."

그는 당연하다는 투였다.

"제가 나이가 많이 어리잖아요."

"족보는 나이와 상관없어라. 아래 위는 나이가 정하는 게 아니라 족보가 정하는 것인께. 왜 내가 작은아버지라 하니까 이상허요?"

"네."

"이상할 거 없어라. 세상이 그런 걸. 따지지 말고 그냥 받아들이면 된당께. 저 바다가 바람을 받아들여 출렁이듯. 출렁이는 바다는 건강하지라. 우리도 무슨 일이든 잘 받아들이면 저 바다처럼 건강해진당께."

인생을 달관한 듯한 그의 말은 이해하기 어려웠지만, 나는 그가 편하고 좋았고, 매일 그를 따라 다녔다. 낚시를 하고 낚시로 한 통 가득 고기가 잡히면 집에 있는 물통에 부어넣고, 다시 그의 집 뒷산에 가득 날아다니는 잠자리를 잡으러 다녔다. 그 누구도 알 수 없을 것이다. 앞이 보이지 않을 정도로 잠자리가 날아다니는 곳이 이 세상에 있다는 것을. 흑산도가 그랬다. 정말 아무렇게나 손을 내밀면 잠자리가 툭툭 부딪쳤고, 가만히 서 있으면 잠자리가 내 어깨에 내 머리에 소리없이 내려 앉아 떠나지 않았다. 심지어는 내가 달려도 떨어지지 않고 붙어 있었다. 뛰어가도 여전히 옷섶에 붙어 있는 잠자리는 정말 신기했다.

"여긴 잠자리가 정말 많아요."

"그러요? 여름이면 여긴 늘 이래라."

"부산엔 잠자리가 별로 없어요. 그저 몇 마리. 저도 바닷가에 사는데 거긴 고기도 그리 없어요. 근데 여긴 진짜 고기도 많고 잠자리도 많고."

"사람이 바글거리는 곳은 대개 사람이 살 만한 곳이 아니랑께요. 근데도 사람들은 뭍으로만 갈라고 하지라. 왜 그러는지 모르겄당께. 여그가 천국인디."

초연한 얼굴로 바다를 바라보는 그의 두 눈은 알 수 없는 깊이를 담고 있었고, 그의 눈을 따라 흑산도 바다를 멍하니 바라보던 한때를 나는 잊을 수 없다.

지금이야 관광지로 유명하지만 흑산도는 본래 살기 어려운 섬이었다. 사방이 척박했고 농사를 지을 땅이 없었다. 수확이래야 바다에서 나는 고기가 거의 전부인 그 먼 흑산도에서 아버지가 태어난 건, 아버지의 아버지가 그 섬에 정착하게 되었기 때문이라고 나는 들었다. 척박한 흑산도였지만 아버지의 유년시절은 유복했다. 그건 할아버지가 어업으로 큰 성공을 거두어 거부가 된 덕분이었다. 그러나 할아버지가 돌아가시면서 가세가 기울었고, 끼니조차 챙길 수 없었던 아버지가 부산으로 건너오면서 어머니를 만나 결혼하고 거기서 내가 태어났다.

"드시고 싶은 거 없으세요?"

"별로 없다."

"그래도 잘 드셔야 해요."

"나이를 먹으면 먹고 싶은 것도 적어져. 80 넘게 먹었으면 먹을 건 다 먹지 않았겠니? 세상 진수성찬도, 간장에 밥 한 그릇도 다 먹어봤어. 이젠 맛난 것도 신기한 것도 재미난 것도 없다. 이제 이 세상을 즐길 일은 없어."

"어머닌 저 키우느라 고생 많이 하셨는데."

"고생도 지나고 보니 추억이다. 아픈 일도 즐거운 일도 다 그래. 배도 곯아보고, 행상도 해보고, 빵집도 하고 …… 그렇게 산전수전 다 겪고 이젠 따뜻한 집에서 편하게 지내니…… 그만하면 세상 잘 산 거다. 이제 남은 건 저 세상 갈 준비지. 그나저나 네 아버지는 저 세상에서 잘 있는지 모르겠구나."

어머니의 목소리엔 그리움이 묻어난다. 살아생전 아버지와 데면데면하셨던 어머니였다. 투닥거린 적도 많으셨다. 같이 여행을 다닌 적도 많으셨다. 애증이 뒤섞인 두 분의 삶이었다. 그런 어머니가 돌아가신 아버지에게 드러내는 그리움은 애잔하다. 거기엔 사랑하는 사람이 만날 수 없는 영역으로 가버린 뒤 남는 회한 같은 것이 있다. 좀 더 잘해 줄 걸, 좀 더 잘 살 걸…… 그러나 그건 가능하지 않은 바람이다.

돌아가신 지 한참 된 어느 날 꿈에 외할머니가 하얀 소복을 입고 나타나서 차분한 음성으로 말씀하셨다. '주효야, 인생처럼 모진 건 세상에 다시 없다.' 평생 살을 맞대고 살아도 죽음이 찾아오면 필연적으로 영원한 이별의 장막 너머로 두 번 다시 볼 수 없는 처지가 되는 인간의 숙명. 그 단호하고 매정한 이 땅의 현실을 느낄 때마다 나는 외할머니의 말이 생각난다. 인생처럼 모진 건 세상에 다시 없다는.

4

어머니 전화가 끊어지자 4시에 류현진이 나오는 야구경기가 있다는 것이 생각났다. 아! 그걸 봐야 하는데…… 하지만 이미 엎질러진 물이었다.

첫 손님은 경찰관이 데려온 작은 말티즈였다. 한눈에도 버려진 유기견이었다. 긴장을 했는지 녀석은 진찰대 위에서 꼼짝을 않고 멍하니 앞만 주시하고 있었다. 녀석의 눈에는 삶을 포기한 듯한 절망과 돌봄을 받고 있다는 위안이 뒤섞여 있었다.

절망과 위안, 그건 우리 집이 망하고 서울에 올라와 단칸방에 살면서 느꼈던 감정이다. 다섯 식구가 한 방을 쓰고 욕실도 없는 그곳에서 끼니를 걱정해야 하는 절망스런 삶을 살아갈 때, 그나마 나를 지탱했던 힘은 서로 몸을 의탁해 나누었던 가족이 주는 위안이었다. 녀석이 안쓰러운 마음이 들었다. 진찰 결과 다행히 별 문제는 없었다. 안도의 눈빛을 보인 경관은 치료비를 내려고 했다. 나는 거절했다. 유기견 진찰로 돈을 받을 생각은 없다.

"녀석을 어떻게 하실 건가요?"

"유기견 보호센터로 보내려고요."

"그게 제일 낫습니다."

그는 얼마 전 방송에서 본 유기견 이야기를 꺼냈다.

"방송을 보니 사람들이 섬에까지 가서 버리더군요. 사람들 참 무섭습니다. 키울 때는 애지중지하다가 싫어지면 물건처럼 내버리고."

그는 안타까운 듯 혀를 찼다.

"세상이 점점 험해지지요."

그는 내 말에 고개를 끄덕거렸다. 경관이 말티즈를 데리고 나간 뒤 고양이 두어 마리가 왔다가자 토요일 진료가 끝났다. 문을 닫고 병원을 나서니 유은이 약국에서 나왔다. 약국문은 열린 상태였다.

"약국 안 닫았네."

"보영이가 이따 닫을 거예요."

유은을 집에 내려주고 3시에 공원산책로 입구에서 만날 약속을 하고 아파트로 향했다. 집에 들어서자마자 아내가 나를 보고 생글거렸다. 불길한 예감이 들었다. 예상은 적중했다. 아내는 마트에 같이 가자고 했다. 머릿속이 헝클어졌다. 내 표정이 굳어지자 아내는 안다는 듯 빙그레 미소를 지었다.

"야구 못 볼까 봐? 예약 녹화하면 되잖아."

"야구 때문이 아니라, 산에 좀 가려고."

"갑자기 산엔 왜?"

"응. 오전 내내 머리가 띵하고 몸도 찌뿌듯해서."

난 없는 핑계를 만들어내느라 머리가 바쁘게 돌아갔다. 태연함을 가장한 연기는 생각보다 진정성이 있었는지 아내는 의심 없이 반응했다.

"마트 갔다 와서 가. 그래도 산에 갈 시간은 돼."

나는 다시 머리를 굴렸다.

"속이 메스꺼워. 마트 가는 거 영 안 내켜."

"그렇게 속이 안 좋아?"

"응."

"안색도 안 좋네. 당신 요즘 너무 무리한 거 아냐? 적당히 쉬어가면서 하지."

"그건 아니고 지금 상태가 좀 그래서."

아내는 걱정스러운 듯 내 이마를 짚어보았다. 거짓말이 거짓말을 만들어 내는 상황에 나는 곤혹스러워졌다.

“정말 안 좋아 보이는데. 자기는 산에 다녀와. 마트는 혼자 갔다 올게. 키 줘.”

평소 같으면 두말하지 않고 따라나서는 나다. 아내와 같이 하는 장보기는 주말을 보내는 아이템으로 그리 나쁘지 않다. 신혼 때 같지는 않지만 아내와 하는 마트쇼핑은 단조로운 일상의 작은 기분전환이 된다. 그러나 오늘은 아니다. 키를 받아든 아내가 집을 나간 뒤 서둘러 옷을 갈아입으며 나는 자위했다. 동기가 선한 거짓말은 거짓말이 아니라고. 나는 그저 인류애를 발휘하는 것뿐이라고.

산책로 입구에 도착하자 유은은 이미 와 있었다. 운동복 차림인 그녀의 얼굴이 밝아 보였다.

“내가 좀 늦었나?”

“저도 금방 왔어요. 근데 선배는 등산복 차림이네요. 난 운동복 입고 왔는데. 산이 험해요?”

“아냐. 완만해. 산책할 때 난 이걸 입지. 이 옷이 편해서.”

“집을 살 때만 해도 산이 옆에 있어서 좋다 그렇게만 생각했는데, 와보니 정말 좋은데요.”

“말했잖아, 좋다고. 운동시설도 잘 돼 있어. 배드민턴장, 체력단련장, 탁구장, 롤러스케이트장, 농구장.”

“그런 것도? 어머! 이건 새소리! 들었어요?”

유은은 새소리가 나는 곳을 향해 몸을 돌렸다.

"산에 새소리가 나는 것은 당연하지."

"잊고 살았어요. 산에 새가 산다는 걸. 산에 오면 새소리가 난다는 걸. 왜 난 그런 걸 까맣게 잊고 살았을까요?"

유은의 얼굴이 어두워졌다.

"여유가 없었던 거지."

"그래요. 여유가 없었어요. 신랑이랑 싸우고 시아버지랑 싸우고 아토피랑 싸우느라."

"난 산에 오면 옛날 우리 집 뒷산에서 들리던 뻐꾸기 소리가 늘 생각나."

"아! 산 옆에서 살았나 보죠?"

"아버지가 사업한다고 집 정리해서 이사한 동네가 산 근처였지. 아버지는 집 판 돈으로 사업을 했고 어머닌 빵집을 하셨지."

"오! 빵집 아들이었어요? 빵 많이 먹었겠다."

"빵은 거의 못 먹었어. 하나라도 팔아야 해서. 내가 살던 동네 이름이 부산의 연산동인가 그랬는데 가끔 그 동네에서 듣던 뻐꾸기 소리가 생각나. 그 소리를 들을 때면 애잔하고 애수에 젖는 느낌이 들었고 많은 위안이 됐지."

"위안이 됐어요?"

"그때 우리 집이 가난했거든. 아버지 사업이 잘 안 돼서 어머니가 하는 빵집에 의존해서 겨우 살았어. 뭐 가지고 싶은 건 가질 수 없었고 먹고 싶은 건 먹을 수 없었고. 세상은 온통 회색빛이었지. 그 빼꾸기 소리 하나만 빼고."

"그때 뭘 가지고 싶었는데요?"

"자전거."

"자전거요?"

"내가 6살 때인지 아버지가 자전거를 사오셨는데 얼마나 좋았던지, 그거 타느라고 밥도 안 먹었어. 내가 타고 한 바퀴 동생이 타고 한 바퀴. 정말 하루 종일 자전거를 탔지. 그래도 물리지 않았어. 그야말로 그 세발자전거는 나한테 천국의 선물이나 마찬가지였지. 근데 이사를 간 집주인 아들한테 자전거가 있는 거야. 그걸 본 순간 옛날처럼 가슴이 뛰었어. 다시 자건거를 타고 싶다는 생각이 강하게 일어났고. 하지만 우리 집 형편에 자전거를 살 수는 없었어. 그래서 꾀를 낸 게 주인집 아들의 자전거를 몰래 타보는 거였지! 주인집은 2층이고 우린 1층이었는데, 난 몰래 2층으로 올라가 늘 세워져 있는 자전거를 들고 계단을 내려와서 집 옆 비탈진 골목으로 올라가 골목을 타고 내려오곤 했어. 두발자전거는 처음이라 타는 게 서툴러서 페달에 발을 올리지 못하고 그냥 발을 벌린 채 브레이크만 잡았지. 속력이 빠르면 브레이크를 잡고 속력이 느리면 브레이크를 풀고 핸들만 잡은 채 비탈진 골목길을 내려오는데 정말 기분이 좋았지. 통통거리는 바퀴의 진동을 느끼면서 골목을 내달리면 골목에 세워진 벽들이 내 옆을 휙휙 지나가고, 얼굴을 스치고 지나가는 바람결을 느끼는 맛이 일품이었어. 하지만 두어 번 그러고는 그만두었어. 계속 타고 싶었지만 그러다 들키면 혼날 것 같아서. 근데 지금 내가 왜 이런 이야기를 하고 있는 거지? 그만 걷자."

나는 산책로를 따라 걸음을 옮겼다. 유은은 내 옆에 붙어 따라왔다.

"선배는 어렵게 산 티가 안나요."

한 사람의 현재를 보고 그의 과거를 짐작하는 건 쉽지 않다. 그건 나무의 나이테처럼 존재의 속살을 들여다보아야 하는 일이다. 유은은 나를 모른다. 나도 물론 그렇지만.

"너도 그래. 고생이라곤 안 한 것 같애."

"그런가요? 전 늘 외로웠어요. 제가 한 고생은 그거에요. 외로움과의 싸움. 지금도 그렇고. 그것처럼 힘든 건 없는 것 같아요. 밥은 적당히 먹으면 만족할 수 있고 옷도 적당히 입으면 되고 집도 차도 적당하면 전 아무 불만 없어요. 근데 외로움은 그게 안돼요. 자라는 나무처럼 계속 커지고."

그 이야기 말미에 그녀는 갑자기 나를 빤히 쳐다보았다.

"그런데 선배가 나타났죠."

"무슨 말이지?"

"선배 덕분에 외로움이 줄었어요. 다 없어진 건 아니지만."

가늘게 들려오는 그녀의 목소리가 조금 떨리는 듯했다. 꿩 소리가 들렸다. 유은은 귀를 쫑긋했다.

"이게 무슨 소리죠?"

"꿩 우는 소리!"

"정말요?"

"꿩꿔궝 하는 게 꿩 우는 소리야."

"꿩이 그렇게 우나요? 신기하네요."

"신기하긴. 꿩 우는 소리가 원래 그런데."

"서울 한복판에서 꿩 소리를 들으니 신기해요. 사막에서 오아시스를 만난 것처럼."

5

유은에게 오아시스라는 말을 들은 건 그게 두 번째였다. 처음은 여느 때처럼 아침 출근을 할 때였다. 늘 소소하게 무언가를 챙겨오던 유은은 그날따라 빈손이었다. 기분도 시무룩해 보였다. 앞만 보고 말이 없던 유은은 애 키우는 게 짐스럽게 느껴진다고 말을 꺼냈다. 남편과의 사이가 좋지 않은 건 알지만 아이에게까지 그런 감정을 갖는 건 의외였다.

"애가 말을 안 들어?"

"말은 잘 들어요."

"그런데 왜?"

"그냥 재미가 없어요."

유은은 아이에게 뭐든 최고로 해준다고 했다. 발레도 시키고 피아노도 시키고 영어유치원도 보내고. 그러나 그건 어릴 때 자기가 하지 못한 한풀이를 아이에게 투사하는 것처럼 보였다.

"어릴 때 전 그런 거 못해봤어요. 하고 싶었지만 할 수가 없었어요. 외할머니는 오로지 공부만을 강요했어요. 그래서 전 숨이 막혔어요. 예서는 그렇게 키우고 싶지 않아요."

"예서야? 애 이름이?"

"네."

"근데 그 학원들은 예서가 원하는 게 아니라 네가 원하는 것처럼 보인다."

"예서도 좋아해요. 하지만 선배 말대로 대리만족인지도 모르죠. 딸이 원하는 것보다는 내가 못한 걸 해주고 싶은 마음이 앞서거든요. 하지만 의무감인지도 몰라요. 그거라도 해야 엄마노릇 하는 거 같은. 사는 게 재미가 없어서 애한테 더 매달리는 것도 같고."

차창 밖을 물끄러미 바라보던 그녀는 '어디론가 떠나고 싶어요'라고 낮게 중얼거렸다. 잠시 침묵하던 유은이 다시 입을 열고 결혼 전에 다녔던 여행 이야기를 했다. 터키, 스위스, 영국, 그리스, 파리…… 혼잣말처럼 자신이 여행했던 나라들을 하나 둘 언급하던 그녀의 말소리가 파리에 이르러 갑자기 작아졌다.

"파리에 간 건 결혼 후였어요."

파리를 언급하는 그녀의 입술이 바르르 떨렸다. 그녀의 눈은 먼 곳을 바라보고 있었다. 파리에서 무슨 일이 있었나? 물어보고 싶었지만 그만 두었다. 사람 사이엔 모르는 것도 있어야 한다. 모든 게 다 밝혀지고 들춰지는 인간관계는 건조하다.

"해외여행을 혼자 보낸다고? 남편이 쿨하다."

유은은 힘없이 웃었다.

"쿨해서가 아니에요. 관심이 없어서죠. 그도 나에게, 나도 그에게. 가족으로 공존할 정도의 관계를 유지하는 게 우리가 살아가는 방식이에요. 적당한 공존과 적당한 방임, 우리가 찾아낸 결혼생활의 해법이죠. 제 얘기 그만하고 선배 얘기 좀 해요."

"내 얘기?"

"하나 물어볼 게 있어요."

"뭔데?"

"선배는 퇴근시간이 즐거워요, 출근시간이 즐거워요?"

"그야 퇴근시간이지. 강아지 똥구녕 보는 일에서 벗어나니까. 동우엄마가 맛있는 음식 해놓고 있는 것도 좋고 아들 보는 것도 좋고."

"음! 선배는 집에 가는 게 좋구나. 전 집에서 나오는 게 좋은데. 결혼 후 파리로 여행갔을 때, 그땐 정말 새장을 벗어난 것 같았죠. 날개가 돋아난 것 같았고 구름을 탄 것 같았고."

"걱정된다."

"선배가 제 걱정을 한다니까 기분 좋은데요."
"무슨 말이야?"
"내 주변에 내 걱정 해주는 사람 아무도 없거든요."
"이모, 삼촌, 할머니까지 있는데 무슨 소리야?"
"다 걱정하죠. 저보다 제 결혼생활을."
"결혼생활을?"
"제가 결혼생활 힘들어 하는 거 알거든요. 그래서 결혼이 깨질까 봐 친척들이 전전긍긍하죠. 그래서 제 속은 친척들한테 못 털어놔요. 괜히 일만 커지니까. 내 속 털어놓는 건 선배밖에 없어요."
"아, 그래?"
"약국을 열어서 정말 다행이에요. 이렇게 속을 털어놓을 수 있어서."
"나한테 얘기해봐야 어디 샐 데가 없어서 그런 거 아닐까."
"그런 것도 있죠. 비밀이 보장되니까."
유은은 호호거렸다.
"어쨌거나 나라도 털어놓을 사람이 있다니 다행이다."
"약국에서 처음 선배를 봤을 때 어떤 느낌이었는지 아세요?"
"글쎄?"
"사막에서 오아시스를 만난 것 같았어요."

6

"뭘 그렇게 생각해요?"

유은의 목소리가 바람을 타고 날아와 귀에 걸렸다. 정신을 차리니 유은의 눈이 나를 보고 있었다.

"꿩 얘기하다가 갑자기 무슨 생각을?"

"아! 잠깐 딴 생각이. 그런데 여긴 꿩만 있는 게 아냐. 참새도 있다."

내 말에 유은은 허리를 잡고 웃었다.

"생뚱맞게 무슨 참새예요!"

"요즘 참새 보기가 얼마나 어려운데."

유은은 내 말에 다시 한 번 웃음을 터뜨렸다.

"선배는 좀 엉뚱한 데가 있어요."

조금 걷자 아카시아나무 숲길이 나타났다.

"이 나무들 무슨 나문지 알아?"

"뭔데요?"

"이게 다 아카시아야. 여기만 아니라 이 산 전체가 아카시아 천지지. 이게 5월이면 피는데, 그땐 나무마다 아카시아 꽃이 주렁주렁 달리고 그 향기가 동네까지 날아와. 아니 날아오는 게 아니라 밀물처럼 밀려 내려오지. 아카시아 향이 산에만 머물기엔 양이 어마어마하니까. 아카시아가 한창일 때 창문을 열어놓고 있으면 아카시아 향이 방안까지 들어와. 잘 때 침대에 누워 그 냄새를 맡으면 정말 환상이지."

"정말요?"

유은의 눈이 휘둥그레졌다.

"아마 너희 집에서도 맡을 수 있을 걸. 방향이 다르긴 하지만."

"5월이면 얼마 안 남았는데."

유은의 목소리가 들떴다.

"기다려지네요. 그 냄새가 어떨지."

그건 나도 기다린다. 한 번이라도 그 아카시아 향을 맡으면서 잠들어 본 사람이라면 누구나 그걸 기다리게 된다. 지금 사는 동네로 이사 온 첫해 5월 어느 날 산에서 부는 바람을 타고 창문으로 솔솔 들어오는 아카시아 향을 맡았을 때의 감동을 나는 잊을 수 없다. 회색 시멘트로 뒤덮힌 서울에서 아카시아 향을 맡으며 잠자리에 드는 건 상상도 못한 일이었다. 그건 정말 사막에서 오아시스를 만난 것 같았다.

사람이 많은 산책로를 벗어나 숲 사이로 난, 다니는 사람이 거의 없는 작은 오솔길로 들어섰다. 그녀는 나뭇잎 사이로 가녀린 은실처럼 퍼지는 햇살을 보고 탄성을 질렀다.

"저 이 동네 오래 살 거예요!"

그녀의 목소리가 햇살처럼 퍼졌다.

"좋은 생각이야."

"그쵸? 좋은 생각이죠."

"응."

잠시 앞서 가던 유은이 돌아섰다. 그리고 머뭇거리며 입을 열었다.

"저 좀 챙겨줘요."

갑작스런 말이었다.

"무슨, 말이지?"

"바람 불면 바람 부는 대로, 비 오면 비 오는 대로, 생각나면 생각나는 대로."

유은은 제자리에서 팔을 벌리고 빙빙 돌았다.

"어렵다. 알아듣게 말해."

유은은 빙빙 돌다 말고 멈춰 섰다.

"남자는 정말 단순하다니까. 꼭 설명을 해야 알고. 아이스크림 먹으면 내 것도 하나 챙겨 주고, 커피 마시면 혼자 마시지 말고 나도 한잔 사주고, 좋은 영화 있으면 나도 보여주고, 맛집 있으면 나도 데려가 주고."

그녀의 까닭 모를 청을 나는 일단 수용했다.

"그건 언제나 해줄 테니 걱정 마. 그리고 힘내."

그녀는 정색을 했다.

"나는 그 힘내라는 말이 제일 싫어요. 그건 애정이 없는 사랑과 같거든요. 그보다는 차라리 '이렇게 해, 그럼 돼.' 이런 말이 백 배 나아요."

"그건 맞는 말이군."

산책이 이어지면서 유은은 기분이 한결 나아진 듯했다. 산책 내내 벌레 하나 풀꽃 하나에도 환호성을 지르며 즐거워했다. 그녀의 환호성과 웃음은 아직 겨울 티가 남아 있는 나무숲에 길 없는 길을 만들고 있었고, 나는 그 보이지 않는 길을 헤매고 있었다. 챙겨달라고? 자기를 내가? 왜?

4 —◆ 엄마 해주세요

1

5월, 출퇴근하는 거리의 가로수들이 싱그러운 연두색 옷을 입기 시작했다. 나는 앞산에 만개할 아카시아꽃 향을 놓칠새라 밤마다 창문을 열어놓고 기다렸다. 그러나 시간이 가도 아카시아 향은 도통 기미가 없었다. 아카시아 향을 기다리는 시간이 생각보다 길어지면서 어느덧 나는 아카시아를 까맣게 잊고 있었다. 그러던 어느 날, 아내가 외출하고 혼자 소파에 누워 TV를 보고 있는데 폰이 울렸다. 유은이었다.

"저예요!"

유은의 목소리는 들떠 있었다. 아내가 아닌 여자에게서 밤에 전화가 걸려온 건 처음이었다. 밤에 듣는 그녀의 목소리는 낮보다 청량했다. TV 앞에서 늘어져 있던 내 청각세포들이 이슬 먹은 풀잎처럼 바르르 일어섰다.

"선배 말대로예요! 창문으로 아카시아 냄새가 밀려들어와요."

“지금?”

“왜 거긴 냄새 안 나요?”

난 그제서야 아내가 외출하면서 창문을 모두 닫아놓은 걸 알았다.

“아! 창문이 닫혀 있네. 잠깐만.”

난 부리나케 베란다 창문을 열었다. 그러자 기다렸다는 듯 아카시아 향이 거실로 밀려들었다.

“야! 난다. 어제까지는 안 났는데 오늘 나네.”

“정말 끝내주네요!”

“말했잖아. 죽인다고.”

“이런 건 상상도 못했어요. 마치 시골에 온 기분이에요. 아카시아꽃이 넘실대는!”

유은은 감탄을 쏟아냈다.

“잘 때 창문 열어놓고 자봐. 그럼 밤새 아카시아 향이 베갯머리에 맴돌아.”

“그렇게 해볼게요.”

“근데 이거 얼마 안 가. 며칠 이러다 끝나. 아카시아가 만개할 때만 잠깐 이러거든. 꽃이 지기 시작하면 동네까지 밀려 내려올 꽃향이 없어, 중간에 다 희석되어 버리거든. 좀 아쉽지. 오래 가면 좋은데.”

“행복한 순간은 언제나 짧게 끝나요.”

유은의 목소리가 아스라하다.

"긴 건 기차밖에 없어."

난 일부러 우스갯소리를 했다.

"생뚱맞아요. 그럼 빨간 건 뭐예요?"

"원숭이 똥구녕이지."

"또 똥구녕이네요. 호호! 근데 집에 언니 없어요?"

유은의 목소리가 작아졌다.

"모임이 있어서 나갔어. 아직 귀가 전이야."

"다행이네요."

"뭐가?"

"괜히 오해할까 봐서요. 밤에 제가 전화를 해서. 전화할 때는 그 생각 못했거든요. 근데 전화를 하다 보니 생각이 나서. 앞으론 조심할게요."

"괜찮아."

"그래두요. 아카시아 냄새 때문에 오랜만에 행복해서 좀 흥분했나 봐요."

"그럴 때도 있어야지. 가끔 흥분도 하고. 늘 차분하면 인생 재미없지."

"맞아요."

전화는 끊어졌다. 폰 너머 그녀의 목소리는 더 이상 들리지 않았다. 그러나 행복한 순간은 언제나 짧게 끝난다는 그녀의 말은 여전히 귓가에 생생했고, 그건 짧게 끝난 내 행복의 조각들을 과거에서 줄줄이 호출했다. 외할머니의 야채가게에서 하던 물총놀이, 외할아버지가 준 돈으로 사먹던 눈깔사탕의 달콤한 맛, 크리스마스이브에 아버지가 산타 대신 몰래 머리맡에 놓아둔 장난감 자동차, 어린 시절 바다에 누워 바라보던 커다란 갈매기, 대학에 들어간 뒤의 가슴 설레던 첫 데이트, 처음으로 연극 무대에 오르던 순간, 아내를 만나 사랑에 빠진 일…… 그 행복한 순간들은 한 줄기 바람처럼 짧게 왔다 갔다.

2

병원문을 열고 들어서니 손님이 여럿 대기 중이었다. 아침부터 손님이 밀려들기는 오랜만이었다. 진료를 시작했다. 첫 환자는 털이 하얗고 무성한 스피츠였다. 녀석은 꼬리가 등 뒤로 말려 올라가는 특징이 있는 놈이다. 스피츠는 독일어로 뾰족하다는 뜻인데 실제로 녀석은 주둥이와 귀가 뾰족하다. 사모예드와 같은 북방견(犬)의 한 종류로 일본에서 개량해 크기가 작아졌는데, 활발하고 용감하고 쾌활한 성격을 가지고 있는 반면 짖는 소리가 작아 아파트에서 키우기에 적합해 아파트 생활을 하는 사람들의 사랑을 많이 받는다.

“얘 눈에 염증이 있어요. 내가 쓰는 안약을 넣어줘도 잘 안 낫고.”

녀석을 데려온 아주머니가 근심스럽게 말했다. 녀석의 눈이 정말 빨갛다. 눈곱도 끼었다.

“아주머니가 쓰시던 안약을 넣어줬다구요?”

“네. 가려움증에 쓰는 안약이에요.”

“증상과 상관없이 안약을 막 쓰시면 안 돼요.”

검진을 해보니 녀석의 각막에 미세하게 상처가 나 있다.

“각막이 살짝 베인 것 같은데요.”

“눈에 상처가요? 밖에 나가서 놀다가 다쳤나? 애가 공놀이를 좋아해요. 공이 풀 속에 들어가면 기를 쓰고 들어가서 가져오고.”

“풀에 상처가 난 것 같습니다.”

“어떡해요?”

“주사 놓고 안약 드릴 테니 하루 세 번 넣어주세요. 그리고 밖에 나가서 놀 때 공이 풀 속으로 들어가지 않게 하고. 풀이 보기보다 날카롭습니다. 본인 안약은 쓰지 마세요. 그건 알러지 약이고 녀석에겐 안 맞습니다.”

“네 알겠어요.”

녀석은 항생제 주사를 놓고 안약을 처방하는 것으로 끝났다.

다음은 밝고 부드러운 황금색 털을 가진 순한 골든리트리버였다. 녀석은 다른 개들처럼 칭얼거리지 않는다. 점잖은 신사 같은 이 녀석을 난 좋아한다. 녀석은 덩치에 어울리지 않게 다리를 절고 있었다. 주인의 말로는 지나가는 차에 부딪쳤다고 했다. 엑스레이를 찍어보니 다리에 실금이 갔다.

"깁스를 해야겠는데요. 다리에 실금이 갔어요."

남자는 걱정스럽게 물었다.

"잘못되거나 하지는 않겠죠?"

"그럴 일은 없습니다. 이런 실금은 움직이지 않으면 붙어요. 하지만 움직이면 안 되니까 입원을 시키든지, 집에 데리고 가신다면 다리를 쓰지 않도록 조심하셔야 합니다."

"입원시키라구요?"

남자는 걱정스런 얼굴로 나를 보았다.

"그게 안전하죠."

"며칠이나?"

"실금이니까 한 열흘 정도면 될 겁니다. 뭐 집에서 잘 돌보셔도 되고요."

"집으로 데려갈게요. 녀석을 못 보면 아이들이 난리를 쳐서요."

"그렇게 하세요."

골든리트리버는 금간 다리에 깁스를 하고 주인에게 안겨 집으로 갔다. 다음엔 귀여운 말티즈, 성격이 사랑스러운 시츄, 털이 복슬복슬한 푸들 등이 연이어 왔다 갔다. 복통이 난 요크셔테리어 치료가 끝나자 허기가 밀려왔다. 벌써 점심시간이 지나 있었다.

"원장님 배고파요."

김실장은 맥 빠진 얼굴이다.

"나도 그래. 오늘따라 손님이 많네."

"뭘 먹을까요?"

"짜장면?"

"원장님은 맨날 짜장면이세요."

"그럼 뭐 먹고 싶은 거 있어?"

"할머니 분식집 가요."

"오케이."

병원을 나서는 건 언제나 기분 좋다. 그게 잠시라도. 그건 마치 묶여 있던 목줄을 벗는 느낌이다. 매어 있는 모든 건 구속이며 불행이라고 말한 르노의 말이 생각났다. 나는 그의 말에 전적으로 동감이다. 할머니 분식집은 손님으로 복닥거렸다. 간신히 테이블을 차지하고 밥을 먹었지만 와글거리는 손님들 때문에 밥이 어디로 들어가는지 모를 정도였다.

"무슨 전쟁을 치르고 온 것 같아요."

병원으로 돌아온 김실장은 믹스커피를 탄다.

"밥 먹는 것도 전쟁이야."

"원장님도 한잔 하실래요?"

"난 됐어."

커피 한모금을 마신 김실장의 표정이 느긋해진다.

"근데 할머닌 정말 대단하세요. 그 많은 손님들 치르면서 늘 웃는 얼굴이에요."

"고생을 많이 하고, 또 고생을 잘한 사람의 모습이지."

오후 진료시간이 되었지만 오전에 밀물처럼 밀려들던 손님들은 거짓말처럼 뚝 끊겼다.

"오전에는 북적거리다가 오후엔 하나도 없네요."

김실장은 어깨를 으쓱하며 나를 본다.

"쉬라는 하늘의 뜻이지."

"원장님은 참 하늘을 좋아하세요."

"무슨 말이지?"

"뭐든지 하늘의 뜻이라고 하시잖아요. 인연도 하늘의 뜻, 사모님도 그래서 만났고, 약사언니도 그래서 만났고."

"우연히 손톱 밑에 가시가 박히는 것도 필연이고."

"말도 안 돼요."

"부처가 그랬어."

"부처가요?"

김실장은 믿기 어렵다는 듯 고개를 절레절레 저었다.

"세상엔 필연이 아닌 일은 일어나지 않는다는 거지. 아는 사람의 눈에는 필연이 보이고 모르는 사람의 눈에는 그게 안 보이고."

"그럼 원장님과 제가 만난 것도 필연?"

"그렇겠지."

갑자기 길에서 확성기 소리가 났다. '싱싱한 참외 있습니다. 막 따가지고 온 참외가 있습니다. 둘이 먹다가 하나가 죽어도 모르는 달달한 참외가 있습니다. 안 먹으면 진짜 후회하는 참외가 있습니다!' 병원 앞을 지나가는 과일 행상트럭에서 나는 소리였다.

"원장님! 어때요?"

김실장이 눈을 반짝였다.

"뭐가?"

"참외 좀 사요. 커피 때문인지 속도 더부룩하고."

"5월인데 벌써 참외가 나오다니."

"보나마나 하우스 거죠."

"가서 몇 개 골라봐."

김실장은 내 말이 떨어지기가 무섭게 병원 밖으로 뛰어나갔다. 그리고 잠시 후 까만 비닐봉투를 들고 들어왔다.

"큰약사님도 참외 사러 나왔던데요."

창문으로 밖을 내다보니 행상트럭 주변에 유은의 모습은 없었다.

"벌써 들어갔어요. 근데 그분 생각보다 사교적이에요. 사람들과 말도 잘 섞고."

"싹싹한 편이지."

"근데 약간 여우과예요."

"여우?"

"전에 약 살 게 있어 약국에 갔는데요. 그때 중개사 김사장님이 들어왔어요. 근데 '어머! 어서 오세요. 어디가 아프세요? 커피 한잔 하세요.' 어찌나 살살거리는지, 좀 오글거렸어요."

그건 나도 한 번 본 적이 있다. 약국에서 커피를 마시고 있을 때 손님이 들어오자 그녀는 얼굴에 웃음을 띠며 손님에게 말을 건넸다. '안녕하세요. 날씨 좋죠. 기다리시는 동안 커피 한잔 드릴까요?' 낯선 손님을 대하는 그녀의 모습은 좀 지나치다 싶을 정도로 친절했다.

"약사가 그래야지. 처방전 받고 약만 달랑 주는 건 아니지."

"그렇다고 그렇게 살살거릴 필요는 없죠."

"살살거리는 게 아니라 친절한 거야."

"원장님은 그저 좋게만 보시는군요. 후배라 이거죠. 하지만 원장님도 남자예요. 여자는 여자가 더 잘 보거든요. 저 언니는 좀 그래요. 그냥 친절한 게 아니라 좀 그렇단 말이죠. 약국에 남자 손님이 많은 것도 그 때문이고. 동네 가게 남자들도 얼마나 들락거리는데요. 하긴 이쁜 여자가 살살거리고 커피도 주고 그러니 싫어할 남자가 없겠죠."

"동네 가게 남자들이라니?"

"김사장님만이 아니라 세탁소 박사장님, 안경점 정사장님 다 단골이에요."

약국에 손님들이 많다는 생각은 했지만 동네 가게 남자들이 수시로 드나드는 건 금시초문이었다. 김실장이 참외를 깎아서 접시 위에 올려놓았다.

난 참외 두어 개를 찍어 먹고 포크를 내려놓았다.

"왜 더 안 드시구요?"

"다 먹었어."

약국에 동네 가게 남자들이 자주 드나든다는 김실장의 말이 신경쓰여 더 이상 참외가 넘어가지 않았다. 다시 창밖을 내다보니 벤츠가 보이지 않았다.

"잠깐 약국에 갔다 올게."

"손님 오면 어쩌려구요?"

"바로 올 거야."

약국으로 건너가니 보영이 반갑게 맞았다.

"어머! 어서 오세요."

"언니 어디 갔나 보죠? 차가 없네요."

"조금 전에 전화 받고 나갔어요. 일이 있는지."

"그래요?"

"언니한테 무슨 할 말 있으세요?"

"아뇨. 오전에 환자가 바글거리더니 오후엔 개미 한 마리 없네요. 그래서 마실 왔습니다."

내 말에 보영은 갑자기 쿡 웃었다.

"왜 웃으세요?"

"그냥요."

보영은 커피 한 잔을 내왔다.

"드세요."

보영은 계속 웃음을 참지 못하는 얼굴이다.

"왜 그래요?"

"설마 박카스 한 병 사가시는 건 아니겠죠?"

그녀는 밑도 끝도 없는 말을 던지고선 다시 웃음을 터뜨렸다.

"박카스……?"

"동네 사장님들이 커피 마시러 자주 오세요. 그리고 나갈 땐 박카스 한 병을 사가시죠."

"박카스를?"

"언니 보러 왔다가 그냥 가기가 뭣해서 그러는 거 아니겠어요.

만만한 게 박카스니까. 갑자기 그 생각이 나서 웃었어요. 죄송해요."

"언니를 보러 온다는 게 무슨 말이에요?"

"말 그대로예요. 아파서 오는 게 아니라 언니 보러 온다는 거죠. 이쁘니까 보러 오는 거겠죠. 자고로 여자는 이쁘고 봐야 한다니까요."

"이쁘기로 한다면 보영씨도 못지않은데. 내가 보기엔 더 나아요. 더 젊고."

"언니가 더 이쁘죠. 남자들은 다 똑같아요. 눈이 삐어도 이쁜 여자는 금방 알아보거든요. 게다가 언니는 싹싹하죠. 그러니 누가 안 좋아하겠어요? 약국 오는 손님들 가운데 언니 단골들 많아요. 형부는 좋을 거예요. 언니가 애교가 많으니."

"애교가 많다구요?"

남편과 말을 안 하고 지낸다는 유은의 말이 생각났다.

"그럼요. 손님들한테 하는 거 보면 알아요. 저도 좀 배워야겠어요. 여자가 애교 있어서 손해나는 건 없는 것 같아요. 남자들한테 밥도 얻어먹고."

간간이 약을 찾는 손님들과 나누는 몇 마디 말로 만족할 수 없는 처녀의 입이 근질거렸던 것일까. 보영은 생각지도 못한 말을 늘어놓고 있었다.

"밥을 얻어먹어요?"

"네. 가끔 동네 가게 사장님들이 점심을 사세요."

"동네 가게 사장님들이……?"

"요 근처에서 가게 하시는 분들요."

병원으로 돌아와서도 보영의 말이 머리를 맴돌았다. 뭐 하는 짓이지? 세탁소 박씨와 밥을 먹는다고? 술과 여자를 좋아하는 50대 중반인 그는 주식으로 전 재산을 날리고 아버지가 하던 세탁소를 물려받아 입에 풀칠을 한다. 그는 지금도 아내 몰래 주식을 한다. 그리고 수익이 나면 어김없이 여자가 나오는 술집에 간다. 며칠 전에도 세탁소 앞을 지나는 나를 보더니 그는 대뜸 주식 이야기부터 꺼냈다.

"요즘은 일진이 별루야."

"왜요?"

"잃는 것도 아니고 따는 것도 아니고 늘 본전치기야. 아가씨 궁둥이 두드려 본 게 언젠지."

"그래도 본전 했으면 선방했네요."

"본전 하려고 주식하는 사람이 어디 있어?"

"주식하다가 망한 사람들 많잖아요."

"주식하는 사람들은 누구나 다 벌 생각을 하지. 하지만 기관과 외인 아닌 개미가 그 판에서 돈을 벌 가능성은 거의 제로야. 그 판에선 정보가 돈인데, 그건 기관과 외인의 영역이거든. 개미가 정보를 알고 주식을 살 때면 기관과 외인은 손을 털고 나가지. 그러니 개미가 주식으로 돈 버는 건 하늘의 별따기야. 그 진리를 알 때쯤이면 본전은 다 날리고 빚만 왕창 지는 거지. 옛날 나처럼. 난 더 이상 돈 벌 생각 안 해. 본전만 찾으면 손 뗄 거야."

"사장님도 개미잖아요?"

"난 슈퍼개미지. 증권사에도 있었고, 종목분석은 전문가 수준이지. 요즘 하나 보고 있는 종목이 있는데, 그게 터지면 대박을 칠 거야."

1년 전 2년 전에도 그는 같은 말을 했지만 대박은 커녕 소박도 못치고 있다. 그러다 푼돈이 생기면 술집부터 찾는다. 그러니 그가 몇 억이 넘는 본전을 회복할 가망성은 거의 없고, 주식을 그만둘 가능성 역시 거의 없다.

가끔 치와와가 아플 때 병원을 찾는 안경점 정씨는 사회가 어떻게 돌아가는지 통 관심이 없다. 그의 관심은 그저 개와 안경점, 자신의 외모와 치장 정도다. 엊그제 치와와를 데리고 병원에 왔을 때도 그랬다. 재벌가의 한 아들이 술집에서 웨이터를 폭행한 사건을 입에 올리면서 그는 심드렁한 표정을 지었다.

"난 시끄러운 건 싫어. 보는 것도 듣는 것도. 왜 그런 뉴스가 TV에 나오는지 모르겠어. 대단한 것도 아닌데. 난 조용하게 사는 게 좋아. 어젠 국회의원이 보험사외판원을 성폭행한 사건이 또 뜨더라고. 짜증이 나서 채널을 바로 돌려버렸어."

"저도 봤어요. 근데 그 국회의원의 말이 가관이던데요. 성폭행과 국회의원 업무는 아무런 연관이 없다. 성폭행은 사적인 영역이고 국회의원은 공적인 영역이므로 성폭행을 했다고 국회의원을 못하게 하는 건 지나치다고."

"요 사거리에 안경점이 생겼어. 그 때문에 손님도 줄고 수입도 줄었어."

그는 내 말에는 관심없다는 듯 화제를 돌렸다.

"아, 그래요?"

"근데 우리 애는 약 먹으면 괜찮을까?"

그는 근심스레 치와와를 쳐다보았다.

"단순한 배탈이니까 걱정마세요. 이삼 일 약을 먹으면 괜찮을 거예요."

"다행이네. 난 이 녀석 없으면 못살아. 마누라도 자식도 없는 내가 유일하게 정을 붙이고 사는 게 이 놈이거든. 재벌이 뭘 하든 국회의원이 뭘 하든 난 관심 없어. 참 강원장! 어제 한 2백 주고 샀는데 이 옷 어때? 때깔이 좋지. 울 백프로야."

그는 내게 보란 듯 자켓을 한 손으로 쓰다듬었다.

이런 사람들과 어울려 밥을 먹는다고……? 도대체 무슨 생각으로…… 적어도 밥이란 대화가 되고 감정의 공유가 어느 정도

가능한 사람들과 먹는 거다. 이런 사람들과 무슨 공유가 가능하다는 거지? 문득 그녀의 눈빛이 떠올랐다. 나와 밥을 먹을 때, 커피를 마실 때, 카풀을 할 때 가끔 그녀의 눈빛은 사막에서 오아시스를 찾는 낙타의 외로운 눈빛 그것을 닮아 있다. 물 한 모금이 아쉬운 사막에서 낙타가 물의 종류를 따지지 않는 것처럼 유은은 외로움을 덜어줄 아무나의 관심을 원하는 것일까? 안쓰럽다는 생각이 들었다. 한심하다는 생각도 들었다. 그런 사람들에게 곁을 내주는 건 스스로를 싸구려로 만드는 짓이다. 술 한 잔 사달라던 유은의 말이 떠오른다. 자기를 챙겨달라는 말도. 오늘 날을 잡을까? 구걸하듯 사람들의 관심을 구하는 그녀를 그냥 두어선 안 되겠다는 생각이 든다. 잠시 망설이던 난 그녀에게 전화를 걸었다. 신호가 두어 번 가자 유은이 전화를 받았다.

"무슨 일이에요?"
"차가 안 보여서."
"제 걱정돼서 전화한 거예요?"
"걱정이라기보다 이웃사촌의 정으로."
"이웃사촌은 무슨. 저 잊은 줄 알았거든요."
"무슨 소리지?"
"술 사주신다 해놓고 감감무소식."
"오늘 시간 돼?"

"오늘 사시게요?"

"응."

"좋아요. 나갈게요. 어디로 가면 돼요?"

이태원역에서 저녁 7시에 만날 약속을 하고 전화를 끊었다. 아내에게 전화를 해서 저녁약속이 있다고 둘러댔다. 아내는 누구와 저녁을 먹는지 묻지 않았다. 내가 누굴 만나든 아내는 늘 그렇다. 내가 굳이 말하지 않으면 자초지종을 꼬치꼬치 묻지 않는다. 그런 아내의 태도가 편하긴 하지만 못내 서운하다. 그건 마치 내게 별로 관심이 없다는 표시처럼 느껴진다. '그게 좋은 거야. 적당히 거리를 유지하고 너무 꼬치꼬치 파지 않고 남인 듯 남이 아닌 관계를 유지하고 사는 게 부부생활의 지혜야. 영육의 합일! 그런 거 꿈꾸지 마. 세상에 그런 부부 없어. 동우엄마는 잘하고 있는 거야. 영육의 합일 그 딴 거 안 찾고. 돈 잘 벌어다 주고 말썽 안 부리고 한눈 안 팔고 적당히 가정적인 남편으로 만족하고. 그러니 너도 숨 쉬고 살잖아.' 영수의 말이 귓전을 지나갔다. 아내는 '서방님, 저녁 잘 드시고 오세요.'라고 코맹맹이 소리를 하며 전화를 끊었다. 서방님이란 말은 평소에 거의 쓰지 않던 표현이다. 자기 몰래 다른 여자를 만나는 것에 대한 여자의 본능적인 촉이 발동된 것일까. 살짝 뒷골이 당겼다.

3

이태원으로 향했다. 퇴근길이라 길은 좀 막혔지만 시간은 넉넉했다. 반포대교를 지나 이태원 역에 도착하자 유은이 도로 옆에 나와 있었다. 길옆에 차를 대자 냉큼 올라탔다. 출근 때와는 다른 와인색 원피스 차림이었다. 원피스 위에서 찰랑거리는 검은 머리가 고혹적이다. 옷이 잘 어울린다고 하자 와인 속에 담긴 듯한 검은 눈동자가 나를 쳐다보았다. 그녀의 눈에 늘 감돌던 외로움은 어디로 숨은 듯 보이지 않는다. 잠깐의 일탈이 그녀의 외로움을 사라지게 한 것일까.

"기분이 좋아보인다."

"전 집을 나오면 기분이 좋아져요."

"큰일이다. 가정주부가 집을 나오면 기분이 좋다니."

"호호! 전 사이비 가정주부거든요."

다시 한 5분을 달리자 이태원 언덕배기에 있는 술집 예진이 나타났다. 주차장에 차를 세우고 안으로 들어가자 은은한 노란 조명이 입구를 밝히고 있었다. 아직 시간이 이른지 술집엔 사람이 그리 많지 않았다. 창가 쪽에 자리를 잡았다. 유은은 자리에 앉자마자 한강이 보인다고 탄성을 질렀다.

내가 이곳을 안 건 우연이다. 병원을 차린 후 거래처 사람과 저녁을 먹은 후 2차를 가면서 알게 된 곳이다. 이곳이 기억에 남은 것은 멋들어진 한강뷰 때문이다. 그때 본 야경은 환상적이었다. 그 뷰를 보여주기 위해 아내를 데려오기도 했다. 창밖을 보던 유은이 돌연 시큰둥해졌다.

"남편 따라 검사들 부부동반 술자리에 나간 적이 있어요. 그 사람들은 이런 데서 안 마셔요. 질펀하게 마시는 걸 좋아해서. 소주에 양주에 폭탄주에. 그렇게 술을 마시는 사람들 처음 봤어요. 마시면 원샷이고. 근데 얼마나 목에 힘이 들어가던지. 누굴 손본다, 잡아넣을까 말까, 몇 년 때릴까 그러는데 정말 적성에 안 맞았어요. 그 뒤로 검사 부부모임 안 나가요."

"유은의 말대로면 그 사람들 금은 못되는군."

"제 말요?"

"전에 그랬잖아. 잘난 사람은 잘난 체 안 한다고. 금이 스스로를 내세우지 않는 것처럼."

"선배, 기억력이 좋은데요."

웨이터가 다가와 메뉴판을 놓고 갔다. 그녀는 비싼 걸 시켜도 되냐고 장난스레 물었다. 뭐든 시켜도 된다고 하자 그녀는 어깨를 으쓱했다.

"뭐든요? 하긴 병원장님이니까."

"그 소리는 그만하고."

"틀린 말도 아닌데요 뭘."

유은은 샐러드를 곁들인 칠리새우요리를 골랐다. 나는 안심스

테이크를 시켰다. 그녀는 메뉴에서 술을 찾다가 반색을 했다.

“오! 여기 사케가 있네요. 일본 아빠 집안이 대대로 사케를 만들어 온 집안이에요. 지금 일본아빠가 5대째죠.”

“그래? 유은이 사케 장인의 가족인 줄은 몰랐는데. 그럼 사케가 식상할지도 모르겠다. 평소에 많이 마실 텐데.”

“사케 마실 기회는 그리 없어요. 술도 잘 못하구요. 엄마가 일본에서 올 때 몇 병씩 가져오긴 하는데 집에 그냥 다 있어요. 어쩌다 가끔 손님 올 때나 뜯고. 오늘은 오랜만에 한번 마셔볼래요.”

웨이터에게 사케 주문을 넣었다. 잠시 후 사케가 요리와 함께 나왔다. 유은은 내가 따라준 사케 한 잔을 단숨에 비웠다. 그녀는 속이 짜르르하다고 얼굴을 찡그렸다. 마시는 포스가 검사부인답다고 했더니, 검사부인다운 게 뭐냐고 대뜸 날을 세웠다. 나는 엉거주춤 답을 유보했다. 잠시 침묵을 지키던 그녀가 입을 열었다.

“제가 왜 남편이랑 결혼했는지 알아요?”

“그거야… 맘에 들어서 했겠지.”

“맘에 들어서? 맞아요. 맘에 들어서 했죠. 검사라는 타이틀이.”

그녀는 검사와 선을 본다고 할 때 한국에서 가장 잘나가는 사람을 만난다는 생각에 흥분됐다고 했다. 만나보니 그전까지 만났던 남자들하곤 격이 다르다는 걸 느꼈고. 줄줄이 판검사에 장

차관까지 있는 집안은 깜짝 놀랄 정도였고. 그래선지 남자도 멋있어 보였다고. 남자가 그녀에게 호감을 보이자 그녀는 그를 잡아야겠다고 생각했다. 느닷없이 결혼을 서두르자 그녀의 엄마가 일본에서 날아왔다.

"엄마는 말렸죠. 일주일에 두어 번 두어 달 만난 게 다인데 그걸로 어찌 사람을 아냐고. 남편이 인상이 강하고 나와 어울려 보이지 않는다고 했어요. 근데 이모는 결혼을 찬성하고 나섰어요.

엄마가 결혼에 반대하는 건 자기가 조건을 보고 한 결혼이 실패했기 때문인데, 조건을 보는 것이 나쁜 것도 아니고 그런 결혼이 다 잘못되는 것도 아니라고. 그렇게 결혼해서 잘사는 사람들이 많다고."

이모의 결정적인 꼬드김은 결혼과 사랑은 다르다는 거였다. 사랑은 좋은 거고 사랑하는 사람과 결혼하는 거 싫어할 사람 세상에 없지만, 사랑도 다 한때다. 평생 사랑 타령하면서 사는 건 아니다. 지지리 궁상을 떨면 사랑 그런 거 일 년도 못 간다. 그런데 일 년만 살 것도 아니고 죽을 때까지 살아야 하는데, 그렇다면 내가 만족하는 기준을 가지고 사람을 만나는 게 중요하다. 따질 거 따져보고, 잴 거 재보고. 자기가 볼 때 그 남자 같은 조건은 드물다. 그 남자를 잡는 건 일생일대의 기회를 잡는 거라고 이모는 유은을 부추겼다.

엄마와 이모 사이에서 갈피를 못 잡던 그녀가 한 일은 이름난 무당을 찾아가는 거였다. 무당은 여자였다. 무속을 좋아하는 할머니와 같이 간 그 무당에게서 들은 첫 말은 남자가 평범하다는 거였다. 기대와 다른 말에 자존심이 상한 유은은 남자가 검사라고 밝혔다. 그러자 무당은 웃었다. '평범하다니까 열 받는군. 평범하니까 평범하다고 했어. 그러니 열 받을 거 없어. 지위와 됨됨이는 다른 거니까. 사람의 크기는 마음그릇이야. 근데 이 남자는 그게 작아. 머리는 비상하지만 그저 자기 하나 잘 먹고 잘 사는 것으로 그만이야. 둘은 맨날 싸움박질하다 날 샐 거니 그만둬.' 무당의 말에 그녀는 남자집안을 꺼내들었다. 남편도 검사지만 집안은 더 쟁쟁하다고. 장관도 차관도 있고 재력도 있다고. '넌 철이 안 들었구나. 돈과 지위 그게 뭐라고. 먼지 같은 것인걸. 넌 내가 말려도 이 결혼을 할 거야. 하지만 그래서 후회할 거고. 어쩌겠니. 그게 네 운명인데. 가련한 것.' 무당은 딱한 눈으로 유은을 보았다.

"거의 반말 조인 무당의 말에 저는 코웃음을 쳤어요. 난 이미 마음속으로 남편을 잡기로 결정을 했거든요. 무당에게 간 건 일종의 요식행위였죠."

"반말?"

"나오면서 할머니에게 물었죠. 왜 무당이 반말이냐고? 그랬더니 신령님이 중생에게 존댓말을 쓰진 않는다고 하더군요."

"그 세계가 그런 모양이군."

유은은 원샷으로 술을 마셨다.

"근데 살아보니 그 지랄 같은 무당 말이 다 맞는 거 있죠. 전 매일 그 무당이 한 말을 실감해요."

"실감해?"

"후회를 바가지로 하고 있으니까요."

그녀는 술집 안을 훑어보았다. 술집은 아까보다 사람이 많아졌고 여기저기 연인처럼 보이는 사람들이 다정하게 어깨를 맞대고 있었다. 정박할 곳을 찾지 못한 그녀의 눈은 불빛이 반짝이는 한강으로 향했다.

"한강은 저렇게 아름다운데 내 삶은 왜 이럴까요."

그녀의 눈은 공허했다. 측은한 생각이 들었다. 하지만 내가 할 수 있는 건 달리 없었다. 그저 그녀 말을 들어주는 것밖에. '모르고 하는 것이 결혼이라는 말이 맞아요. 남편에 대해 잘 알았다면, 결혼으로 일어나는 일을 다 알았다면 결혼은 안 했을 거예요.' 그녀는 혼잣말처럼 중얼거렸다. '남편을 보지 않는 시간이 좋으니 이게 뭐 하는 건지 모르겠어요.…… ' 취기가 오른 그녀는 말이 끊이지 않았다. 결혼 이야기는 일본에서 살던 이야기로 이어졌다. 대학원을 일본에서 다녔고 엄마집에서 밥 먹고 엄마랑 같이 자고 엄마랑 같이 여행을 하던 그때가 인생에서 가장 행복했던 때라고 말하는 그녀의 눈이 반짝였다. 그러다 갑자기 그녀의 목소리가 커졌다.

“소설 『설국』 아시죠?”

“응. 가와바타가 쓴. 그걸로 노벨상을 받았고.”

유은은 갑자기 가와바타가 쓴 『설국』의 한 구절을 읊었다. ‘국경의 긴 터널을 빠져나오자 설국이었다. 밤의 밑바닥이 하얘졌다.’ 그건 나도 좋아하는 구절이다. 그녀는 그 구절이 너무 마음에 들어 겨울에 엄마를 졸라 그 소설의 배경인 니키타로 갔다고 했다. 그리고 거기서 본 눈세상에 대한 찬탄을 늘어놓았다. 눈이 얼마나 많이 왔는지 집들은 하나같이 창문만 보이고 허리까지 파묻힌 나무들이 햇살에 반짝이는 모습은 마치 천국 같았다는 말끝에 그녀의 눈가가 촉촉해졌다.

“나도 모르게 눈물이 났어요. 그러자 엄마가 놀래서 나를 달랬어요. ‘왜 그러니?’ ‘저걸 보니 눈물이 나.’ 그러자 엄마가 말했어요. ‘넌 너무 감성적이다. 그럼 사는 게 힘들어져. 세상은 적당히 무디어야 살 수 있단다.’”

그녀와 그녀의 엄마가 나눈 대화 사이로 니키타의 설국이 잠시 머릿속에 그려졌다.

“왜 우리는 겪고 나서야 인생을 아는 거죠? 인생을 미리 알 수는 없는 걸까요? 그렇다면 아픔도 고통도 덜할 건데. 살수록 사는 게 겁나요.”

그녀의 겁먹은 눈길이 나를 향했다.

나는 어디선가 들은 양자역학 이야기를 꺼냈다. 양자역학에 의하면 우주는 우리가 생각한 대로 나타난다. 행복을 생각하면 행복한 현실이 나타나고 불행을 생각하면 불행한 현실이 나타난다. 물론 거기에 대한 확신은 없다. 그저 유은이 위로를 얻길 바랄 뿐.

"사실인가요?"

"그렇대."

"그럼 저도 행복이란 양자역학의 마법을 꿈꾸어 봐야겠네요."

유은은 희미하게 웃었다.

다시 술 한 잔을 걸친 그녀는 가와바타의 기념관에서 본 그의 방과 그가 쓰던 화로, 필기구, 방석들을 주섬주섬 이야기했다.

"거기서 나와 마을이 내려다보이는 언덕배기 온천으로 갔어요. 온천은 정말 환상이었죠. 뜨거운 온천물에 몸을 담그고 눈 덮인 하얀 세상을 보는 맛이란! 노천탕에 몸을 담그고 눈으로 덮힌 산과 들을 보면서 난 그 사람 생각이 났어요. 사람 없이 물건만 덩그라니 놓여 있는 방도. 그 안에 가득했던 쓸쓸함과 공허함도. 그는 왜 자살을 했을까. 그에게 세상은 설국처럼 아름답지 못했던 것일까. 아니면 한순간 왔다 사라지는 눈처럼 삶이 허망하다는 걸 눈치 챈 것일까.…… 그런 생각을 하는데, 생이란 정말 한순간 왔다가 사라지는 눈처럼 허망하다는 사실이 가슴을 파고들더군요. 난 다시 울음이 터졌죠. 엄마는 그런 날 달랬어요. '왜 그러니? 이 좋은 곳에 와서.' '엄마, 세상이 너무 허무해.'

엄마는 그런 나를 가만히 안아주었어요. 한참을 울고 나니 가슴이 후련해지더군요. '세상이란 본래 그래. 이 세상에 온 건 언젠가 모두 사라져. 그러나 없어지는 건 아냐. 그저 보이지 않게 되는 거지. 보이지 않는 걸 보렴. 그럼 허무해지지 않아. 언젠가 엄마도 죽어. 네 눈에 보이지 않게 되지. 그러나 나는 없어지지 않아. 보이지 않지만 수증기가 있듯이 나는 소멸되지 않아. 나는 늘 네 옆에 있을 거야. 너와 함께. 보이든 보이지 않든.' '그래요 엄마! 늘 내 옆에 있어줘요.' '이 땅은 희로애락을 경험하는 학교야. 그걸 공부하라고 이 땅에 왔어. 슬픔도 기쁨도 느끼며. 그러니 네가 슬픔을 느낀다는 건 이 세상을 잘 살고 있다는 증거야. 그건 그만큼 너의 영혼이 열려 있는 것을 말해주는 거지. 지금 네 영혼은 맑고 아름다워. 건조하지도… 메마르지도 않고.' 엄마는 따뜻한 눈으로 날 바라보며 등을 토닥거렸어요. 온천 속에서 엄마의 품에 안겨 눈에 묻힌 산과 들을 바라본 느낌이 마치 어제처럼 생생해요. 그때가 그리워요. 다시 가고 싶고."

그녀의 입을 통해 듣는 그녀 엄마의 말은 세상을 달관한 사람의 이야기 같았다.

"엄마의 정신세계가 깊군."

"엄마가 불교공부를 오래 했어요. 그래서 전 엄마가 좋기도 하고 멀기도 해요. 가끔 부처님같은 말을 하고. 난 그게 무슨 말인지 모르겠고. 어떨 땐 같이 있으면서도 혼자인 것처럼 느낄 때도 있어요."

"사람은 누구나 혼자야. 24시간 붙어 있는 사람은 없다는 게 그 증거지."

"전 외로운 건 싫어요. 그래서 결혼을 했는데 결혼하니 더 외로워요. 그런데 죽으란 법은 없나 봐요. 이렇게 선배를 만나고."

"나를?"

"선배 때문에 덜 쓸쓸하거든요. 덜 외롭고."

"다행이다. 내가 도움이 돼서."

그녀는 다시 일본에서 사랑하는 사람을 만난 이야기를 꺼냈다.

4

결혼의 비하인드 스토리부터 그녀의 엄마 이야기, 설국 이야기 그리고 러브스토리까지, 그녀는 내게 그 모든 걸 털어놓으려고 작정한 것 같았다.

"일본 남자?"

"프랑스 남자."

"일본에서 어떻게 프랑스 남자를 만나?"

"그도 일본에 유학 왔었어요. 대학원에서 같은 강의를 들었고. 근데 어느 날 그 남자가 다가와서 그러는 거예요. 사귀자고."

"그래서?"

"오케이했죠. 나도 싫지 않았거든요."

남자의 이름은 미쉘이었다. 미쉘은 앙드레, 뽈 등과 같이 전형적인 프랑스 남자의 이름이다.

"그런데 얼마 뒤 헤어지자고 하더라고요. 여자가 생겼다고. 그래서 생각했어요. 프랑스애들은 양은냄비 같다고."

"그래서 헤어졌어?"

"그럼요. 매달리는 건 쪽팔리고 치사해서."

그녀의 눈썹이 움찔거렸다.

"우연히 그 여자 봤는데 일본 여자였어요. 별로 이쁘지도 않더군요. 그래서 분통이 터졌어요. 저런 여자한테 졌나 싶어서."

그녀의 말에 나는 웃음이 터졌다.

"그는 금을 보는 눈이 없군."

"제가 금이라구요?"

"그럼."

"그렇게 띄워주니까 기분 좋은데요."

"한국엔 언제 돌아온 거야?"

"그가 그 여자랑 결혼하더군요. 더 이상 거기 있기 싫어서 들어왔어요. 그리고 남편을 만났죠."

유은은 다시 얼굴을 돌려 창밖을 물끄러미 바라보았다. 불빛에 비친 그녀의 옆얼굴은 윤곽이 선명했다. 오똑하게 날선 코는 아담했고 이마를 반쯤 가린 머리칼은 노란 실내등 불빛을 받아 윤기있게 빛났다. 테이블에 팔꿈치를 대고 턱을 고인 손은 로댕의 조각처럼 우아했다. 벨벳처럼 치렁거리는 긴 머리칼 사이로 보이는 눈은 한강의 강물처럼 깊고 어두웠다. 여자의 아름다움은 행복할 때만 빛나지 않는다. 고독과 우수에 젖은 여자의 아름다움은 치명적이다.

"선배! 전에 제가 그랬죠. 새장에 갇힌 새 같다고."

"기억나."

"근데 새장을 벗어나도 전 갈 데가 없어요."

유은의 목소리가 마른 나뭇잎처럼 서걱거렸다.

"갈 데가 없다니?"

"엄마도 아빠도 할머니도 삼촌도 다 버스를 기다리는 손님이고 난 언제나 정거장이에요. 버스를 기다릴 때처럼 잠시 내 옆에 머물다 때가 되면 다들 제 갈 길로 가요. 내 옆은 늘 비어 있죠. 속마음을 나눌 사람도, 같이 울어줄 사람도, 같이 웃어줄 사람도 없어요. 내가 여행을 좋아하는 건 그래서예요. 그땐 나도 정거장이 아니고 손님이니까. 나도 맘대로 떠날 수 있으니까."

"그래도 네 옆에 있을 사람은 있지 않을까. 풀도 나무도 뿌리 내릴 땅이 있듯이."

"선배가 그 땅일지도 모르겠네요."

"내가?"

"선배가 든든하거든요. 땅이란 게 그런 거 아닌가요?"

유은은 가만히 나를 쳐다보았다.

그리고 갑자기 생각난 것처럼 화제를 돌렸다.

"근데 선배! 동물병원 하는 거 정말 별로세요?"

"동물병원은 먹고사는 수단, 딱 그거지. 특별한 일이 없으면 죽을 때까지 그 일을 벗어나지 못할 거란 생각을 하면 좀 그래."

그녀는 짤막하게 한마디를 던졌다.

"그래도 전 선배가 부러운데요."

"왜?"

"언니하고 행복한 것 같아서요."

"왜 그런 생각을 하지?"

"선배 표정이 밝아 보이거든요. 그건 행복하다는 증거죠."

"난 잘 모르겠는데."

"행복 안에 있으면 행복을 모르죠. 행복은 행복 밖에 있는 사람이 잘 알아요."

"난 행복 안에 있고 넌 행복 밖에 있다?"

"그래요. 하지만 저도 오늘만큼은 행복 안에 있네요. 선배가 갑자기 돈키호테처럼 짠 나타나가지고 친구도 해주고 술도 사주고 이야기도 들어주고."

"나도 네가 나타나서 좋아. 난 계속 병원 할 거니까 너도 약국 접지 말고 오래 해. 같이 늙어가게."

"같이 늙어가자구요?"

"인생 친구로."

"인생 친구요?"

"그래."

"난 친구보다 엄마가 좋은데."

"뭐?"

"친구 말고 엄마 해주세요."

대리기사를 불렀다. 대리기사에게선 10분 뒤에 도착한다는 문자가 왔다. 그녀는 계속 같은 말을 했다. '멀리 있는 엄마 말고 옆에서 자기 챙겨주는 엄마가 필요하다고.' 언뜻 나를 보는 그녀의 눈가에 눈물이 보였다. 그녀의 말이 진심일지도 모른다는 생각이 들었다. 술김일 수도 있다는 생각도 들었다. 그만 일어서자는 내 말에 그녀는 투정을 부렸다.

"엄마 해주기 싫다는 거죠? 싫으면 관두세요. 선배 말고 부탁할 사람 많아요."

그녀는 불빛에 손을 들어 손가락을 하나 둘 꼽았다. 그리고 내가 엄마 안 해주면 이 사람들에게 부탁할 거라고 언성을 높였다. 그녀의 하이톤에 술집에 있는 사람들의 시선이 우리에게 쏠렸다. 마침 대리기사에게서 도착했다는 콜이 왔다.

"알았어. 엄마 해줄게. 그만 나가자."

나는 술에 취한 그녀를 데리고 술집을 나섰다. 대리기사가 운전하는 차를 타고서도 그녀는 엄마 해달라는 말을 그치지 않았다. 대리기사는 이상한 듯 백미러로 나를 쳐다보았다. 나는 어색하게 대리기사의 눈을 피했다. 차가 그녀의 집 근처에 이르렀을 때 잠이 든 그녀를 깨웠다.

"집이야. 다 왔어."

유은은 비틀거리며 차에서 내려 손으로 빠이빠이를 하고 빌라 안으로 조그맣게 사라졌다. 그녀를 내려주고 집으로 향하던 나는 한 가지 빠뜨린 것이 생각났다. 동네 남자들과 어울리지 말라는. 그러나 그 생각은 곧 수면 아래로 사라졌고 이후 머릿속에 아른거리는 건 '엄마 해달라'는 그녀의 말이었다. 엄마를 해달라니? 무슨 뚱딴지같은. 헛웃음이 났다. 도대체 무슨 생각으로……? 내가 그만큼 편하다는 소리겠지. 아니면 그만큼 외롭다는……? 정말 엄마가 되어 달라는 건 아닐 거야. 그래 농담일 수도. 한잔 하다 보면 누구나 그런……! 길을 알 수 없는 미로처럼 머릿속이 복잡해졌다.

5 ─→ 연민과 번민

1

그날 이후 그녀는 자신이 한 말을 까맣게 잊은 듯했다. 카풀을 할 때도, 같이 점심을 먹을 때도 유은은 해맑은 얼굴을 했다. 문제는 나였다. 시간이 가도, 엄마가 돼달라는 그녀의 말은 지워지지 않고 머릿속을 맴돌았다. 그리고 점점 유은의 일거수일투족이 신경 쓰이기 시작했다. 유은이 약국에 있는 것도, 약국에 없는 것도, 그녀가 생기 있어 보이는 것도, 생기 없어 보이는 것도, 치마가 짧은 것도, 화장이 짙은 것도, 약국에 드나드는 손님도…… 마치 판도라의 상자를 연 것처럼 유은에 대한 생각이 걷잡을 수 없이 일어났다. 하루는 김실장이 조심스레 말을 건넸다. 왜 진료하다 말고 멍을 때리느냐고.

"내가?"
"아까도 강아지 진료하다가 잠시 멍하셨잖아요."
"아까? 아! 그거…… 강아지 눈이 예뻐서."

그때 강아지 눈을 들여다보다 부지불식간 유은 생각이 났다. 그놈의 눈이 유은을 닮은 탓이었다.

"뭐라구요?"

김실장은 피식 웃었다.

"정말이야."

"그렇다면 다행이네요. 혹시 치매라도 오지 않았나 생각했거든요."

김실장은 안도한 듯 말했다.

"치매?"

"자기가 뭐 하는 줄도 모르고 그렇게 멍한 거 치매랑 비슷하거든요."

"치매는 무슨."

그런 일은 집에서도 있었다.

"당신 요즘 왜 그래?"

TV를 보다 말고 아내는 나를 이상하다는 듯 보았다.

"뭐가?"

"불러도 못 듣고."

"불렀어?"

"어제도 TV 보다가 멍하더니, 지금도 내가 불렀는데 못 듣고. 무슨 고민 있어?"

정신이 번쩍 든 나는 서둘러 사태수습에 나섰다.

"고민은 무슨. 그런 거 없어."

"그런데 왜 그래? 기운 빠진 사람처럼."

"기운 빠지긴. TV에 너무 몰입해서 그런 거지."

"정말?"

"응."

"그렇담 다행이고. 치매인가 싶었거든."

"치매?"

"그렇게 멍한 거 치매 징조거든."

"무슨 소리! 가끔 멍한 거 정신건강에 좋아. 정신과의사가 그랬어."

변명을 하면서도 식은땀이 났다. 아내 앞에서 유은 생각이 나다니! 그녀를 어찌 해 보려는 것도 아니고 연애를 꿈꾸는 것도 아닌데, 시도 때도 없이 일어나는 그녀 생각은 나를 곤혹스럽게 했다. 5월이 다 지나갈 무렵 영수에게 전화가 왔다. 별장에서 그의 애인과 같이 시간을 보낸 후 두어 달 만이었다. 그는 퇴근 후 '여보'로 나오라고 했다. 거긴 그와 내가 가끔 만나는 술집이다. 퇴근 후 여보로 가니 어슴푸레한 불빛 아래 그가 이미 와 있었다.

"갑자기 무슨 바람이 불어서?"

"왜긴? 술이 고파서지. 너도 보고 싶고. 그나저나 전시회는 왜 안 갔어?"

"깜박했어."

"어쨌거나 작품 하나 사줘. 전시회 끝나고 남은 작품 몇 개 있다니까. 적당한 거 사서 병원에 걸어놓으면 괜찮을 거고."

"그림을?"

"내 친구가 그림 하나 사주면 좋지. 그 사람에게 내 체면도 서고. 그림 값 얼마 안 해. 아직 무명화가라. 하지만 인정은 받고 있어. 누가 알아? 지금 하나 사 놓으면 나중에 대박칠지. 미술 재테크가 요즘 유행이야. 세금도 없고. 아 참 그리고, 기르는 치와와가 어디 아픈가 봐. 한 번 데리고 간다던데 너한테."

"우리 병원에?"

"그래."

술자리가 무르익자 나는 슬며시 유은 이야기를 흘렸다. 적어도 그 일에 대해 조언을 구할 사람은 그가 유일하다. 유은에 대한 약간의 정보와 함께 그녀가 엄마노릇을 해달라고 했던 전후 사정을 듣던 영수는 웃음을 터뜨렸다.

"생전 바람 같은 건 안 필 줄 알았는데. 하긴 너도 남자니까."

영수의 논리는 심플했다. 생각이 난다는 건 좋아한다는 뜻이라는. 나는 논리가 계산할 수 없는 영역의 수치를 들이대며 반박했다. 카풀을 할 때나, 같이 밥을 먹을 때나, 그녀가 아무리 이뻐

보여도 내 감정은 그녀가 이쁘다 하는 데서 더 나아가지 않는다. 그건 내가 유은을 바람피는 대상으로 보는 게 아니라는 증거다 등등. 내 설명을 듣던 그는 얼굴을 찡그렸다.

"너의 그 장황한 설명은 네 감정을 감추려는 위장처럼 보이는데…… 내가 볼 때 결론은 하나야. 넌 그 여자를 좋아해. 생각나고 걱정되는 게 바로 좋아한다는 거니까. 그러니 엄마노릇이니 뭐니 해서 머리 아프지 말고 그냥 사귀어. 나도 너 좋아한다고 하고."

"연애를 하라구? 그건 못해."

"안 한다가 아니라 못한다? 그건 하고 싶긴 하다는 뜻이군."

"말도 안 되는 소리 그만해. 동우엄마가 있는데 무슨."

"전에도 말했지만 세상의 모든 남편과 아내는 절대 어떤 다른 남자와 다른 여자를 사랑해선 안 된다는 게 절대선은 아냐."

그의 말투는 확신에 넘쳤다.

"그래도 어떤 선은 있어야지. 너처럼 와이프 몰래 다른 여자를 만나는 건 좀 그래. 사람들이 다 그러면 세상이 어떻게 되겠어?"

영수는 이맛살을 찌푸렸다.

"오지랖은! 세상 걱정은 세상에 맡기고 너는 네 인생이나 챙겨. 좋아하는 사람 있으면 좋아하고, 사랑하는 사람 있으면 사랑하고, 그렇게 마음 가는 대로 살아. 좋아하는데도 일부러 쌩까고, 사랑하는데도 아닌 척하고, 그러는 거 그거 정상 아냐. 그러니까 그 여자 좋아해도 돼. 다만 동우엄마 알게 하지는 말고. 동우엄마가 알아서 좋을 건 없으니까. 전에 몸이 안 좋아서 반차 내고 집에 있는데 바에서 만난 여자가 전화를 하는 바람에 내가 한 번 혼났잖아. 바람핀다고. 다행히 회사 업무 차 간 거라는 알리바이를 꾸며대서 간신히 넘어갔지만."

"그 사건 알지."

"세상은 일종의 카오스야. 눈에 보이는 질서 밑에는 눈에 보이지 않는 무질서가 있고, 눈에 보이는 정의 밑엔 보이지 않는 불의가 판을 치고, 진실은 늘 가리워져 있지. 사랑도 그렇고. 사랑해서 결혼했지만 알고 보니 진짜 사랑은 아니었고. 진짜 사랑은 다른 데 있고."

"무슨 얘기를 하고 싶은 거야?"

"좋으면 좋아하라고. 사랑하면 사랑하고. 괜히 호박씨 까지 말고."

"네가 그런 말을 하니 좀 이상하다."

"이상하긴! 내가 뭐 틀린 소리 했어? 마음 가는 대로 하라는데."

"너처럼 살긴 싫어."

"나처럼 살면 성공이지. 너도 가끔 나 부러워했잖아. 여자 잘 사귄다고. 나도 눈은 있어. 결혼은 대충 했지만 아무나 막 사귀진 않지. 근데 진희는 볼수록 괜찮아. 와이프와는 안 되는 대화가 되고 와이프랑 안 통하는 감정이 통하고. 무엇보다도 몸이 잘 맞아. 남녀가 몸이 잘 맞는 건 아주 중요한 거야. 그거 없는 관계는 기초가 부실한 건물과 같지. 너도 그 여자와 몸이 맞으면 좋을 텐데."

"그런 생각 없다니까."

"섹스하고 싶지 않다구?"

"섹스같은 소리 그만해. 그쪽으론 아무 생각 없으니까."

"그 여자 별로 매력 없나 보네. 가슴이 절벽이거나."

"그렇지 않아. 여성스럽고."

"그런데도 아무 감정도 없다?"

"그냥 후배야. 무슨 감정이 있겠어? 있다면 걔가 잘 살았으면 좋겠어. 행복했으면 좋겠고."

"그건 또 무슨 소리야? 걔가 불행해?"

"좀 그래."

"약국 한다며? 돈도 있고. 네 말 들으면 이쁘고, 남편은 검사에다 시댁 빵빵하고, 친정도 재력 있고, 자기 건물도 있고. 도대체 뭐가 불행하다는 거야?"

"남편하고 잘 안 맞아."

"세상에 맞는 부부가 어디 있어? 그런 부부는 박물관에도 없어."

"엄마도 일본에 살고. 여기는 친척만 있어. 형제도 없이 혼자고."

"그런 사람 많아. 부모 형제 떨어져 사는. 그게 무슨 불행한 이유라고. 왜 다른 게 있어? 남편한테 맞고 살아?"

"그런 건 아니고."

"돈 있고, 빽 있고, 자기 하고 싶은 거 다 하고, 뭐가 문제야? 남편하고 안 맞는 거, 그거 하나?"

"이를테면 그래."

"겨우 그거 하나 가지고 불행하다고 울상이야? 배부른 소리 하고 있군."

"사람마다 행복의 조건은 달라."

"그래. 배고프면 밥이 필요하고, 목이 마르면 물이 필요하고. 밥도 물도 다 해결되면, 또 다른 게 필요하고 그렇지. 하지만 채워지지 않는 것도 있는 게 인생이야. 내 친구들 보면 문제 하나씩은 다 있어. 어떤 놈은 애가 말썽이고, 어떤 놈은 마누라가 말썽이고, 어떤 놈은 병들어 있고, 어떤 놈은 사업 땜에 맨날 밖으로 나돌고. 안 좋은 거만 보면 다 불행해. 근데 좋은 것도 있으니까 사는 거야. 좋고 나쁜 걸 같이 경험하는 게 인생이고. 어떻게 내 좋은 것만 다 챙기고 살아? 그건 욕심이지. 후배한테 말해. 그만 하면 행복한 거라고. 맘 잡으라고. 괜히 같이 장단 맞추지 말고. 보니까 벌써 장단 맞췄네. 그니까 엄마 해달라는 소릴 하지. 자기 맘에 쏙 들게 구니까."

"그런 거 없어."

"없긴 뭐가 없어. 엄마 해달라는 말이 그냥 나와? 그냥 나오냐고. 그럴 만하니까 그런 거지. 아니면 네가 마음에 들던가."

"내가?"

"관심 일도 없는 남자한테 누가 그런 말을 해? 그런 말할 정도면 관심 있어. 있어도 아주 많이. 뭐 어쩌면 위장인지도 모르고. 그냥 사귀자고 하긴 그러니까. 여자는 여우거든."

"그런 사람 아냐."

"그 여자 속에 들어가 봤어?"

"걜 여자로 본 적 없어."

"여자로 안 보여?"

"그래."

"이쁘고 여성스러운데도? 너한테 호감도 있고."

"그냥 후배야."

"너 갱년기인가 보다."

영수의 주장은 단순했다. 보통 남자라면 마누라 아닌 여자에게도 성적인 욕구가 발동되게 되어 있다. 이쁘고 육감적인 여자에겐 더하다. 그게 남자의 심리다. 엄마가 되어 달라고 도발을 한 여자에게 아무런 감정을 느끼지 못한다면 그건 갱년기 탓이다. 갱년기 남자는 여성 호르몬의 증가로 여자에게 성적인 욕망보다 모성적 욕구가 강해진다.

"내가 갱년기라서 그렇다고?"

"네가 하는 짓이 그래."

"넌?"

"난 아직 아냐. 여자가 좋으니까. 이쁜 여자 보면 안고 싶고 섹스하고 싶고."

"그건 너무 단순한 기준인데."

"내 기준이 마음에 안 드는 모양이군. 뭐 어쨌든 한 가지 분명한 건 엄마가 돼 달라는 말을 할 정도면 너와 심리적인 거리가 무지 가깝다는 거야. 너도 그 여자한테 호감이 있고. 잘 하면 애인이 될 수도 있고. 너한테 따로 여자 소개시켜 주지 않아도 되겠는데."

"와이프 외 다른 여자 생각은 없어."

"왜 그렇게 막혔어? 이봐! 우린 하나의 나무야, 수많은 가지들이 있는. 그중의 하나가 와이프라면 다른 가지는 다른 사람인 거지. 그게 여자일 수도 있고, 사랑하는 사람일 수도 있고. 와이프가 아닌 다른 여자가 눈에 들어오는 것도 그래서지. 그건 내 안에 있는 수많은 가지 중의 하나인 거니까. 인생은 하나의 나무야. 나뭇가지 하나하나에 진실한 건 아름다운 거고. 와이프가 아닌 다른 나뭇가지에 진실한 걸 불륜이다 뭐다 하는 건 나무 전체를 보지 못하는 편협한 사고지."

"그건 네 이야기지."

"네 이야기이기도 해."

"소정이한테 별 불만 없어."

"조금은 있다는 말이군. 그래, 완벽한 부부는 없으니까. 이 세상은 완벽하지 않아. 그래서 불완전을 경험하는 거고. 보다 완전해지려는 거고. 네 눈에는 어떻게 보일지 몰라도 나는 진희가 좋아. 몸도 맞고. 어쩌면 네가 말하는 그 접점으로 가고 있는지도 모르지."

"접점이 맞다는 건 축하할 일이군."

"축하는 됐고. 그 여자, 네 후배. 네 눈에는 안 돼 보일지 몰라도 내가 보기엔 별로 불행하지 않아. 불행의 총량으로 보면 그 여자보다 더 불행한 여자가 세상에 널렸어. 남편이 좀 마음에 안 들고, 시댁어른이 좀 그렇고, 그거 외엔 자기 마음대로 살잖아. 그만하면 보통은 돼. 문제는 그 여자가 자기 삶에 만족하지 못한다는 거야. 그러니 그런 말을 하는 거고. 그런 말을 너에게 한다는 건 너와 어떻게 해보고 싶다는 거지. 선후배가 아닌, 그 어떤."

자길 챙겨달라던 유은의 말이 생각났다. 오아시스 같다던 그녀의 말도. 남에게 쉽게 하기 어려운 그 말을 하면서 그녀는 무슨 생각을 했을까? 예진에서 엄마노릇 해달라던 소린 술김이었을까? 그래서 아무 일 없다는 듯 태연하고?

"지나친 억측이야."

"억측? 그 여자 내일 모레면 마흔이야. 그게 무슨 뜻인 줄 알아? 여자 나이 마흔이면 산전수전 공중전 다 겪었어. 그 여자 약사라며? 그 어려운 약대 나와서 약국까지 운영할 정도면 푼수도 아니고 기본 머리는 돌아가. 네가 보기에 아무리 안 되어 보여도 제 앞가림 정도는 충분히 할 수 있는 애라고. 그런데 그런 애가 너한테 엄마가 돼달라고 했어. 여자도 아닌 남자에게. 그건 뻔한 거야. 그 애는 너한테 엄마노릇을 기대하는 게 아니고 남자가 되어주길 바라는 거야. 엄마가 되어달라는 말은 남자가 되어달라는 말의 다른 버전이지. 그러니 시간 낭비하지 말고 남자가 되어 주라고. 그게 그 여자가 원하는 거야. 남자가 젖이 달린 것도 아니고 무슨 엄마노릇이야! 말도 안 되는 소리를 하는 건 너야. 내가 아니고."

2

6월 들어서 유은은 차를 가지고 다니기 시작했다. 날이 덥다는 이유였다. 덩달아 그녀를 보는 것도 줄었다. 카풀을 할 때마다 그녀가 가져오던 김밥이며 샌드위치를 맛보는 작은 즐거움도 없어졌다. 얼굴을 보는 건 일주일에 한 번 매주 수요일에 같이 점심을 먹을 때였다. 카풀이 중단되면서 수요일에 점심을 함께하게 된 것은 일주일의 중간이라는 것 외에 다른 이유는 없었고,

적어도 일주일에 한 번은 같이 점심을 하자는 그녀의 제안에 따른 것이었다.

유은은 얼굴을 볼 때면 그동안 밀린 이야기를 털어놓으려는 듯 종알종알 말을 쏟아내었다. '요즘 출근이 빠른가 봐요. 제가 약국에 오면 선배 차는 벌써 와 있더라구요. 어젠 퇴근하면서 보니 선배 차가 그대로 있던데요. 퇴근이 늦으셨죠? 강아지 고양이 똥구녕 보는 일이 많으시구나 생각했어요. 호호! 아카시아가 어제 핀 것 같은데 벌써 여름이에요. 이렇게 세월이 가는 거겠죠. 눈 깜박할 사이에……' 할머니 분식집에서도 유은의 종알거림은 멈출 줄을 몰랐다. '할머니! 정말 오늘 된장국은 딱이에요. 고등어 잘 구워졌는데요. 콩나물 무침도 맛있어요.……'

그런 그녀를 보면 그녀가 집에서 아무 말도 없이 남편과 지내는 게 상상이 안 되었다. 카풀은 중단되었지만 일주일에 한 번 그녀와 밥을 먹는 그 시간이 나는 늘 기다려졌다. 그러나 나와 점심을 먹지 않는 날 그녀는 가끔 동네 가게 남자들과 어울려 할머니 분식집으로 갔다. 그럴 때마다 기분이 나쁘지만 지켜보는 것 외에 달리 할 수 있는 건 없었다. 타이밍을 놓쳐버린 말은 과녁을 잃어버린 화살과 같다.

수요일이 아닌 나머지 일상은 예전과 다름없이 흘러갔다. 집과 병원 사이를 오가고, 출근과 퇴근을 하고, 그 사이 강아지 고양이 똥구녕 보는 일은 변함없었고, 언제나처럼 하루의 일과가 끝난 후 커피를 들고 창밖을 내다보는 일까지. 식상한 일상의 모습은 집에서도 마찬가지였다. 열정이 식은 아내와의 잠자리는 식은 죽처럼 밋밋했고, 저녁을 먹고 TV를 보고 밤이 깊어지면 침대로 기어들어가 잠을 자고 일어나는…… 다람쥐 쳇바퀴 같은 일상은 판에 박은 듯 똑같았다. 그럴 때마다 예전에 영수가 한 말이 떠올랐다. '인생은 맨날 비슷해. 여자랑 자는 것도 좋지만 그것도 일상이 되니까 어떨 땐 덤덤하고 별로야. 그나마 사랑이 주는 쾌감이 다른 것보다는 낫기는 하지만.' 어머니도 가끔 그러셨다. '주효야, 오늘은 밥이 지겹다. 안 먹고 살 수 없어 먹는 거지만 매일 먹고 또 먹고 이게 무슨 짓인지 모르겠다. 인생이란 지겨운 것을 지겹도록 마주하는 일인 것 같다. 너 키울 때는 하루하루가 바쁘고 재미있었는데 너 다 크고 네 살림 차리니 할 일이 없구나. 사는 게 따분하다.'

7월에 접어들자 유은은 출퇴근이 들쭉날쭉했다. 어떤 날은 아예 출근을 하지 않았고 어떤 날은 오전에만 어떤 날은 오후에만 보였다. 그러다 보니 그녀와 일주일에 한 번 갖는 수요일 점심도 흐지부지되었다. 미국에서 연이은 대형 산불로 비상사태가 선포되고, 일본은 때 아닌 홍역으로 병원마다 환자로 북새통이고, 우리나라는 이르게 찾아온 폭염과 가뭄으로 농촌마다 물이 부족해

난리를 쳤지만, 그런 세상과 상관없이 그녀는 볼 때마다 생기가 넘쳤고 옷은 수시로 바뀌었다.

주말이 코앞인 금요일 오후, 손님이 없는 틈에 잠시 유튜브를 보는데, 김실장이 진료실 문을 벌컥 열고 호들갑을 떨었다.

"원장님! 원장님!"

"왜? 급한 환자가 왔어."

"그게 아니고 원장님 후배 있잖아요."

"후배가 왜?"

"장난 아니에요."

"뭐가?"

"지금 제가 봤는데. 굉장해요. 번쩍번쩍!"

"알아듣게 말해."

"원장님 후배 차가 바뀌었어요. 번쩍번쩍 빛나는 포르쉐예요!"

"포르쉐?"

난 자리에서 일어나 창가로 다가갔다. 밖을 내다보니 정말 약국 앞엔 어제까지 그녀가 타고 다니던 검정색 벤츠는 보이지 않고 그 자리에 포르쉐가 있었다. 아름답고 우아한 하늘색 포르쉐가.

"저기서 언니가 내리는 거 봤어요."

"그래?"

"비쌀 텐데. 돈이 많은가 봐요."

김실장은 부러운 표정을 지었다.

"원장님도 차 바꾸세요."

"내 차?"

"원장님 차 오래됐잖아요."

"아직 잘 굴러가. 그리고 뱁새가 황새 쫓아가면 가랑이가 찢어져."

"원장님이 뱁새는 아니잖아요."

"황새도 아니지."

"왜요?"

"평생 이놈의 동물병원 안에서 뱅뱅 돌 텐데 뱁새나 다름없지."

"이놈의 동물병원요? 무슨 말을 그렇게 하세요?"

김실장은 눈을 치켜뜨고 정색을 했다.

"왜 그렇게 봐?"

"원장님은 동물병원이 싫으세요?"

"재미는 별로지. 맨날 강아지 똥구녕 보는 일이 얼마나 재미있겠어."

"또 그 소리! 정말 원장님은 배가 부르시군요."

그로부터 김실장의 훈계가 강물처럼 이어졌다. 그러면 안 된다. 이제 자리를 잡았다고, 단골도 많고 먹고살 걱정 안 한다고 그리 생각하면 안 된다. 외할아버지가 그러셨는데 '우리는 우리가 하는, 매일매일 밥을 먹게 해주는 일에 감사해야 한다. 설렁탕집 주인은 설렁탕에 만두집 주인은 만두에. 그런데 사람들은 그리 안 한다. 설렁탕이나 만두가 우리에게 밥 먹게 해주고 돈 벌게 해주어도 그 설렁탕과 만두에 감사하고 고마워하지 않는 사람은 언젠가는 다시 배고프고 가난해진다. 고마워할 줄 모르는 사람들을 위해 돈을 버는 일 같은 건, 설렁탕도 만두도 하지 않는다.' 설렁탕과 만두를 사람처럼 빗대는 그녀의 말에 나는 절로 웃음이 났다.

"설렁탕과 만두가 그런 생각을 한다는 건 좀 아닌 것 같은데."

"외할아버지가 그랬어요. 돌멩이 하나도 생각이 있고 살아 있다고. 그래서 아무 말이나 막하면 안 된다고. 전 그 말이 맞다고 생각해요."

그녀는 외할아버지의 말을 전적으로 신뢰하는 것처럼 보였다.

"외할아버지가 보기에 나는 말을 막하는 사람이겠군."

잠시 뜸을 들이던 그녀는 다시 입을 열었다.

"원장님이 동물을 그리 좋아하지 않는 거 알아요. 하지만 이런 동물병원 할 수 있는 사람은 선택받은 사람들이거든요. 요즘 일 없어 힘들어하는 사람들이 얼마나 많은데요. 요는 어쨌든 원장님은 선택받은 사람이라는 거죠. 그렇게 생각하면 동물병원도 좀 더 괜찮아 보일 거예요."

환자가 와서 대화는 거기서 끊겼다. 환자는 시츄였다. 녀석은 고추에서 농이 나왔다. 시추를 데리고 온 아주머니는 녀석이 잘 짖지도 못하고, 짖을 때는 허리를 구부리며 힘들어한다고 근심스럽게 말했다. 진찰 결과 녀석은 요도 감염이었다. 요도 감염은 수컷들에게 흔히 있는 일이다. 고추가 감염되면 잘 짖지 못하는데, 행여 짖을 때면 요도의 통증으로 허리를 구부리며 고통스럽게 허스키한 소리를 낸다. 주사를 놓아주고 며칠치 약과 주사제를 주었다.

"약은 밥 먹을 때 섞어 주시고 3일치 주사약도 드릴 테니까 하루에 한 번 놔주세요. 3일 정도 놔주시면 괜찮을 겁니다."

시츄를 안고 아주머니가 나가자 창밖을 보던 김실장이 다급하게 소리쳤다.

"원장님! 후배가 포르쉐를 타고 나가는데요."

나는 급히 창문으로 다가섰다. 김실장의 말대로 약국 앞에 서 있던 포르쉐가 미끄러지듯 움직이고 있었다. 차안에 유은의 모습이 얼핏 보였다. 그녀의 얼굴은 꽃처럼 화사했다. 포르쉐는 순식간에 사라졌다. '어딜 가는 거지? 저렇게 밝은 얼굴로.'

환자가 와서 다시 진료를 시작했다. 이번엔 까만 털의 페르시안 고양이였다. 그 고양이는 혼자 사는 할머니가 키우고 있는데, 할머니는 가끔 녀석을 데리고 걱정이 가득한 표정으로 병원에 오신다. 하지만 녀석은 언제나 별로 아픈 데가 없다. 그저 활동이 적어 가만히 있는 고양이가 할머니 눈에 아파 보일 뿐이다. 오늘 할머니의 걱정은 녀석의 임신 여부다.

"내 몸 하나 간신히 추스르는데, 임산부를 돌볼 힘은 없어."

초음파를 해보니 임신은 아니다. 배를 만져보니 꼬르륵 소리가 날 뿐 녀석은 미동도 하지 않는다. 차트를 보니 녀석의 나이는 10살이다. 고양이가 10살이면 환갑이다. 그 나이에 임신은 불가능하다.

"얘는 할머니입니다. 임신은 못해요."

"다행이네. 밥을 잘 안 먹길래 임신한 줄 알고. 임신하면 여자들이 밥을 잘 못 먹잖아."

고양이를 사람처럼 생각하는 할머니 말에 나는 절로 웃음이 났다. 녀석의 상태에 대해 이것저것 물어보자 할머니는 생각났다는 듯 변이 안 좋다고 말했다.

"가끔 설사를 해. 쌀알 같은 걸 누고."

그건 심장사상충에 걸릴 때 나타나는 현상이다. 심장사상충은 모기에게 물리면 감염되는데 쌀알 같은 설사를 하고 배가 빵빵해지는 증세가 나타난다. 치료는 어렵지 않다. 그건 구충제를 먹이면 낫는다. 이틀치 약을 처방하고 약을 참치캔에 섞여 먹이라고 했다. 할머니가 페르시안 고양이를 데리고 나간 건 거의 6시가 다 되어서였다.

나는 이르게 병원문을 닫고 차를 몰아 강남의 인사이드 호텔로 향했다. 거기서 오랜만에 고등학교 은사와 약속이 있다. 고3 담임이던 선생님은 재학시절 내게 틈틈이 문제집도 주고 빵이나 피자 같은 것도 사주셨다. 선생님의 따뜻함을 잊지 못해 졸업 후에 몇 번 학교로 찾아갔었다. 하지만 시간이 가면서 어느 순간 선생님과의 연락이 뜸해졌는데 며칠 전 선생님으로부터 오랜만에 전화가 온 것이다.

3

차가 호텔로 접어들자 길 양편에 서 있는 가로수가 나풀거렸다. 비탈진 언덕길을 올라가자 푸른 한강이 눈에 들어왔다. 잠시 한강의 경관에 마음을 뺏기는 사이, 수풀 사이에서 튀어나온 고양이 한 마리가 갑자기 차 앞으로 뛰어들었다. 급히 브레이크를 밟았다. 가슴을 쓸어내리고서 차를 내려 보니, 녀석은 벌써 어디론가 사라지고 없었다. 길고양이였다.

어제는 아파트 재활용쓰레기장에서 진돗개 한 마리를 봤다. 키가 크고 멀쩡하게 생긴 녀석은 배가 고픈지 아파트 음식쓰레기 수거함 주변을 서성거리다가 나와 눈길이 마주쳤다. 녀석의 눈은 배고픔과 외로움이 가득했다. 내가 보고 있자 녀석이 천천히 다가왔다. 내 손에 들린 분리수거 봉투에 뭔가 먹을 것을 기대하는 것 같았다. 그러나 먹을 것이 없다는 것을 확인한 녀석은 실망스런 표정으로 발길을 돌려 아파트 뒷길을 돌아 어디론가 사라졌다. 어두운 아파트 그늘 아래로 사라지던 녀석의 모습이 저녁 그림자처럼 기억에 길게 남았다. 집안이 망하고 삶이 막막했을 때 나 역시 저 길고양이나 진돗개 같았을 것이다. 유은에게서도 난 그런 모습을 봤다. 그런데 오늘 유은의 모습은 사뭇 다르다. 나는 왠지 불안해졌다.

주차장에 차를 대고 호텔로비로 가니 선생님은 벌써 와 계셨다. 선생님은 나를 데리고 스카이라운지 옆에 있는 샤르망으로 갔다. 한강과 한강을 가로지르는 다리들이 한눈에 들어왔다. 전망이 좋았다. 여기저기 다정한 남녀 커플들이 자리를 잡고 밀어를 나누고 있었다. 남자 둘이 자리를 잡은 건 우리뿐이었다. 이런 데는 애인이랑 와야 할 것 같다는 내 말에 선생님은 너털웃음을 터뜨렸다.

"자넨 아직 젊군. 좋은 곳을 보면 애인이 생각나는 걸 보니. 그때가 좋은 걸세. 세월이 가고 나이가 들면 가슴이 식어. 그럼 사는 게 밋밋해지지. 안 그러려고 노력 중이야."

음식과 와인이 나왔다. 몇 잔이 돌아가자 한강을 감싸고 있던 어둠이 깊어지더니 오렌지색 가로등들이 강변을 밝히며 일어섰다. 위에서 내려다보는 한강의 야경은 아름다웠다. 그 정경에 유은의 포르쉐로 산란해진 마음이 어느새 고요해졌다.

"좋은 곳인데요."

"그런가? 난 자주 여길 오네. 연애 중이라서 말야."

뜻밖이었다. 선생님은 일찍 아내를 여의고 줄곧 혼자 살아오셨다. 만나는 사람이 누구냐고 묻자 빙그레 웃으시며 말하지 않겠다고 하셨다. 나는 더 이상 묻지 않았다.

"와이프를 한번 데려오게. 좋아할 거야."

"이런 데 다닌다고 바가지를 긁을지도 모릅니다."

"그럼 애인을 데려오든가."

그는 나를 떠보듯 실눈을 했다.

"아내 외 다른 여자는 없습니다."

"아 그런가. 자넨 아내를 사랑하는가 보군."

아내 외 다른 여자가 없다는 말이 아내를 사랑한다는 말과 같은 뜻은 아니라고 말하고 싶었지만 그건 어쩐지 쓸데없는 말 같았다. 선생님은 와인을 한 모금 마셨다.

"나도 아내를 사랑했지. 그 사람이 그렇게 갈 줄은 꿈에도 몰랐어. 아내의 죽음에 나는 많이 방황했네. 다시는 아내의 손을 잡고 포옹하는 일이 없어진 것을 받아들이기 힘들었어. 마트를 갈 때도 산책을 할 때도 여행을 갈 때도 나는 늘 아내의 손을 잡고 다녔거든. 난 그게 행복했어. 아내를 사랑한다면 자주 손을 잡아주게. 포옹도 자주 하고. 그만한 행복은 세상에 다시없다네."

신혼 초 달달했던 때가 떠올랐다. 그땐 한시도 떨어져 있고 싶지 않았고 어디를 가든 손을 잡고 다녔다. 그러나 지금은 가끔 손을 잡는다. 술기운 때문인지 선생님의 혈색이 좋아보였다. 말투도 힘이 있었다. 다시 보니 옷차림도 세련미가 넘쳤다.

"연애가 좋으신가 봐요. 옷차림도 멋있으시고. 상대가 누군지 정말 궁금합니다."

"허허! 내 상대가 누구냐고?"

"말씀 안 하셔도 됩니다."

"자네가 무슨 생각을 하는지는 알겠네만 한 여자랑 알콩달콩 거시기 하는 그런 사랑은 아니라네. 내 나이에 그런 걸 꿈꾸면 삶이 거추장스러워지네. 난 그저 말상대가 되어주는 사람이면 족해. 나와 함께 커피를 마시고 내 옆에서 나와 눈을 맞추는 사람들, 그 사람들이 내 연애상대일세. 자네처럼."

와인 두 병을 비우자 알딸딸한 취기와 더불어 요기가 느껴졌다. 화장실에 가서 일을 보고 나오는데 한 여자가 불빛이 어두운 스카이라운지 쪽으로 막 사라지고 있었다. 어디선가 많이 본 듯한, 익숙한 뒤태였다. 어깨까지 내려온 머리칼과 걸어갈 때 흔들리는 허리, 스커트 밑으로 보이는 가늘고 하얀 다리까지…… 호기심이 생긴 난 그녀가 사라진 스카이라운지로 걸음을 옮겼다. 스카이라운지는 전체적으로 어두웠고 창을 따라 놓인 자리엔 연인들이 쌍쌍이 마주 앉거나 붙어 앉아 있었다. 테이블마다 놓인 작은 조명들은 환상적인 분위기를 연출하고 있었다.

나는 천천히 걸으며 시야에서 사라진 여자를 찾기 시작했다. 코너를 도는 순간 눈에 익은 한 여자의 얼굴이 정면으로 들어왔다. 희미한 불빛 속에서도 그녀의 모습은 분명했다. 유은이었다. 심장이 방망이질을 쳤다. 그녀 앞에는 한 남자가 앉아 있었다. 그를 마주보는 그녀의 얼굴엔 환한 미소가 떠나지 않았다. 테이블 불빛만 남은 스카이라운지에서 그녀의 얼굴은 밝게 빛났다. 그녀는 약간 들떠 보였다.

어두운 조명 탓에 유은은 나를 알아보지 못했다. 아니 그녀는 남자에게 정신이 팔려 다른 데는 신경 쓸 겨를이 없어 보였다. 나는 등을 돌려 반대편으로 갔다. 스카이라운지는 원형을 이루고 있어 반대편으로 가면 남자의 얼굴을 볼 수 있었다. 유은의 등이 보이는 곳에 이르자 남자의 얼굴이 불빛 속에 드러났다. 그는 한눈에도 상당히 젊어보였다. 아니 앳돼 보인다고 하는 표현이 어울렸다. 아무리 나이를 후하게 쳐도 20대를 넘지 않아 보였다. 의자에 앉은 팔과 다리의 기럭지로 보아 키가 꽤 후리후리했고 남자의 얼굴엔 그 나이의 젊음이 보여주는 윤기와 신선함이 넘쳤다. 입모양이라든가 얼굴표정이 경박해 보이지 않는 건 다행이었다.

남자는 그녀에게 최대한 예의를 갖추고 있는 것 같았다. 보통 그 나이대의 젊은 남자들이 여자를 상대할 때 보이는 가벼움은 없었다. 차분해 보이는 눈빛도 마음에 들었다. 도대체 누구지? 남편은 아닌 것 같은데 …… 호기심과 걱정이 꼬리를 물었다. 선생님이 기다릴 것 같아 더 이상은 거기 있을 수 없었다. 나는 몸을 돌려 스카이라운지를 빠져나왔다.

"왜 이렇게 늦었어? 취해서 화장실에서 자는 줄 알았네."

"아. 네. 좀 일이 커져서."

"하하! 작은 일을 보려다 큰 일을 보았군. 하하! 자 한 잔 하게."

선생님은 비어 있는 내 잔에 술을 따랐다.

"내 나이 이제 곧 80이야. 꽤 괜찮은 인생을 살았다고 생각하지만 우물 안의 개구리라는 생각이 들어. 한국에서만 뱅뱅 돌고. 누구나 한 번씩은 다 가는, 아니 몇 번씩은 가는 해외여행을 한 번도 안 갔으니. 칸트도 아닌 내가 왜 이리 살았는지…… 그래서 세계여행을 할 작정이네. 집도 팔았어. 가기 전에 알던 사람들을 한 번씩 보고 있고. 자네가 마지막이야."

"아! 그러세요. 멋집니다. 다녀와서 재미난 여행담을 들려주세요."

"살아 돌아올 수 있을지는 기약할 수 없어."

"무슨 그런 말씀을 하세요. 아직 정정하신데요."

"내일 일을 장담할 수 있는 사람은 아무도 없어. 황진이처럼 길에서 객사할 수도 있고."

"황진이가 객사를 했어요?"

"금강산 유람을 가다 길에서 죽었지. 진이다운 죽음이야! 그 여자는 자유인이었어. 여염집 아낙네들은 꿈도 못 꿀 자유로운 영혼을 가졌어. 진이가 단순히 기생에 불과했다면 그런 시를 남기는 게 가능했다 보는가? 진이는 웃음을 파는 기생이 아니라 영혼을 나누는 보살이었네. '청산리 벽계수야 수이 감을 자랑마라. 일도 창해하면 다시 오지 못하나니 명월이 만공산 하니 쉬어간들 어떠랴.' 이건 진이의 경지를 단적으로 보여주는 절창이지. 진이만큼은 안 되지만 나도 마음을 비웠어. 길에서 죽든 돌아와서 죽든 개의치 않아."

"그나저나 부럽습니다. 전 언제나 세계여행을 할 수 있을지."

"난 자네가 부러워. 자네에겐 젊음이 있잖은가. 그건 내가 구경 가는 세상보다 더 찬란한 세상이야. 그 멋진 세상을 잘 살아보게."

와인 한 병을 더 비우고 자리에서 일어섰다. 둘 다 이미 꽤나 취기가 오른 상태였고, 대리기사를 불렀다. 스카이라운지에 다시 가보고 싶었지만 그만두었다. 주차장으로 내려가니 대리기사 두 사람이 와 있었다. 선생님은 손을 흔들며 먼저 떠났다. 그리고 내가 막 차에 오르려는 순간 하늘색 포르쉐 한 대가 소리없이 내 앞을 지나갔다. 운전석에 자리 잡은 사람은 유은이었다. 옆에 앉은 사람은 스카이라운지에서 본 남자였다. 두 사람은 뭐가 즐거운지 마주보며 웃고 있었다. 포르쉐는 불을 깜박이며 어둠 속으로 사라졌다.

뒷좌석에 몸을 파묻고 대리기사가 운전하는 차를 타고 집으로 돌아가면서 머리에선 그들 생각이 떠나지 않았다. '도대체 누구지? 클럽 같은 데서 만났을까? 유은이 그런 데 가진 않을 텐데. 또 모르지. 그런 데 가서 기분을 풀 수도…… 거긴 전문적으로 여자를 노리는 놈들이 많은데. 그놈이 그런 놈이라면…… 겉으론 순진해 보이지만 속은 엉큼한……' 뿔난 망아지 같은 딸을 둔 엄마처럼 둑이 터진 듯 걱정이 밀려들었다.

4

"좀 취했네."

"와인 세 병."

"남자끼리 무슨 와인을. 소주나 마시면 되지."

"선생님은 로맨티스트야. 말씀도 그렇고 옷차림도 그렇고."

"멋있으셔?"

"그럼. 곧 세계여행을 가신대."

"세계여행?"

"우물 안 개구리처럼 살아오셨다고, 결심이 대단해. 집도 팔고. 황진이처럼 길에서 객사하는 것도 각오하고 계셔."

"객사? 그건 너무했다."

"나이가 있으시니까."

"근데 황진이가 객사했어?"

"응. 길에서 죽었다더군. 금강산 가는 길에."

"그 유명한 기생이 그렇게 초라하게 죽었다고?"

"그렇다네."

"궁금한 게 하나 있어."

"뭐?"

"그때 그 사람은 행복했을까?"

그건 모른다. 그러나 비록 길거리에서 죽었다고 해도 세상의 편견과 한계를 벗어나 우주적 자유를 향유했다면 그녀는 행복했을 것이다.

"글쎄. 그건 그녀만이 알겠지."

"우린 나중에 어떤 이야기로 남을까?"

"우리가 죽고 우리를 기억하던 사람도 죽고 나면…… 아무것도 남아 있지 않겠지."

"그런 생각하면 사는 거 참 허망해."

"그렇지."

"어쨌든 술 많이 마시지 마. 그래도 사는 날까지는 잘 살아야지. 건강하게."

"그래야지."

"친구들 만나보면 당신 같은 남편도 없어. 속도 안 썩이고."

어머니 생신을 맞아 선물과 반찬거리를 마련해 어머니를 보러 간 자리에서도 아내는 그렇게 말했다.

"어머니! 주효씨 낳아주셔서 감사해요. 친구들은 남편 험담하기 바쁜데 저는 험담할 게 없어요."

"그렇니?"

"네. 그런데 어머니! 아버님은 어머니한테 어떠셨어요?"

"네 시어버지? 뭐 최고의 남편은 아니었다. 지금 같으면 당장 이혼을 했을 일도 있었고. 하지만 그땐 시대가 달랐어. 이혼은 꿈도 못 꾸었지. 그저 그게 내 인생이려니 하고 살았어. 때론 좋은 것도 있었지. 가끔은 바나나도 사오고, 극장표도 구해오고, 텔레비전도 놓고. 그땐 동네에 텔레비전 있는 집이 달랑 우리 집 하나였다. 그때는 네 시아버지가 잘나가던 때였지. 혈혈단신 부산으로 건너와 자기 몸뚱이 하나 건사하는 게 고작이었던 네 시아버지가 출세를 한 건 재주가 용해서지."

"무슨 재주요?"

"네 시아버지는 그림을 비상하게 잘 그렸지. 그림공부를 한 적도 없는데 대학 나온 사람도 못 따라오는 실력이 있었어. 그래서 기라성 같은 사람들 물리치고 신문사에 뽑혔지. 그때가 제일 행복한 때였다. 동우아빠가 갓난아기 땐 고생을 바가지로 했지만 신문사를 들어가면서 형편이 폈어. 집도 텔레비전도 장만했으니 부러울 게 없었고. 그런데 잘나가던 직장을 그만두고 사업을 하면서 고생이 다시 시작되었지. 간신히 다시 일어서긴 했지만 그때 고생은 말로 못한다. 네 시아버지도 그걸 아는지 내게 잘했어. 내가 해주는 건 뭐든 맛있다 하고, 생일이면 선물도 사오고. 하지만 동우아빠만은 못하지. 동우아빠는 너 고생은 안 시키지 않니."

"네, 맞아요. 돈 잘 벌고 한눈 안 팔고 성실하고. 최고의 남편이에요."

최고의 남편이라는 내 역할은 정확하게 아내가 말하는 그 지점에 머문다. 돈 잘 벌고 한눈 안 팔고…… 한 가정의 가장으로서의 역할 그 이상도 이하도 아내는 바라지 않는다. 가끔 아내와 하는 잠자리도 그렇다. 아내에게 섹스는 의무방어전이다. 짧게 끝나는 섹스 후에 아내는 바로 화장실로 달려가 씻기 바쁘고 운우지정을 나누는 베갯머리 밀어는 언감생심이다. 꿈에 그리던 여자를 만나 일생일대의 사랑을 하고 꿀이 떨어지는 결혼을 했다고 생각한 내게 17년째인 지금의 결혼생활은 스산하다. 영수는 딱하다는 듯 말했다.

"결혼생활은 본래 그런 거야. 네가 별로라고 생각하는 그게 보통 사람들의 정상적인 결혼생활이라구. 깨를 볶는 신혼은 말 그대로 신혼 때나 잠깐 그런 거고. 내가 아는 사람들은 다 그렇게 살아. 맨날 보는 와이프가 섹스어필하는 것도 아니고. 맨날 같은 여자랑 그러는 게 무슨 재미가 있다구. 너도 딴 주머니를 차. 와이프 하고는 의무방어전이나 하고. 그게 서로를 위해 좋아. 너무 바라지도 않고 너무 실망하지도 않고."

아내는 어느 틈에 쌔근거리며 자고 있다. 팔 하나 정도의 거리가 우리 두 사람 사이에 있다. 그건 아내와 나 사이에 있는 사랑의 모습을 닮아 있다. 잠이 오지 않아 침대를 빠져나와 베란다로 나갔다. 멀리 밤의 정적을 뚫고 앰블란스 소리가 들려왔다. 그건 이 어두운 도시의 한쪽에서 누군가 생사의 문턱을 넘었거나 넘어가고 있다는 신호다.

어제 동물병원엔 기도가 막힌 강아지가 왔다. 급하게 동물병원 문을 열고 들어온 중년여자는 늘어져 있는 강아지를 들이밀고 무조건 살려달라고 눈물을 떨구었다. 입을 열어 기도를 막은 고깃덩어리를 간신히 빼냈지만 녀석은 이미 숨이 진 상태였다. 유일하게 의지하는 가족이라고, 녀석이 없이는 못산다는 여자의 오열에 병원은 잠시 숙연해졌다. 가끔 있는 일이지만 그럴 때마다 죽음이 가져오는 단절과 그 단절이 빚어내는 슬픔을 나는 생각한다. 아버지가 돌아가실 때도 그랬다. 동네를 울리며 앰블란스가 왔고 서너 명의 구급요원들이 집으로 들어와 죽음을 확인하자 어머니는 하염없는 눈물을 흘리셨다. 거기엔 돌이킬 수 없는 단절에 대한 슬픔이 그렁그렁 배어 있었다.

앰블란스 소리가 더 이상 들리지 않자 인사이드 호텔 스카이라운지의 조명 아래 빛나던 남자의 모습과, 그를 바라보며 행복한 미소를 짓던 유은의 얼굴이 떠올랐다. 유은은 도대체 그 시간에 무슨 일로 그 남자를 만나고 있었던 거지? 친밀도를 봐서 하루 이틀 안 사이가 아닌 것 같은데…… 머릿속에서 이런저런 생각이 헝클어지고 있었다. 가슴 한켠에선 정체불명의 감정이 일어났다. 그건 마치 연인을 빼앗긴 기분 같기도 했고 연락 없는 딸의 늦은 귀가를 애태우며 기다리는 엄마의 마음 같기도 했다.

6 — 엄마노릇 예열

1

아내는 곤하게 자는 나를 흔들어 깨웠다. 약수터에 가라는 것이다. 술을 마시고 들어올 때면 아내가 늘 하는 일이다.

"약수 한 사발 마시고 와요."

이불 속을 파고들던 나는 늘 그렇듯 아내의 성화에 못 이겨 눈을 비비며 동우와 약수터로 향했다. 잠시 앞서 가던 동우가 나를 물끄러미 보더니 어렵게 입을 열었다.

"아빠, 할 말이 있는데."

"무슨?"

"나도 남자고 아빠도 남자니까 이해할 것 같아서."

동우가 그렇게 점잖게 나오는 건 처음이었다. 무슨 얘기를 하려고 폼을 잡지?

"좋아하는 애가 있는데 어떻게 해야 할지 모르겠어."

"좋아하는 애가 있어?"

"응."

"마음에 들어?"

"응."

"그런데 어떻게 해야 좋을지 모르겠다고?"

"응."

"하고 싶은 대로 해. 뭘 같이 먹고 싶으면 먹자고 하고 같이 놀고 싶으면 놀자고 하고…… 네 마음속에 떠오르는 걸 그냥 말해. 주저하지 말고. 그럼 돼."

"내가 하고 싶은 대로 하면 된다구?"

"그래. 누구를 좋아하는 건 눈치 볼 일이 아니거든. 하늘을 보고 싶으면 보고 물을 마시고 싶으면 마시는 것처럼 그건 아주 자연스런 일이지. 맘 편히 하면 돼."

나는 그렇게 하지 못했었다. 초등학교 때 같이 과외를 하던 희선을 나는 좋아했다. 그 아이에게선 늘 알 수 없는 향기가 났고 그 향기의 여운은 잔물결처럼 내 가슴에 파동을 일으켰다. 희선은 몸이 약해 툭하면 코피를 흘렸다. 코피가 날 때마다 휴지로 코를 막는 희선을 보고, 나중에 커서 어른이 되면 결혼해서 코피를 흘리지 않게 해주고 싶다는 소년다운 다짐을 하곤 했다. 그러나 그건 나 혼자의 다짐에 그쳤고 한 번도 좋아한다는 말을 하지 못했다. 과외가 끝나면 희선은 말을 붙여볼 틈도 없이 바람처럼 집으로 달려갔기 때문이다. 도로를 가로질러 집으로 향하는 골목길로 사라지는 희선을 보며 아쉬움을 달래는 게 내가 할 수 있던 유일한 일이었다. 나의 첫사랑은 진지했으나 소심했다.

나는 동우의 손을 가볍게 잡아주었다. 내 손을 잡은 동우의 손에 힘이 들어갔다. 무언의 동지애가 맞잡은 두 손에 있었다. 약수터에서 돌아와 아침을 먹고 출근을 했다. 약국은 아직 오픈 전이다. 병원문을 열고 들어가자 김실장이 청소를 하고 있었다. 그녀는 거의 늘 나보다 먼저 출근해서 청소를 한다. 진료실로 들어가 가방을 두고 의자에 앉아 컴퓨터를 켜는데 김실장이 믹스커피를 갖고 들어왔다.

"드세요. 오늘은 일찍 오셨네요."

"약수터 갔다 오느라고 좀 일찍 일어났어."

"약수터요?"

"응. 아들이랑 갔다 왔어."

"아침부터 아들이랑 다정하게 약수터에요? 좋은 그림인데요."

"우리 아들이 좋아하는 여자애가 생겼대."

"동우가요?"

"약수터 가는데 그러더라고. 좋아하는 애가 있다고."

"동우 다 컸네요. 첫사랑인가요?"

"아마도."

"쪼그만 게 벌써 커서. 이쁘네요."

"첫사랑은 언제나 이쁘지. 좀 어설프고."

"어설프다는 게 무슨 뜻이에요?"

"처음 하는 건 다 그렇잖아. 사랑이든 요리든. 처음엔 우왕좌왕하지. 사랑 때문에 어쩔 줄 몰라 한다면 그게 바로 첫사랑이란 증거야."

"원장님도 그랬어요?"

김실장은 호기심을 보였다. 나는 희선 이야기를 생각나는 대로 해주었다.

"이쁜 첫사랑이었네요."

"뭐……"

"원장님!"

창밖을 내다보던 김실장이 소리쳤다.

"포르쉐예요! 출근하셨나 보네요."

내다보니 하늘색 포르쉐가 우아하게 약국 앞에 서 있었다.

"잠깐 약국에 갔다 올게."

난 커피를 내려놓고 약국으로 건너갔다. 유은은 커피를 마시고 있었다. 보영은 아직 출근 전이었다.

"굿모닝!"

"어머! 아침부터 웬일이세요?"

유은은 뜻밖이라는 듯 날 쳐다봤다. 생기 있어 보이는 그녀의 얼굴 위로 인사이드 호텔에서 보았던 남자의 얼굴이 오버랩되었다.

"새 차가 보여서."

"아! 남편이 사줬어요."

"남편이?"

"얼마 전에 좀 다퉜거든요. 그런데 차키를 주데요."

남편에 관한 한 유은의 말투는 언제나 냉소적이다.

"사과를 포르쉐로? 멋있네."

"멋은요. 자기과시죠. 남편이 친구 회사 주식이 좀 있었는데 그게 상장이 되면서 대박을 쳤나봐요. 내 차도 바꿔주고 자기 차도 바꾸고. 뭐 나쁘진 않아요. 새 차가 생기니 쓸 일도 생기고."

"쓸 일?"

"액셀을 밟으면 기분이 좋아져요. 엔진 소리가 꽤나 동물적이에요."

"어제 김실장이 네가 포르쉐에서 내리는 거 봤다길래 구경 오려 했는데 금방 또 없더라구."

"볼일이 좀 있었어요."

"좋은 일?"

"네."

"시승식 한번 해야지."

"네. 시간이 나면요."

유은의 반응은 미지근했다. '알았어요. 한 턱 낼게요. 언제 시간 되세요?' 정도의 대응을 기대했던 나는 뻘쭘해졌다. 보영이 출근을 해서 대화는 거기서 끊겼다. 유은이 커피를 마시고 가라고 붙잡았지만 이미 마셨다는 핑계로 그냥 약국을 나왔다. 그녀는 기분이 들떠 보였다. 어제 본 그 남자 때문인 것 같은 생각이 들었다. 그녀의 기분이 들떠 보이는 만큼 내 기분은 가라앉았다.

2

토요일 진료가 거의 끝나가는 참이었다. 김실장이 진료실 앞에서 나를 불렀다.

"원장님, 누가 찾아오셨는데요."

"누구?"

고개를 들어보니 진료실 문앞에 진희가 서 있었다. 그녀의 품엔 치와와가 안겨 있었다.

"안녕하세요."

그녀는 진료실로 들어서서 문을 닫았다. 목이 시원하게 파인 분홍색 원피스를 입은 그녀의 몸은 별장에서처럼 볼륨이 넘친다. 영수가 말한 몸의 접점이 생각났다.

"아! 안녕하세요. 치와와군요. 영수한테 아프다는 소리를 들었는데."

그녀는 안고 있던 치와와를 내게 건넸다.

"네. 좀 비실비실해요."

허리를 숙이며 내게 치와와를 건네주는 그녀의 원피스 사이로 풍만한 가슴의 굴곡이 선명히 드러나 보였다. 내가 시선을 돌리자 그녀의 눈이 내 시선을 따라왔다.

"잘 뛰어다니긴 하는데 금방 늘어져 있어요. 뭐가 문젠지."

"아! 치와와는 몸이 약해요. 골격도 약하고. 지나친 운동은 삼가해야 합니다. 먹는 건 어떻습니까?"

"그럭저럭요."

"일단 오셨으니 검사를 해보죠."

나는 초음파를 찍고 엑스레이를 찍었다. 생각보다 녀석의 뼈는 가늘었다. 하지만 문제 삼을 정도는 아니었다. 장도 별 문제가 없었다. 나는 그녀에게 엑스레이 사진을 보여주며 하나하나 설명을 했다. 그녀는 내 옆에 바짝 붙어서 컴퓨터화면을 응시했다. 알 수 없는 향수냄새가 코를 자극했다.

"사진 상으론 별 문제 없어요. 뼈대가 가늘긴 한데 애들이 원래 그렇거든요."

"동물의 뼈를 이렇게 보는 건 처음이에요. 살 속에 이런 뼈들이 숨어 있군요."

어깨가 닿을 듯이 앉아 다리를 꼬고 앉은 그녀의 하얀 허벅지가 숨 막힐 정도로 강렬한 섹시미를 발산했고, 옆으로 앉은 그녀는 앞에서 보았을 때보다 훨씬 도드라지게 가슴의 굴곡을 보여 주고 있었다. 나는 그녀에게서 슬그머니 떨어졌다.

"결론적으로 큰 문제는 없습니다. 잘 먹이면 될 것 같아요."

그제서야 그녀는 내게 기울어졌던 허리를 곧추 세웠다.

"진료는 다 끝나신 건가요?"

"네."

"그럼 커피 한 잔 주세요."

"아 네. 잠시만요."

나는 커피포트에 물을 끓이고 커피믹서를 탔다.

"드세요."

"주효씨는 안 드세요?"

"저는 아까 마셔서요."

"혼자만 마시기는 싫은데요. 천덕꾸러기 같아서."

"아 네. 그럼 저도."

물은 아직 뜨거웠고 커피믹서를 타기만 하면 되었다. 그녀는 유은처럼 진료실 여기저기를 살펴보았다.

"정말 동물병원 원장님실 같네요."

"동물병원은 다 비슷합니다."

"왜 제 전시회에 안 오셨어요?"

그녀는 커피를 마시며 나를 쳐다보았다.

"깜박했어요."

"그림 한 점도 안 사주시고."

"아, 남은 게 있으면 하나 살게요. 그리 비싸지 않으면."

"미안하지만 다 팔렸답니다. 제가 그리 인기 없는 작가는 아니거든요. 너무 늦으셨어요."

"유감이네요. 하나 살려고 했는데."

"그림은 됐고 차 한잔 사주세요."

"차요?"

"네."

그녀는 진료실 창가에 서서 밖을 내다보았다.

"진료실 창이 마치 액자 같군요. 전경이 나쁘지 않아요. 가로수도 있고 벤치도 있고."

잠시 뜸을 들이던 그녀는 몸을 돌렸다.

"사실 제 타입은 주효씨 같은 사람이죠. 지적이고 교양있고."

그녀의 말은 도발적이다. 입술이 말라오는 걸 느낀 나는 커피를 한 모금 마셨다.

"제가 엉뚱한 말을 한다고 생각하세요?"

그녀는 내 생각을 읽은 듯 단도직입적으로 말했다.

"전 그런 사람은 못되는데…"

"전 보여요. 주효씨가 어떤 사람인지. 여기 있는 책들도 그렇고. 영수씨도 사람은 괜찮죠. 나를 생각하는 마음 하나는 사줄만하고. 하지만 특별한 매력은 없어요. 뭐! 골프는 열심히 하는 것 같아요. 지금도 골프 중일 거고. 하지만 그 나이에 골프를 열심히 한들 뭐가 되겠어요? 기껏해야 골프 좀 친다 소리 듣는 걸로 그치지. 그 소리 들으려고 시간 날 때마다 골프장으로 달려가는 건 좀 어리석어 보여요. 한 번밖에 없는 인생을 작대기 휘두르는 데 쏟아붓는 건 웃픈 일이죠. 그러다 죽으면 묘비명에 뭐라고 쓸까요? 우물쭈물하다가 골프로 세월 보냈다. 이렇게?"

진희는 냉소적인 미소를 보였다.

"누구나 자기 수준에 맞는 삶을 사는 거겠죠. 전 남의 인생에 별 관심 없습니다."

"현명하시네요. 남의 인생은 신경쓸 일이 아니죠. 주효씨는 골프 하세요?"

"안 합니다. 재미도 못 느끼고. 대신 배드민턴 같은 운동을 합니다. 밥 먹고 일만 하는 건 좀 아닌 것 같아서 독서도 좀 하고."

"독서요? 많이 하세요?"

"시간나면 봅니다."

"훌륭하군요. 사람들은 나이가 들면 대부분 책을 안 보는데."

"책을 보는 여부로 훌륭하다 아니다로 가늠하는 것은 좀 아닌 듯한데요."

"한 권의 책은 인생이라는 깊은 바다를 탐색하는 훌륭한 도구죠. 수십 년의 빼어난 삶을 담아낸 책 한 권이 가진 사색과 통찰을 신변잡기로 넘치는 일상에서 만나는 것이 어떻게 가능하겠어요. 불가능하죠. 아무리 살아도 사람들의 삶은 어제와 오늘이 같은 건 그래서죠. 신변잡기의 늪에 빠져 허우적대느라. 인도의 한 명상가가 그랬어요. 인류의 99프로가 잠들어 있다고. 백만 명 중 한 명 정도가 깨어 있다고. 적어도 주효씨는 그 백만 명 중 하나에 들어가는 후보 같은데요."

"전 평범한 사람입니다."

"평범한 사람들은 스스로 평범하다고 하지 않아요. 주효씨가 그런 말을 한다는 건 평범하지 않다는 증거죠. 주효씨는 분명 평범하게 살아오진 않았을 거예요."

"그걸 어떻게 아세요?"

"전 미술가예요. 대상에 대한 관찰이 제 직업이죠. 주효씨의 눈빛을 보면 주효씨가 보여요. 당신은 남다른 영혼을 가졌어요. 이유는 모르겠지만. 그래서 관심이 가요."

진희는 명함을 내밀었다.

"시간 날 때 연락주세요. 이야길 해보고 싶어요. 언제든 괜찮아요. 주말만 빼고. 참, 진료비는 얼마죠?"

"진료비는 됐습니다."

"친구찬스인가요? 감사해요."

진희가 나가자 김실장이 조심스럽게 진료실로 들어왔다.

"누구세요?"

"친구의 친구. 그만 문 닫지."

"네."

병원을 닫은 시간은 2시였다. 밖에 나오니 유은의 포르쉐는 없었다. 약국도 문을 닫았다. 차에 올라타 시동을 걸었지만 집에 가는 건 내키지 않았다. 토요일 오후에 집엔 아무도 없다. 아내는 토요일마다 친구들과 모임으로 저녁때나 들어오고 동우 역시 학원에 갔다가 저녁 먹을 때가 돼야 집에 온다. 평소엔 아무도 없는 텅 빈 집에서 혼자 뒹굴며 보내는 시간을 즐겼다. 하지만 오늘은 내키지 않는다. 잠시 망설이던 나는 운주사로 차를 몰았다.

진희의 접근은 당황스럽다. 친구의 여자가 친구 몰래 대시를 하는 건 영화에서나 본 일이다. 진희는 내가 그녀의 제안을 받아들일 거라고 생각하는 걸까? 어쩌면 그녀가 그런 제안을 한 건 이번만이 아닐지도 모른다. 다른 남자의 애인이었을 때 그녀는 같은 행동을 했을 수도 있다. 사람은 쉽게 변하지 않으니까. 어쨌거나 그녀는 영수가 그동안 사귄 여자들과 달리 지성적이다. 오감을 자극하는 그녀의 육감적인 몸매 역시 특별하다. 그런 몸에 그런 지성이라니! 어떻게 알게 된 건지는 알 수 없지만 영수에게 오랜만에 괜찮은 여자가 나타난 건 분명하다. 어쨌든 진희가 병원에 왔다는 건 영수에게 알리는 것이 좋겠다는 생각이 든다. 어쩌면 그는 이미 알고 있을 수도 있다. 영수에게 전화를 했다. 신호가 몇 번 가자 영수의 음성이 들렸다.

"어! 주효구나. 그 사람 거기 갔지?"

짐작하던 대로였다.

"그래. 치와와를 데리고 왔더라."

"그래. 강아지는 괜찮아?"

"응. 아픈 덴 없어. 검사만 하고 갔어."

"치료비는?"

"치료비는 무슨."

"안 받았다고? 고마워. 너 덕분에 내 면이 섰다. 나 지금 골프 중이야. 다음에 보자."

"그래."

전화하길 잘했다는 생각이 들었다. 진희가 병원에 다녀간 일에 모르쇠를 했다면 영수의 오해를 살 뻔했다. 어느덧 차는 운주사로 들어서고 있었다. 주차장에 차를 세우고 일주문을 지나 대웅전으로 갔다.

나무 그늘 아래 매미소리가 싱그럽게 들렸다. 일주문을 지나 이리저리 절을 거닐던 나는 햇살을 피할 겸 종무소 옆에 붙은 매점으로 들어가 책이며 풍경 같은 소품들을 구경했다. 그때였다. 묵광이 불쑥 매점 안으로 들어섰다. 아무 기대도 없이 들른 운주사에서 그를 만나게 될 줄은 꿈에도 몰랐다. 얼른 다가가 인사를 했다. 그는 선뜻 나를 기억하지 못하는 눈치였다. 나는 그를 처음 만난 기억을 떠올리며 자세히 정황을 설명했다. 대웅전 앞에서 그가 나에게 걸어오던 장면, 내가 벌떡 일어나 도와달라고 했던 일, 운전수에게 맡기라는 그의 이야기…… 그제서야 그는 생각난다는 듯 환한 웃음을 지어 보였다.

"그때 내가 시주에게 뭐라고 했지?"

"우리가 먹고 자는 일이 운전수가 하는 일인데 자동차가 왜 신경을 쓰냐고. 자려고 애쓰지도 말고 걱정도 말고 그냥 몽땅 운전수한테 내맡기고 마음을 푹 쉬라고."

"그랬더니?"

"스님 말씀대로 했더니 그날부터 잠이 왔습니다."

"단번에?"

"네."

"장하군. 한 번에 되기가 쉽지 않은데."

묵광은 매점에서 몇 가지 물건을 사더니 다시 나에게 다가왔다.

"바쁜가?"

"아닙니다."

"그럼 같이 가세나."

그는 아무 말 없이 매점을 빠져나갔다. 난 구경하던 물건을 내려놓고 부리나케 그를 따랐다. 휘적휘적 앞서 걷던 그는 절 뒤에 자리 잡은 작은 방으로 나를 데리고 들어갔다. 방은 단출했다. 가사 두어 벌과 책 몇 권 그리고 작은 앉은뱅이책상이 전부였다.

"내 거처일세."

"좋네요."

묵광은 커피포트에 물을 붓고 전원을 넣고 선반에서 차반을 꺼내 책상 위에 내려놓았다. 물은 이내 끓었다.

"기계는 딱 질색이지만 물 끓이는 데는 이게 아주 그만이야."

그는 찻주전자에 찻잎을 넣고 물을 부었다. 그리고 잠시 후 우러난 차를 나에게 내밀었다. 무슨 차인지는 알 수 없었지만 차 맛은 향긋했다.

"무슨 차인가요?"

"차라고 할 것도 없는 잡풀이야."

그는 호탕하게 웃었다.

"잡풀요?"

"이 근처에서 뜯어 말린 거야. 대개 차라고 하는 것들은 차라는 이름을 붙인 것이고, 이건 이름이 없어. 잡풀이니까. 하지만 차이는 단지 이름뿐이라네. 사람들이 별스럽게 이름을 갖다 붙이니 무슨무슨 차라고 그럴 듯해 보일 뿐 실상은 같은 거지."

"그렇군요. 근데 스님 방까지 구경할 줄은 몰랐습니다. 그리고 차까지. 너무 감사합니다."

"뭘 그걸 가지고. 우리가 안 세월이 얼만데. 한 십년은 넘지 않았나 싶은데."

"네. 정말 세월이 빠릅니다."

내 말에 그는 세월이 얼마나 빠른지를 말해주는 재미있는 일화를 하나 들려주었다. 날아가는 화살이 땅에 떨어지기 전에 잡는 사람이 있다면 엄청 빠른 거다. 그런데 동서남북으로 동시에 쏜 화살을 땅에 떨어지기 전에 다 잡아내는 사람이라면 말할 수 없이 빠른 사람이고 사실 불가능한 이야기다. 하지만 세월이 가는 건 그보다 더 빠르다. 그의 말이 아니라도 세월이 빠른 건 나도 실감한다. 병원을 연 지 벌써 17년째지만 병원오픈이 바로 어제 일처럼 느껴진다.

"시주! 공부 한번 해보는 게 어떤가?"

"공부요……?"

"머리 깎고 중이 한번 되어 볼 테냐, 이 말이야."

"제가요?"

"자네 말을 들어보니 도심이 있어. 잘만 하면 크게 한소식 할 것 같으이."

"아이고 스님! 전 아이와 아내가 있습니다."

묵광은 박장대소를 했다.

"하하! 내가 그 생각을 못했네. 그럼 출가는 안 되겠군."

"죄송합니다."

"죄송할 건 없어. 공부는 출가를 하나 안 하나 다 할 수 있어. 근데 하는 일이 뭔가?"

"수의삽니다."

"거 좋은 일 하는구만. 말 못하는 짐승들 고쳐주는 것만큼 귀하고 장한 일이 없지. 의사 중에 상의사야."

"감사합니다."

"사는 건 어떤가?"

"먹고사는 건 괜찮습니다."

"허허! 먹고사는 건 괜찮다니 그럼 다른 건 안 괜찮고?"

묵광은 내 말의 여백을 날카롭게 파고들었다.

"네, 좀."

"고민하지 말게. 인생이란 허공에 줄긋기야."

"스님은 허공에 줄을 몇 개나 그으셨습니까?"

그건 나도 모르게 튀어나온 말이었다. 갑작스런 내 말에 묵광의 안광이 번득였다. 난 그의 눈빛에 오금이 저렸다.

"허공도 없고 그은 줄 또한 없어."

난 아무 말도 할 수 없었다.

"자넨 어떤가?"

묵광이 돌연 물었다.

"셀 수 없이 많은 줄을 긋고 그 줄에 매달려 대롱거리는 것 같습니다."

"대롱거린다는 생각을 놓게. 그리고 뭐든 결코 붙들지 말고 내 안의 주인공에게 맡기게. 그럼 허공에 줄을 그을 일도 그 줄에 매달려 대롱거리는 일도 없을 걸세."

"큰스님! 손님 왔습니다."

밖에서 묵광을 부르는 소리가 났다. 묵광이 방문을 열자 젊은 스님이 서 있었다.

"야! 이놈아. 스님에도 큰스님 작은스님이 있느냐? 그냥 스님이지. 내가 그러지 말라고 해도 말귀를 못 알아들어."

추상같은 묵광의 호통에 젊은 스님의 얼굴이 하얘졌다.

"누군데?"

"수봉 스님입니다."

"수봉이 왔어? 그럼 처음부터 수봉이라고 해야지. 손님이 뭐냐 손님이. 네가 언제 철이 들래. 당장 모셔와."

젊은 스님은 급히 자리를 떴다. 묵광이 방문을 닫았다.

"오늘은 이만 해야겠구만. 옛 친구가 왔어."

"네."

"담에 보세."

"네."

"공부 잘 해보게. 사는 게 다 공부야. 언제든 나를 보고 싶으면 와."

"그러겠습니다."

나는 절 뒷마당을 돌아 나와 일주문으로 향했다. 일주문을 나가기 전에 종무소에 들렀다. 예전의 그 남자가 여전히 자리를 지키고 있었다. 지나간 세월만큼 그도 나이가 들어보였다.

"묵광 스님이 여기 큰스님인가요?"

"묵광 스님은 조실스님이우. 그래서 다들 큰스님이라 부르지."

"언제부터 그렇게 됐어요?"

"몇 년 됐수. 묵광 스님이 조실이 되면서 우리 절이 엄청 좋아졌지. 근데 왜 그러슈?"

"오늘 큰스님을 만나서요."

"삼천배를 했겠군."

"그냥 우연히 매점에서 만났어요, 방에 가서 차도 마시고."

"삼천배도 안 하고? 차도 얻어 마시고? 큰스님하고 아는 분이슈?"

"옛날에 한 번 뵌 적이 있습니다. 오늘이 두 번째죠. 저 기억 안 나세요? 예전에 묵광 스님 뵈러 몇 번 왔었는데요. 17년쯤 전에."

"오늘 일도 돌아서면 잊어먹는 내가 17년 전의 일을 어떻게 기억하겠소. 여기 들락거리는 사람이 한둘도 아니고."

남자는 시큰둥했다.

"어떻게 그분이 조실이 되신 거죠? 예전엔 그냥 스님이셨던 것 같은데."

“그랬지. 처음 우리 절에 올 때는 그냥 스님이었지. 하지만 그때도 범상치 않았소. 법력이 있다고 소문이 자자했으니. 그걸 알고 다른 절에서 그 스님을 모시려고 야단이었고. 근데 우리 절에 주석하면서 조실이 되셨지. 우리 절로는 경사였소. 그런 스님 하나가 절의 명운을 좌우하거든. 조실스님이 자리잡고부터 불사가 크게 일어나 절살림이 확 펴졌어. 그 스님 배알하려면 누구나 삼천배를 해야 하는데 댁은 복도 많수.”

“전 몰랐습니다. 근데 조실스님이니 당분간 어디 가시진 않겠군요.”

“그건 모르지. 스님들은 워낙이 바람 같이 사는 분들이 되놔서. 있다가도 없고 없다가도 있고. 하기야 뭐 사람 사는 게 다 바람 같은 거지. 안 그렇소? 내 여기 있는 지가 40년짼데 그동안 숱한 사람들을 봤지. 그런데 지금 그 사람들 다 사라졌어, 바람처럼. 사람 사는 게 다 그래. 허망해.”

일주문을 나와 걸었다. 사람 사는 게 허망하다는 남자의 말이 나를 따라왔다. 마음 한구석에 흙바람이 불었다. 저만치서 일단의 사람들이 절을 향해 걸어오고 있었다. 가까워질수록 그들의 말소리가 크게 들렸다.

“오늘은 그리 덥지 않아서 삼천배 할 만하겠다.”

“큰스님을 볼 수 있을까?”

“여기까지 와서 큰스님 얼굴도 못 보고 가면 안 되지.”

"큰스님 얼굴 보러 왔다가 욕먹는 사람 많다던데."

"욕은 무슨 욕! 그게 다 덕담이여. 아니 덕담보다 더 좋은 것이제. 욕먹은 사람들 일이 술술 풀린다니께. 그게 욕이 아니고 감로수야 감로수."

"그럼 난 이번에 욕 실컷 묵고 올란다."

"세상에 욕 욕심내는 사람 처음 보네."

"욕 욕심이 아니라 법문 욕심이겠지."

"내 말이 그 말이야."

"근데 저번엔 어떤 사람한테 씨불알 법문을 했다던데."

"씨불알 법문? 야! 큰스님 법문 한번 걸팡지네."

"그건 진짜 욕이잖아. 누가 들으면 못 배워먹은 사람이라고 하겠네."

"큰스님만큼 공부한 사람이 어디 있다고 그런 말을 해."

"이 사람아! 그건 욕이 아냐. 씨불알을 파자하면 부처의 씨란 말이거든."

"야! 그러고 보니 그게 동서고금에 다시없는 법문일세. 너는 부처의 씨다, 그런 말이니까. 기똥차구만."

"이거 오늘 욕먹으려는 사람들로 법당 미어터지는 거 아냐?"

"욕먹으려고 법당 미어터지는 데는 우리 절 말고 세상에 없을 겨."

"하하하! 자 어서들 가세. 욕먹으러 가자고."

그네들은 서로 얼굴을 보고 박장대소를 터뜨렸다. 나는 걸음을 멈추고 그들을 바라보았다. 그들은 뭐가 재미있는지 연신 웃음을 터뜨렸다. 집으로 가는 길에 나는 그들의 웃음이 생각났고, 법문을 들으러 절에 간다는 그들의 밝은 얼굴이 떠올랐다. 그리고 병원, 결혼, 먹고사는 일 같은 현실적인 문제에 매달려 있는 내가 보였다. 영혼이 초라해지는 느낌이 들었다.

3

유은이 포르쉐를 뽑은 지 한 달이 넘어갔다. 출근했다 싶으면 차를 타고 나갔고 어떤 날은 아예 출근을 하지 않았다. 그녀의 옷차림은 늘 바뀌었다. 그녀의 변화에 나는 호텔에서 본 남자가 생각났다. 불길한 생각이 들었지만 애써 눌렀다. 그러나 한편으론 한 달이 넘도록 전화 한 통 없고 밥 먹자는 소리도 없는 그녀가 나는 못마땅했고 걱정스러웠고 주인 잃은 강아지처럼 안절부절했다.

병원 오전 근무가 끝나고 김실장과 짜장면을 먹고 있는데 중개사 김씨가 병원문을 열고 들어섰다. 뭔가 할 말이 있는 얼굴이었다.

"돈 좀 써. 병원장이 무슨 짜장면이야? 그러다 똥 돼."

"사장님! 저희 지금 밥 먹어요."

김실장이 인상을 찌푸렸다.

"김실장 미안. 근데 말야. 요 앞 약국 약사 포르쉐 타고 다니는 거 알고 있지?"

"거기 언니 부자에요."

김실장이 퉁명스레 말했다.

"부자?"

"포르쉐를 아무나 타요?"

"아 그래? 근데 강원장! 좀 이상한 거 같지 않아?"

김씨가 낯빛을 바꾸었다.

"뭐가요?"

"차 뽑은 후 사람이 확 달라졌어. 얼굴도 이뻐지고 매일 옷도 달라지고."

"여자들 매일 같은 옷 입는 거 싫어하잖아요."

"내가 부동산 하면서 만난 사람이 수도 없이 많아. 척 보면 감이 온다고. 근데 냄새가 나."

"무슨 냄새가요?"

"여자가 모양을 낸다는 건……"

김씨는 더 이상 말을 안 하고 김실장을 쳐다보았다.

"왜 저를 보세요?"

김실장은 짜장면을 우물거렸다.

"김실장도 알겠지만 여자가 모양을 낸다는 건 연애를 한다는 뜻이지. 안 그래?"

그의 말에 나는 언성을 높였다.

"연애라뇨? 그 약사 가정이 있어요."

"그래서?"

"사장님 말은 그 사람이 바람 핀다는 얘기 아닙니까. 그런 말을 함부로 하시면 안 되죠. 잘못하면 큰일납니다."

"큰일이라니?"

"약사 남편이 검삽니다."

"검사라구?"

내 말에 김씨의 얼굴이 흙빛으로 변했다.

"어머! 남편이 검사에요? 세상에! 원장님 후배는 좋겠어요. 돈도 있고 게다가 빽까지. 없는 게 없네요."

"그만 가봐야겠어. 손님이 온다 해서."

김씨는 슬그머니 병원을 빠져나갔다.

"말 잘하셨어요. 연애라뇨? 옷 잘 입으면 연애를 하는 건가요? 여자가 화장만 해도 이상하게 보고 모양 좀 내면 시선이 삐딱해지고. 암튼 남자들이란 정말."

김실장은 입술을 삐죽이며 다 먹은 짜장면 그릇을 들고 일어섰다. 며칠째 유은의 포르쉐는 나타나지 않고 있다. 가끔씩 약국에 모습을 보이지 않기는 했지만 며칠째 계속 나오지 않는 건 처음이다. 궁금증이 일었지만 이내 놓았다. 무슨 궁금증까지. 차 턱은 커녕 차 뽑은 지 한 달이 넘도록 전화 한 통 없는데…… 나는 대차대조표가 맞지 않는 감정을 주머니 속에 깊숙이 찔러 넣었다. 김씨의 말이 떠올랐다. 여자가 모양을 낸다는 건…… 서둘러 그의 입을 막아놓긴 했지만 유은이 심상치 않다는 심증은 나도 든다. 오후 5시가 넘어서자 손님들은 더 이상 오지 않았다. 진료를 매듭짓고 손을 씻는데 핸폰이 울렸다. 뜻밖에도 유은이었다. 그녀에게서 전화가 걸려온 건 아카시아가 필 때 이후 처음이었다.

4

그녀는 대뜸 시간이 있느냐고 했다. 유은의 목소리는 가라앉아 있었다. 오랜만에 듣는 그녀의 낮은 목소리는 나를 긴장시켰다. 병원문 닫는 시간에 맞춰 약속을 6시로 잡았다. 그녀는 병원 옆 큰 길 사거리 파리바게트 앞으로 차를 가지고 오겠다고 하고 일방적으로 전화를 끊었다. 김실장에게 문단속을 부탁하고 큰 길로 나가니 하늘색 포르쉐가 서 있었다. 한 달이 넘도록 한 번도 타보지 못한 포르쉐가. 차를 타자 그녀는 교외로 차를 몰았다. 유은은 아무 말이 없었다. 시선은 앞을 향해 고정되어 있었다.

"차 좋다."

영혼이 없는 멘트였다.

"별 거 아니에요."

그녀의 답도 그랬다. 차안엔 다시 침묵이 감돌았다.

"그동안 어떻게 지냈어?"

"그냥요."

나는 더 이상 묻지 않았다. 차는 팔당대교를 넘어 양수리 강변을 끼고 달리더니 경관이 빼어난 고즈넉한 카페로 들어섰다. 주차장 주변엔 나무가 울창했고 팔당호가 바로 붙어 있었다. 전형적인 연인들의 데이트 코스였다.

"이런 곳이 있네."

"나중에 언니 데리고 한번 오세요."

유은은 앞장서 카페로 들어갔다. 카페 안엔 데이트족으로 보이는 몇몇 커플이 있었다. 그녀는 강이 보이는 창가에 자리를 잡았다. 웨이터가 다가와 메뉴판을 제시하자 유은은 대뜸 술부터 시켰다.

"여기 술도 팔아?"

"네."

"집엔 어떻게 가려고?"

"대리 부르면 돼요."

"이런 데까지 대리가 와?"

"오니까 걱정 마세요."

술이 몇 잔 들어갔지만 유은은 아무 말도 하지 않았다. 나는 재촉하지 않았다. '때가 되면 말을 하겠지.' 어스름해진 카페 정원에는 노란색 불이 켜졌다. 야외 의자에 앉아 있는 사람들도 여럿 있었다. 잔디밭을 뛰어다니는 애를 바라보는 젊은 부부의 모습도 보였다. 잠시 정원의 모습에 빠져 있는데 유은의 목소리가 들렸다.

"저 어떻게 하면 되죠?"

밑도 끝도 없는 말이었다. 내가 가만히 있자 유은은 다시 말을 이었다.

"좋아하는 사람이 생겼어요."

인사이드 호텔에서 본 남자가 떠올랐다. 그놈이겠군. 그동안 그놈이랑 같이 포르쉐를 타고 돌아다녔겠고. 그래서 내가 포르쉐 타볼 시간도 못낸 거겠고…… 몸이 차가워졌다.

"이렇게 누굴 좋아해보긴 처음이에요."

그 말을 하고 유은은 고개를 숙였다.

"누굴 좋아하는 게 죄는 아니지."

내 말은 차분하게 나갔다. 그러나 그건 터지기 전의 화산과 같은 상태였다. 내 말에 고무된 듯 유은은 고개를 들었다.

"정말 그렇게 생각해요?"

"사람 좋아하는 게 죄일 순 없지. 하지만 그래서 뭘 어쩌겠다는 거지?"

기대와 다른 나의 냉소적인 말에 유은의 눈빛이 가라앉았다. '그 남자가 누군데?' 반은 못마땅하고 반은 질투가 섞인 내 질문에 유은은 대학 때 과외했던 학생이라고 했다. 그녀가 대학생일 때 중학생 과외를 했는데 그가 그라고. 어려 보이긴 했지만 그가 유은이 가르쳤던 학생이라는 건 충격이었다.

그를 만나려고 매일 단장을 하고 포르쉐를 타고 나간 그녀를 생각하니 소외감이 밀려왔다. 술이 몇 잔 들어간 탓인지 그녀는 묻지도 않는 이야기를 털어놓았다. 그가 스물일곱이라는 것과 난생 처음으로 사랑이라는 것을 느꼈다는 것과 그를 만나면서 여자로서 행복했다는 것 등등. 나는 시집 간 딸이 바람났을 때 세상 모든 엄마들이 하는 말과 비슷한 말을 했다. '그걸 말이라고 하느냐. 넌 가정주부다. 아이도 있고 남편도 있고. 근데 어떻게 다른 남자를 만나느냐…….' 내 말에 그녀는 슬픈 눈빛을 했다.

"선배, 내 어릴 적 꿈이 뭔지 아세요? 정말 이쁜 사랑을 하는 거였어요. 그런데 나이가 들면서 그게 변질됐죠. 이쁜 사랑은 돈 많고 힘센 사람과 결혼하는 걸로 바뀌었고. 그런 사람을 만났지만 그게 잘못된 선택이라는 걸 알았고 돌이킬 수 없는 일이 되었어요. 그리고 빨리 늙고 빨리 죽고 싶었죠. 잘못한 결혼이지만 물릴 수는 없고 그것이 내게 남은 유일한 길이라고 생각했어요. 그런데 거짓말처럼 이쁜 사랑이 찾아왔어요. 먹는 것도 생각도 감정도 비슷하고. 뭐를 하든 즐겁고 재미있고. 같이 있으면 하나가 된 느낌이!"

유은은 눈물을 흘렸다. 복잡한 생각들이 일어났다. 한 가지 분명한 건 그녀가 흘리는 눈물 속에 나는 없다는 사실이었다. 허전한 기분이 들었다. 어이가 없기도 했다. 애엄마가 지금 뭐 하자는 거야. 하지만 최대한 태연을 유지하며 말했다. '무슨 말인지 알겠다. 하지만 느낌으로 하늘을 날아도 우리 발은 땅을 디디고 있다. 생각으론 하늘에 집을 지을 수 있을 것 같아도 현실적으로 그건 불가능하다. 그 남자와의 사랑도 마찬가지다. 그게 가능한 일인지 잘 생각해 봐라. 지금의 그 감정은 영원하지 않다. 미래는 알 수 없고 그 남자와 같이 산다 해서 행복할 거란 보장은 어디에도 없다.' 차분하게 말을 하고 있었지만 말을 할수록 걷잡을 수 없이 속이 끓었다. '유은! 너 그것밖에 안 돼? 똥오줌은 가려야지. 내일 모레면 40인 아줌마가 가르치던 애를 사랑하다니? 그래 어쩌다 혹할 수 있겠지. 너도 여자고, 아줌마도 가슴은 뛰니까. 하지만 넌 애엄마야. 말이 되는 소리를 해……!' 들불처럼 타오르는 분노를 나는 간신히 삭였다.

"근데 그 사람은 어떻게 만난 거야?"

그녀는 결혼 후 파리로 여행을 갔을 때 그를 만난 장면을 묘사했다. 에펠탑 밑에서 일행들과 쉬고 있는데 저만치 지나가는 한 남자가 있었다. 키가 후리후리한 동양남자가. 동양남자치곤 꽤 슬림하다는 생각이 들어 유심히 보는데 너무 눈에 익었다. 마치 아는 사람을 보는 것같이. 그때 그 남자도 가다 말고 서서 자기를 보았다. 그가 그였다고. 그때를 회상하듯 유은은 눈을 감았다. 나는 예전에 파리여행을 다녀왔다면서 그녀가 짓던 아련한 표정이 떠올랐다. 그때 그 생각을 했군.

"영화에서나 볼 듯한 장면이군. 근데 걔는 왜 거기 나타났대?"

"거기 투자자문회사에서 일하고 있었어요. 고등학교 졸업 후 바로 미국으로 유학을 가서 거기서 학부를 나왔고, 군대 갔다가 제대해서 그 회사에 들어갔더라구요. 애였던 애가 얼마나 어른스럽고 멋있게 변했는지. 그 애를 내가 가르쳤다는 게 너무 자랑스럽고 뿌듯했어요. 한국에 와서도 그 애 생각이 났고. 가끔 이유도 없이 보고 싶었어요. 파리에서 잠시 같이 있던 생각을 하면 절로 행복해졌고. 그런데 그 애한테서 연락이 온 거예요. 인천공항이라고. 프로젝트 때문에 한국에 나왔다고. 난 그 길로 달려가서 그 앨 만났어요. 그 애가 여기 있는 동안 난 매일 천국에 있는 것 같았어요. 하루하루가 행복하고 즐겁고."

그 녀석을 만나는 일이 행복했다는 말에 가슴이 쓰렸다. 공기가 손에 잡히지 않듯 쓰라림의 정체는 손에 잡히지 않는다. 그러나 보이지 않지만 분명히 존재하는 공기처럼 내 쓰라림의 존재는 확실하고 또 공기 그 자체처럼 불분명하다.

"근데 네 기분이 왜 그래? 그렇게 행복하다면서."

"갔어요."

"갔다구?"

"프로젝트가 끝나서 돌아갔어요."

"그래서 울상인 거군."

"너무 허전해요."

"그만 해."

"뭘 그만 해요?"

"안 된다는 건 너도 알잖아."

"안 된다구요? 그렇게 생각해요? 정말 안 되는 일일까요?"

유은은 조바심을 냈다.

"이혼이라도 할 거야? 애는 어떻게 하고!"

나도 모르게 말소리가 커졌다. 카페 안의 사람들이 우리 쪽으로 시선을 돌렸다. 심호흡을 했다.

"네가 좋아하는 거 걔도 알아?"

"알 거예요. 말은 안 했지만."

"말을 안 했어?"

"좋아한다고 말하진 못했어요."

"왜?"

"감당이 안 돼서요. 두렵기도 하고."

"맞아. 그 순간 모든 게 엉망이 될 테니까."

"무슨 말이죠?"

"무슨 말인지 네가 더 잘 알잖아."

유은은 거의 퍼붓다시피 술을 마셨다. 그리고 툭하면 어쩌면 좋으냐고 했다. 내가 할 수 있는 말은 하나였다. 가정이 있다는 거 잊지 말라는 거. 그녀는 내가 사랑을 모른다고 비난했다. 사랑을 안다면 그렇게 말할 수 없다고.

나는 온힘을 다해 그녀를 타일렀다. '남녀 사이란 날씨와 같다. 좋은 날씨가 나빠지듯 뜨겁던 사랑도 언제 그랬냐는 듯 식고 사랑을 맹세했던 수많은 남녀가 수도 없이 헤어졌다. 그건 역사가 증명하고 있다. 그러니 사랑이라는 게 그렇게 목을 매야 할 게 못된다. 사랑하는 남자가 떠난 여자나, 사랑하는 여자가 떠난 남자는 죽을 것처럼 슬퍼하지만 그 때문에 죽은 사람은 극소수에 불과하고 대부분은 멀쩡하게 살아가고 대부분 너무도 잘 산다. 이별의 상처, 그건 시간이 지남에 따라 훈장처럼 가슴에 달리는 보석 같은 추억이 된다. 자기감정에 빠지지 말고 냉정히 생각해라.……'

사랑에 대한 내 강의는 열정적이었으나 확신은 없었다. 유사 이래 끊임없이 사랑의 이야기가 이어지는 건 그 누구도 사랑을 온전히 알지 못하기 때문일 것이고 나 역시 거기서 예외가 아닐 것이다. 유은은 내 말을 들으려 하지 않았다. 그녀는 계속 징징거렸다. 그가 보고 싶다고. 파리에 가고 싶다고. 반은 술주정이었고 반은 이루어지지 않을 것 같은 사랑에 대한 불안 때문이었다.

카페 안에서 우릴 주목하는 사람은 별로 없었다. 우리 쪽을 가끔 흘낏거리는 사람이 있긴 했지만 거의 데이트 족인 그들은 자신들만의 세상에 빠져 있었다. 남의 일에 별로 주목하지 않는 세상이 된 건 그나마 다행이었다.

아무튼 내 결론은 명확했다. 그건 절대 그녀가 가정을 깨는 일이 있어선 안 된다는 거였다. 그녀의 결혼생활이 불행하다는 걸 알면서도 내가 왜 그런 생각을 하는지는 나도 알 수 없었다. 난 마치 어떤 이유에서든 딸의 가정이 깨지는 걸 절대 볼 수 없다는 무지몽매한 엄마와도 같았다. 난 한사코 유은에게 그 남자를 잊으라고 했다. 모든 인간은 행복할 권리가 있고 유은 역시 그런 권리가 있지만 그런 건 내 안중에 없었다. 나는 정말 열불이 났다. 아이까지 둔 내 딸이 남편 아닌 남자와 불륜에 빠지는 꼴은 정말 두고 볼 수 없다는 엄마처럼. 그리고 내 마음 어느 언저리에는 사랑하는 여인이 다른 남자를 좋아하는 걸 알게 된 순간 한 남자가 갖는 감정이 안개처럼 흐릿하게 일어났다. 열불나고 허탈하고 공허한……

7 — 엄마라는 이름의 노릇

1

아침부터 서울이 비에 젖고 있다. 물기를 잔뜩 머금은 병원 앞 가로수, 그 아래 놓인 노란색 벤치, 우산을 쓴 사람들, 건물들…… 그러나 유은의 포르쉐는 보이지 않는다. 커피를 들고 진료실 창가에 서서 밖을 내다보던 나는 어젯밤 유은이 풀어놓은 단어들을 되씹었다. 파리, 에펠탑, 과외…… 한줄기 외로움이 지나갔다. 외로움은 비 때문일 수도 있고, 유은 때문일 수도 있고, 모든 게 소멸되는 삶의 본래적 공허 때문일 수도 있고, 영육의 합일이라는 내 오랜 꿈이 깨진 탓일 수도 있다. 우산을 들고 세탁소에 빨랫감을 맡기러 갔던 김실장이 세탁물을 도로 들고 왔다.

"세탁소 닫혔어요. 폐업이라고 써 붙여 놓고."

"폐업?"

"네."

"사람도 없고?"

"사장님은 있어요. 가게 안에. 정신 나간 사람처럼 멍하니."

김실장은 겁먹은 얼굴이다. 아직 손님은 없다. 나는 우산을 펴 들고 세탁소로 갔다. 세탁소 문엔 폐업이라는 딱지가 큼지막하게 붙어 있었고 불 꺼진 세탁소 안에 박씨가 혼자 앉아 있었다. 문을 열고 들어갔다. 박씨 앞에는 소주가 놓여 있었다.

"세탁 안 합니다."

그는 보지도 않고 퉁명스럽게 말을 내뱉었다.

"압니다."

그는 그제서야 고개를 돌렸다.

"강원장이군."

"써 붙인 게 뭐예요?"

"말 그대로야. 접었어. 아니 말아먹었지. 전에 말했던 그 종목, 대박을 칠 줄 알고 몰빵을 했는데, 상폐됐어."

"잘 좀 하시지."

"잘한다고 생각했지. 분명히 보였고. 근데 그게 상폐될 줄이야. 신도 모르는 주식을 내가 안다고 덤볐으니. 내 꾀에 내가 넘어갔어. 그런데 웃기는 게 뭔지 아나. 다 날리고 나니 마음이 편해. 주식도, 사는 것도 정나미가 떨어졌고. 이제 이 지긋지긋한 세상 끝낼 일만 남았어."

"무슨 그런 말을 하세요. 끝은 또 다른 시작이라잖아요. 마음 잡고 재기하세요."

"공자님 같은 말 하지 마. 그게 맘대로 되면 내가 공자지. 난 그냥 이런 놈이야. 나도 옛날엔 잘 나갔는데. 증권회사 다닐 때만 해도 돈은 쓰고도 남을 만큼 벌었고. 혼자 해보겠다고 회사 나와서 한 게 뻘짓이야. 우습군, 나도 세상도."

"힘을 내세요."

"힘내라는 말 듣기 싫군. 밥도 반찬도 없는 밥상 같아서."

유은도 그랬다. 힘내라는 말이 싫다고.

"강원장! 인생이란 거대한 신선놀음이야. 도끼자루 썩는 줄 모르는. 주식이든 뭐든. 다들 평생 뭐에 홀린 듯 살다가 빈손으로 저승에 가. 여기 내 거라곤 아무것도 없어. 다 놓고 가는데 내 것이 어디 있어. 동물병원도 다를 거 없어."

그는 독백을 이어가며 소주를 들이켰다. 트럭이 와서 세탁소 물건들을 들어내기 시작했다. 어느새 세탁소에 온 박씨 아내는 세탁소 물건들이 하나씩 트럭에 실릴 때마다 서럽게 울었다. 세탁소 앞에 모여든 사람들이 혀를 찼다. '아이구! 무슨 일로 가게가 넘어가?' '주식을 했다던데.' '그거 해서 돈 번 사람 난 못봤어……' 진료를 시작할 시간이라 더 이상 거기 있을 수 없었다. 웅성거리는 사람들을 뒤로 하고 병원으로 돌아온 나는 비에 젖은 옷을 털고 다시 커피를 한 잔 만들었다. 뜨거운 커피가 목을 타고 넘어가니 빗속에서 견뎠던 한기가 조금 풀렸다. 비가 오는 탓인지 손님은 계속 없다. 다행이다. 몇 년 간 장승처럼 동네의 빨래를 책임지던 세탁소가 문을 닫는 날, 아무 일 없는 듯 진료를 하는 건 내키지 않는다.

포르쉐는 여전히 나타나지 않고 있다. 설마 어제 술로 못 일어난 건 아니겠지? 어쨌든 유은이 그놈 때문에 몸부림치는 건 마음에 들지 않는다. 그렇게 몸부림칠 만큼 유은의 사랑이 절절하다는 건 더더욱 그렇다. 어느새 식어버린 커피 한 모금이 차갑게 목을 타고 내려간다.

포르쉐가 나타난 건 이틀 뒤였다. 그리고 저녁이 될 때까지 그녀는 약국에서 나오지 않았다. 전화도 없었다. 어쨌든 제자와 사랑이라니 어이없다…… 좋아한다는 말도 안 했다니 진도를 나간 건 아니겠지? 결혼을 왜 그런 사람과…… 검사가 무슨 대수라고…… 진료시간 틈틈이 내 머릿속은 유은 생각으로 분주했다. 괜찮냐고 전화를 하려다 관뒀다. 그녀에게는 혼자만의 시간이 필요할 것이다.

퇴근을 하고 집으로 향했다. 가락시장을 지나는데 FM에서 전자레인지에 대한 이야기가 흘러나왔다. 내용인즉 전자파로 음식을 데워먹는 건 전자파 영향으로 몸에 좋지 않아 미국상류층에선 거의 쓰지 않는다는 거였다. 불현듯 나는 그녀에게 엄마노릇 할 수 있는 거리가 생겼다는 것을 알았다. '이 일이 그녀에게 위로가 될지도 몰라.' 그런 생각이 들자 소풍을 앞둔 초딩처럼 가슴이 두근거렸다. 전화를 했다. 유은은 금방 받았다.

"나야!"

"네."

예상대로 유은의 목소리는 가라앉아 있다. 그날의 후유증이 아직 남아 있는 듯했다.

"괜찮아?"

"네."

"퇴근 중인데."

"알아요. 차 타고 가시는 거 봤어요."

"지금 FM에서 들었는데 전자레인지 그거 몸에 엄청 나쁘다네. 전자파로 음식을 데우는 거라 음식에 전자파의 영향이 남아 있어서 몸에 안 좋다고. 미국상류층에선 거의 안 쓴다는데. 와이프한테 그거 쓰지 말라고 말할 건데 너도 그거 쓰지 마라."

"전 또 무슨 일이라고. 알았어요."

유은은 냉랭하게 전화를 끊었다. 예상치 못한 그녀의 반응에 나는 당황스러웠다. 대단한 건 아니지만 고맙다는 말 정도는 들을 거란 내 예상은 완전히 빗나갔다. 괜히 전화를 했다 싶었다. 나도 모르게 액셀에 힘이 들어갔다. 차가 붕 하며 앞으로 날아갔다.

"병원에 무슨 일 있었어?"

아내는 문을 열고 들어서는 나를 보며 물었다.

"왜?"

"표정이 안 좋아 보여."

"별일 없었어."

별일 없다는 말에도 아내는 계속 말을 걸어왔다. 그런데 왜 그렇게 시무룩해? 몸이 안 좋아? 계속되는 아내의 질문에 나는 좀 더 정교한 대응을 해야 했다.

"좀 피곤해. 병원에 진상 손님도 있었고."

"어떤 손님?"

아내는 다시 물었다.

"치료를 받은 강아지가 있었는데 약을 먹어도 안 낫고 고생을 하다 죽었다고 손해배상을 하라고. 그 바람에 입씨름을 좀 했어."

닭은 계란을 낳고 거짓말은 거짓말을 낳는다.

"그래서 어떻게 됐는데?"

아내는 계속 물고 늘어졌고 나는 대답이 궁색해졌다.

"잘 말해서 보냈어."

"뭐 그런 사람이 다 있어? 병이란 게 나을 수도 있고 안 나을 수도 있고. 의사가 손대서 다 나으면 그게 의사야 신이지."

아내는 열을 냈다.

“병원일이 원래 그래. 신경 쓰지 마.”

“그런 손님 있으면 병원 할 맛 안 나겠다.”

“그건 그렇지.”

“좀 하다가 하기 싫으면 때려치워.”

아내가 그런 말을 하는 건 처음이었다.

“진심이야?”

“먹고살 만큼만 벌어놓고.”

그 말 뒤에 아내는 웃었다. 나는 아내의 말간 웃음을 보면서 지금 한 거짓말에 대한 대응을 해두어야겠다고 생각했다.

다음날 병원에 출근하자마자 김실장에게 병원에서 일어난 일은 뭐든 집에 이야기하지 말라고 했다. 병원일로 집에 걱정하게 하고 싶지 않다는 그럴싸한 핑계도 댔다. 김실장은 알았다는 듯 고개를 끄덕였다.

처음으로 마음먹고 한 엄마노릇에 대한 퉁명스런 유은의 반응에 나는 소심해졌다. 내가 너무 별 것도 아닌 걸 가지고 전화를 했나? 너무 쪼잔한? 그래도 고맙다 정도는 할 수 있는 건데. 나한테 서운한 게 있나? 일이라곤 유은이 말한 그 사랑에 어깃장을 놓은 정돈데. 설마 그것 때문에? 그래서 그날 이후 벌써 일주일째 전화도, 밥 먹자는 말도, 커피 마시러 오라는 말도 없고? 그러나 누구라도 그런 말을 듣고 대뜸 그래라 할 순 없지. 그녀는 엄연히 애엄마야. 사랑은 무슨 얼어죽을~! 나는 다시 엄마모드를 장착하고 고개를 저었다. 그건 안 돼!

갑자기 멀어진 듯한 그녀를 보지 않는 날이 이어졌다. 그러던 어느 날 TV에서 고구마에 대한 이야기가 나왔다. 고구마가 몸에 좋다는 거였다. 그걸 보는 순간 나는 다시 엄마노릇을 할 건수가 생겼다는 것을 직감했다. 그래! 저거야…… 돈이 많이 드는 것도 아니고 받는 사람도 주는 사람도 부담 없고. 그날 이후 유은과 나 사이의 서먹해진 간극을 메울 좋은 기회라는 생각에 기분이 들뜨기까지 했다. 다음 날 퇴근길에 가락시장에 들렀다. 저녁 해가 아직 남아 있었지만 대부분의 가게는 이미 문을 닫았다. 이리저리 돌아다니다가 문을 연 야채가게에 차를 대고 고구마박스를 사자 주인아주머니는 안쓰럽다는 듯 나를 쳐다보았다.

"남자들 참 고생 많아."

"뭐가요?"

"이 시간에 여기까지 고구마를 사러 오다니. 보나마나 마누라가 시켰겠지. 안 그러면 고구마를 사러 이 시간에 왜 오겠어? 정말 옛날 같으면 생각도 못하던 일이야. 하지만 어쩌겠어? 요즘 세상 마누라 눈 밖에 나면 찬밥인데."

대답이 궁색했다.

"아닙니다. 그냥 지나는 길에 들렀어요. 제가 고구마를 좋아하거든요."

"알았어. 알았으니 얼른 고구마 가지고 가슈."

내 속을 다 아는 듯한 주인아주머니의 말에 자리를 뜨는 내 뒤통수가 간지러웠다. 내가 이렇게까지…… 낯선 엄마노릇의 어설픔과 부담감이 밀려왔다. 주차장에 차를 세우고 집에 들어가자 아내가 저녁을 차려냈다.

"배가 고파서 먼저 먹었어. 병원 끝나고 바로 온 거야?"

아내가 나를 말끄러미 보았다.

"차 손 좀 보느라."

"무슨 손?"

"세차."

나는 없는 말을 지어냈다. 곤혹스런 감정이 일어났다.

"당신 차도 이제 바꿀 때가 됐는데."

"차?"

"10년이 훨씬 지났잖아."

"아직 너끈해."

"그래도 멀리 갈 땐 좀 불안하더라. 삐거덕거리는 소리도 나고. 적금든 거 얼마 안 있으면 타는데 차 알아봐. 차값 정도는 될 거야."

그 말은 듣지 않는 게 나았다. 그 말을 듣는 순간 난 유은 때문에 꾸며낸 거짓말이 미안해졌다. 나는 인류애를 생각해냈다. 난 그저 한 인간을 도우려는 것뿐이다. 저번의 산행도 그런 거고. 미안함이 좀 가셨다. 저녁을 물리고 베란다로 나갔다. 아파트 마다 하얗고 노란 불들이 하나 둘 켜지기 시작했다. 고구마를 그녀가 좋아할까? 전처럼 띵하진 않겠지. 고구마를 싫어하는 사람은 없어. 그렇게 생각하자 마음이 편해졌다.

그나저나 한 여자를 위해 고구마를 산 건 처음이다. 이 일이 엄마노릇이 될까? 고구마 하나가 무슨 엄마노릇이…… 저번에 전자레인지 건도 허접했는데 이것도 그렇지 않을까? 아냐, 이런 게 엄마노릇이지. 자잘하게 챙겨주고 도닥여주고…… 사랑하는 사람이 생겼다는 그녀의 말이 생각나자 머리에 지진이 났다. 그건 안 될 일이야. 좌우지간 유은 때문에 머리가 복잡하다. 어쨌거나 뭐라도 챙겨주면 유은의 허한 마음이 조금은 나아지겠지. 남자에 쏠린 마음을 잡는 데도 도움이 될 거고. 그거면 됐어. 나는 스스로 내린 결정에 고개를 끄덕였다. 근데 내가 왜 이렇게까지 하는지 딱히 잡히는 건 없다. 현재로선 그저 그러고 싶고, 그래야 할 것 같은 게 전부다.

다음날 손님이 없는 틈에 약국으로 건너갔다. 전자레인지 건 때문에 떨떠름한 기분이 남아 있긴했지만 고구마가 그녀와 나

사이의 윤활유가 될 거라 기대하면서. 약국으로 들어섰다. 유은은 덤덤한 얼굴로 나를 대했다. 싸한 느낌이 들었다. 옆에 있던 보영이 반갑게 인사를 건넸다.

"오랜만이네요."

"네."

"커피 한잔 하실래요?"

유은이 뒤이어 말을 건넸다.

"응."

난 유은이 건네주는 커피를 한 모금 하고 손을 내밀었다.

"차 키 좀 줘 봐."

"제 차요?"

유은이 의아한 눈길로 쳐다보았다.

"뭐 좀 줄 게 있어서."

"뭔데요?"

"그런 게 있어. 몸에 좋은."

"제가 열어드릴게요."

유은은 가방에서 키를 꺼내 스위치를 눌렀다.

"트렁크 열렸어요."

난 병원 앞에 세워놓은 내 차에서 고구마박스를 꺼내 그녀의 차 트렁크에 옮겨 싣고 다시 약국으로 들어갔다.

"차에 실은 게 뭐에요?"

유은이 궁금한 듯 물었다.

"고구마야. 몇 박스 생겨서 하나 갖고 왔어. 몸에 좋다니 먹어봐. 혈압에도 좋고 성인병에도 좋고, 항암작용도 있고."

난 TV에서 들은 고구마의 장점을 장황하게 열거했다. 유은은 건성으로 듣는 것 같았다. 그러나 그 순간까지도 나는 그녀 입에서 고맙다는 말이 당연히 나올 거라 생각하고 있었다. 설령 그것이 의례적인 인사라 해도 말이다.

"고구마 별로 안 좋아하는데……"

키를 가방 속에 넣으며 유은은 혼잣말처럼 중얼거렸다. 그건 마치 나에게 들으라고 하는 말 같았다. 머릿속이 하얘졌다.

"안 좋아 하더라도 먹어봐. 몸에 좋다니까."

그 말을 던지고 도망치듯 약국을 빠져나왔다. 병원으로 가는 내내 다리가 후들거렸고 보영에게 못 볼 꼴을 보인 것 같아 얼굴이 달아올랐다. 병원에 와서도 마음이 진정되지 않았다. 유은이 그렇게 나올 줄은 생각지 못한 일이었다. 나는 전자레인지 건 때보다 좀 더 당황했고 어이가 없었다. 그리고 퇴근길에 일부러 가락시장까지 가서 고구마를 산 내 손이 저주스럽기까지 했고, 그 사실을 말하지 않은 게 너무도 다행스러웠다.

그 일 이후 나는 그녀를 피했다. 어쩌다 마주치는 일이 있어도 데면데면 지나쳤다. 그녀를 보면 고구마 건에 대한 불쾌한 기분이 살아나 상대하고 싶지 않았다. 또 그건 내가 받은 모멸감에 대한 소심한 복수이기도 했다. 유은은 그런 내 모습에 뻘쭘해하는 것 같았다. 그러거나 말거나 나도 감정이란 게 있어. 오는 게 있어야 가는 게 있지. 네가 해달라고 그랬고, 그래서 큰 맘 먹고 그 엄마노릇이란 걸 하는데 그런 식으로 나를 대해? 난 어느덧 자식에게 서운해 뿔난 못난 엄마가 되어 있었다. 그렇게 일주일쯤 지났을 때 느닷없이 유은이 병원으로 건너왔다.

"무슨 일이지?"

진료실문을 열고 들어서는 그녀가 나는 달갑지 않았다.

"요 앞 카페에 들렀다가. 이거 드세요. 카라멜마끼아또예요."

유은은 손에 든 카라멜마끼아또를 내 책상에 내려놓았다. 카라멜마끼아또 별로 안 좋아한다는 소리가 목구멍까지 나왔다가 들어갔다.

"참! 고구마 잘 먹었어요. 우리 딸이 좋아했어요."

"고구마 별로 안 좋아한다면서?"

단도직입적인 내 말에 유은은 조금 당황한 듯 보였다.

"그런 말 한 적 없는데……"

유은은 얼버무렸다.

"싫어하는 건 아니에요. 아이도 좋아하고."

"……"

"그럼 일 보세요."

내가 아무 말도 하지 않자 유은은 겸연쩍은 듯 등을 돌려 진료실을 나갔다. 그런 말을 한 적 없다고? 분명히 말했는데. 혼잣말처럼 하는 걸 내가 알아들었다는 걸 몰랐나. 어쨌든 엄마노릇은 사절이다. 내가 왜 돈 주고 뺨 맞는 짓을. 카라멜마끼아또가 내 생각을 안다는 듯 나를 바라본다. 화해의 제스처로 너를 들고 온 것 같은데 너를 마신다고 내 기분이 풀리진 않아. 내가 그런 대접을 받으려고 가락시장까지 가서 힘들게 고구마를 산 게 아니라고. 나는 정말 도움이 되려고 한 거야. 위로가 되라고. 근데 뭐? 고구마 별로 안 좋아해요. 그렇게 불을 질러놓고는 너를 가지고 와? 내가 그렇게 물러 보이나? 그러면서 나는 카라멜마끼아또를 입으로 천천히 가져갔다. 달콤한 카라멜마끼아또 한 모금이 목을 타고 넘어가자 그녀에게 품었던 분노와 서운함이 조금 무뎌졌다. 카라멜마끼아또를 내려놓았다.

2

이례적으로 더운 한여름 날씨가 일주일 내내 전국을 달구고 연일 사상최고의 기온이 전국을 강타했다. 낮 동안 열을 받은 아파트는 벌겋게 달아올라 밤이 되어도 식을 줄을 몰랐다. 벽이고 바닥이고 온 방이 마치 보일러를 틀어놓은 듯 뜨거웠다. 더위에 지친 집집마다 에어컨을 돌려댔고 전력사용량은 연일 사상최고치를 경신했다. 엎친 데 덮친 격으로 발전소 몇 개가 가동을 멈추면서 급기야 블랙아웃을 맞고 말았다. 용광로처럼 끓던 날씨가 좀 누그러지자 이번엔 폭우가 기승을 부렸다. 일요일 오후 구멍이 뚫린 듯 내리는 비에 동우는 겁에 질린 듯 하늘을 쳐다보았다.

"아빠! 하늘에 구멍 난 것 같아."

"하늘에 구멍이 있어야지."

"무슨 소리야? 아빠."

"하늘에 구멍이 없으면 비는 어디로 오니, 눈은 어디서 내리고?"

"하늘에 구멍이 나서 비가 오고 눈이 온다는 거야?"

"그래."

"아빠 말이 그럴 듯한데."

해맑은 동우의 얼굴을 보면서 나는 잠시 행복해졌다. 아직 동우는 세속의 때가 묻지 않았어. 세상이 아직 건강성을 유지하고 있는 것은 어쩌면 맑고 천진한 이런 아이들의 에너지 덕분인지도 모른다. 아이들 때문에 세상이 그나마 건강성을 유지하고 있다는 내 생각엔 묵광도 동의했다. 절 마당에서 뛰어노는 아이들을 보면서 그렇게 말하자 묵광은 맞장구를 쳤다.

"그건 자네 생각이 맞아. 아이들은 부처야. 아이들의 에너지를 봐. 얼마나 맑고 신선한가. 어른들이 그걸 따라가려면 다시 태어나야지."

"무슨 뜻인지요?"

"죽어야 한다는 소리야."

"네?"

"죽지 않고 태어나는 도리가 있나? 삶이란 순간순간의 낡은 내가 죽고 새로운 내가 태어나는 거야. 그러니 매 순간 죽는 게 진정한 삶이지. 자넨 어떤가?"

"네?"

"매 순간 죽고 있느냐 말일세."

나는 그의 말에 할 말을 잃었다.

"모르겠습니다. 그냥 하루하루가 같습니다."

내 말에 그는 빙그레 웃었다.

"똑같은 하루라……"

"네."

"자넨 죽어 있군."

"숨은 쉬고 있습니다."

"숨을 쉬면 살아 있는 건가? 생명의 연장이 살아 있다는 의미는 아니지. 영혼의 성장이 없는 삶은 그 자체로 죽어 있어. 하루하루 아무리 풍족하게 살아도 하루하루 아무리 재미나게 살아도 거기 아무런 성장이 없다면 그건 살아 있는 게 아니라 죽어 있는 것일세."

묵광의 말에 난 할 말을 잃었다.

"그럼 전 죽어 있군요."

"아니, 자넨 살아 있네."

"네?"

갑작스런 그의 말에 난 어리벙벙했다.

"죽어 있다는 것을 아는 것이 바로 살아 있다는 거지."

묵광은 나를 보며 빙그레 웃었다.

"아빠 전에 말하던 거 있잖아."

빗속에서 동우의 진중해진 음성이 들렸다. 나는 고개를 돌려 동우를 쳐다보았다.

"전에 무슨?"

"내가 좋아한다던."

난 동우가 좋아한다는 여자애 생각이 났다.

"그래. 요즘 잘 지내?"

"아니. 헤어졌어."

"헤어졌어? 그런데 왜 아무 얘기도 안 했어?"

"특별히 할 얘기가 없어서."

"할 얘기가 없다니?"

"아빠가 말한 대로 했거든. 생각나는 대로 맛있는 것도 먹고 같이 놀고. 그런데 걔 생일날 카드를 줬는데……"

"그랬는데.....?"

"거기에 내가 사랑한다고 썼어. 하고 싶은 대로. 그랬는데 그걸 걔 엄마가 보고 나 사귀지 말라고 했대. 내가 너무 발랑 까졌다고."

"너처럼 착한 애한테 까졌다니 그건 너무 했다."

"그 뒤로 그 애 나하고 안 놀아."

"그 엄마는 너를 잘 모르는 모양이다. 그러니 너를 그렇게 보지. 정말 네가 어떤 사람인지 안다면 절대 그렇게 말하지 않을 거야."

"그런데 아빠!"

"응."

"지금은 다른 친구가 생겼어."

"다른 친구가?"

"전학 온 여자앤데 내 짝이 됐어. 근데 전에 그 승미보다 훨씬 이쁘고 공부도 잘해. 나하고 잘 놀고. 그래서 학교 가는 게 기분 좋아, 신나고."

"아! 잘 됐구나. 그런데 말야, 동우야. 이번엔 걔 생일날에 혹시 카드 같은 걸 주고 싶거든 절대 사랑한다 뭐 이런 말은 쓰지 마."

"왜?"

"아빠가 너 사랑하는 거 알지?"

"응."

"아빠는 동우를 사랑해, 이렇게 말 안 해도 아빠가 너 사랑하는 거 알지?"

"응. 같이 놀아주고 그러니까."

"그 애하고도 그렇게 지내. 사랑한다는 말은 하지 말고. 맛있는 것도 같이 먹고 같이 놀고 같이 공부하고 같이 웃고 그러면 그게 이미 사랑이야. 사랑이라는 말이 필요 없는. 그리고 필요 없는 말은 오히려 방해가 돼."

"알았어. 아빠!"

알았다는 동우의 눈을 보았다. 그 눈 속에 봄바람에 흔들리는 여린 풀잎이 보였다. 푸른 하늘에 떠 있는 하얀 구름 한 쪽도. 그건 사랑에 빠진 사람의 눈이었다. 아내와 사랑에 빠졌을 때 나도 저런 눈이었을까. 영혼의 접점이 맞는 사람이라 느꼈을 땐 그랬겠지. 그게 무너졌을 땐 아니었을 거고.

3

카라멜마끼아또 한 잔을 놓고 간 후 유은에게선 또다시 아무런 연락이 없었다. 밥을 먹자는 말도 커피를 마시자는 말도. 은근히 그걸 기대하던 내 눈에 유은이 가끔 동네 가게 남자들과 점심을 먹으러 나서는 게 보였다. 그녀가 약국을 나서면 좀 떨어진 곳에서 어슬렁거리던 동네 가게 남자들이 인사를 건네고 같이 어울려 어디론가 밥을 먹으러 갔다가 돌아왔다.

병원까지 찾아와 카라멜마끼아또를 주고 간 유은이 나는 내버려둔 채 중개사 김씨, 안경점 정씨 같은 동네 가게 남자들과 연락을 주고받고 밥을 먹으러 다니는 건 이해하기 어려웠다. 다행인 건 세탁소를 말아먹고 떠난 박씨가 거기서 빠졌다는 정도였다. 뭐 하자는 거지? 카라멜마끼아또는 고구마 건에 대한 사과의 표시가 아니었나? 그걸 갖고 왔을 때 내가 냉담하게 굴어 연락을 못하는 건가? 내가 연락하는 걸 기다리는데 연락이 없으니 연락을 못하는? 지가 먼저 하면 되잖아. 잘못한 건 자긴데. 뺨 맞은 놈이 먼저 전화를 하는 건 우습지. 그건 때린 놈이 해야지. 암튼 저런 사람들과 어울려 눈을 맞추고 밥을 먹고 다니다니. 그럼 뭐가 나아져? 나아지냐고. 한심해 가지고.

오후 진료를 마치고 라흐마니노프 피아노연주를 듣는데 폰이 울렸다. 모르는 번호였다. 전화를 받으니 낯선 목소리가 들렸다.

"안녕하세요?"

"누구신지."

"저 모르세요? 진희예요."

"아!"

몸의 세포들이 쭈뼛쭈뼛 일어섰다.

"서운한데요, 제 목소리도 모르고."

"아! 전화는 처음이어서. 깜박했습니다."

"깜박 잘하시네요. 제 전시회도, 제 목소리도."

"본의 아니게 그리 되었네요."

"본의는 뭐죠?"

"……"

"연락이 없으셔서 전화했어요. 뭐가 그리 바쁘신지."

"네. 병원일이 바쁘기도 하고, 경황이 없어서."

"아직 그러신가요?"

"조금 나아졌어요."

"연락 한번 주세요. 전에 말했다시피 평일은 언제나 좋아요. 주말은 안 되지만. 커피도 밥도 좋고, 술은 더 좋고요."

손님이 와서 대화는 거기서 끊겼다. 나는 라흐마니노프 음악을 끄고 손님이 데리고 온 스피츠를 진료했다. 스피츠는 콧물이 흘렀다. 기침도 했다. 한눈에도 감기였다. 항바이러스 주사를 놓고 약을 처방했다.

스피츠가 나간 뒤 의자에 몸을 뉘었다. 책상 위의 명함집에 진희가 놓고 간 명함이 눈에 들어왔다. 화가 김진희. ○○대학 초빙교수. 교수라는 직함과는 다소 이질적인 그녀의 육감적인 몸매가 어른거린다. 머리가 좋은 여자는 몸매가 빈약하고 몸매가 좋은 여자는 머리가 빈약하다는 통설을 그녀는 보기 좋게 무너뜨린다. 어쨌든 여자의 공격적인 대시는 아내 외엔 연애라 내세울 만한 게 없는 내게 생면부지의 이방인처럼 낯설다.

대학 때 잠시 공부했던 별자리 운세가 생각났다. 희미한 기억을 더듬어 진희의 탄생 별자리가 에리즈일 거라는 결론에 이르렀다. 주변을 살피지 않는 맹점이 있고 그래서 길이 아닌 길도 길로 착각하는 경향이 있지만 애정의 영역에 있어 에리즈는 솔직하고 직진형이다. 하지만 별자리 운세를 정확히 알기 위해선 양력 생년일시와 태어난 장소에 대한 정보가 필요하다. 그걸 모르는 상태에서 그녀의 별자리 운세는 확실치 않다. 처음으로 마음이 통하는 사람을 만났다는 영수의 행복한 얼굴이 떠올랐다. 진희가 자기 몰래 다른 남자에게 연락을 하는 걸 안다면 영수는 어떻게 나올까. 불 같이 화를 낼까? 아니면 차갑게 등을 돌리고 몸의 접점이 맞는 또 다른 여자를 찾아 나설까? 그가 사랑을 쉰 적은 없으므로 진희의 배신이 여자를 찾는 그의 발길을 멈추게 하지는 않을 것이다. 어쩌면 영수에게 사랑이란 일종의 맛집 같은 것인지도 모른다. 한계효용이 다하면 더 이상 찾지 않는 맛집 같은 사랑이란 생각만 해도 입맛이 쓰다. 어쨌거나 진희의 접근은 위험하다. 그녀의 전화는 더 이상 받지 말아야겠어. 나는 핸폰을 열어 진희의 전화를 차단했다.

4

이번 주 들어 며칠 째 그녀가 약국에 모습을 보이지 않는다. 무슨 일이 있나? 신경 끄자. 있든 없든 알아서 하겠지. 카라멜마끼아또 하나 달랑 갖다주고 전화 한 통 없는데 내가 왜? 퇴근길에 약국에 들렀다. 유은이 없으니 약국에 가는 게 오히려 편했다. 보영이 인사를 건넨다.

"퇴근하세요?"

"네. 퇴근입니다. 집에 쌍화탕이 떨어져서. 한 통 주세요. 언니는 퇴근했나 보네요."

나는 일부러 모른 체를 했다.

"장염이에요. 며칠째 집에 누워 있어요."

장염으로 고생했던 옛 기억이 떠올랐다. 우연히 장염이 시작되면서 병원을 들락거렸지만 차도는 없었고 매일 물변이 나왔다. 그럴 때마다 장에 심각한 문제가 생긴 것일지도 모른다는 생각이 들었고, 혹 암일지도 모른다는 상상에 겁이 더럭 났다. 암에 걸려서 병원을 벗어나지 못하고 병원침대에서 생을 마감하는 건 상상만으로도 끔찍했다. 공포에서 벗어나기 위해 나는 필사적으로 물변을 해결할 방도를 찾았다. 의외로 해결책은 쉬운 데서 나왔다. 우연히 책을 보다가 장염에는 생강이 특효라는 걸 알게 되었고 반신반의하며 생강차를 구입해 마셨더니 물변이 하루아침에 사라졌다. 그때의 해방감은 이루 말할 수 없었다.

“특효약이 있는데.”

“특효약요?”

“생강차예요. 장에는 그만한 약이 없어요. 저도 그거 먹고 단번에 나았어요.”

“아 그래요? 언니한테 말해주세요. 지금 고생하고 있을 텐데.”

쌍화탕을 들고 약국을 나왔지만 유은에게 전화를 하는 건 내키지 않았다. 어설프긴 했지만 어렵사리 엄마노릇을 해보려고 전자레인지 정보도 전해주고 고구마도 주었는데 돌아오는 반응은 냉담에 가깝다. 그래도 몸이 아프다니 쫀쫀하게 굴지 말고 말을 해주는 게…… 갈등 끝에 유은에게 전화를 한 건 차가 집에 거의 다 도착해서였다. 벨소리가 여러 번 울릴 때까지 유은은 전화를 받지 않았다. 막 폰을 끄려는 찰나 유은의 목소리가 들렸다.

"여보세요."

힘없는 목소리였다.

"나야."

"선배! 오랜만이네요."

그녀의 목소리엔 반가움이 실려 있다. 이 반가움은 뭐지? 내 착각인가. 덕분에 나는 조금 더 용기를 낸다.

"장염이라며?"

"누가 그래요?"

"보영씨한테. 쌍화탕 사러 약국 갔다가."

"먹은 게 잘못 됐나 봐요. 며칠째 설사예요. 힘도 없고. 약을 먹어도 잘 안 낫네요."

"생강차를 마셔봐."

"왜요?"

"장염엔 그게 최고거든. 나도 예전에 장이 탈 나 한 달 동안 고생했는데 그거 먹고 하루 만에 나았어."

"아 그래요? 알았어요."

전화는 끊어졌다. 전자레인지와 고구마의 앙금이 남아 있긴 했지만 그녀에게 전화를 한 건 잘한 거라는 생각이 들었다. 생강차로 장염이 나으면 다행이고, 예전처럼 지내게 되면 일석이조고, 그 일로 나에게 대한 고마움을 느낀다면 더할 나위 없다. 다음 날 아침 약국 앞에 유은의 포르쉐가 보였다. 내 말이 도움이 되었군. 기쁜 마음에 전화를 했다. 신호가 몇 번 가자 유은이 받았다.

"출근했네. 좀 나아졌어?"

"아직 좀 그래요."

"생강차 마셨는데 아직 그래?"

"안 마셨어요."

"왜?"

"남은 약이 있어서 일단 그거 먹어보려고요."

"그거 마시면 바로 좋아지는데."

"제가 생강을 좀 싫어해서요."

바보군! 개인적인 호불호가 약을 선택하는 기준이라니. 전화를 끊고 바로 마트에 갔다. 아직 진료시간까지는 여유가 있다. 생강차를 사서 약국으로 갔다. 약국에 들어서자 매대 뒤에 서 있던 유은이 힘없는 표정으로 나를 맞았다. 보영은 보이지 않았다.

"어쩐 일로?"

"이거 줄려고."

난 마트에서 산 생강차를 내밀었다.

"생강차네요."

"병원에 하나 있길래 가지고 왔어."

거짓말이 편안하게 나왔다. 이 길에 들어선 이후 거듭된 거짓말이 이력이 된 탓이다.

"나중에 제가 사먹으면 되는데."

"먹어봐 바로 나을 테니까."

"고마워요. 잘 먹을게요."

"아프지 말고."

그 말을 하고 들아서는데 유은이 나를 불렀다.

"선배!"

"왜?"

"고맙긴 한데 이렇게까지 신경 안 쓰셔도 돼요."

그녀의 얼굴은 다소 굳어 있었다. 불편한 말을 하지 않을 수 없을 때의 곤혹스러움이 그녀의 얼굴에 묻어났다.

"내가 신경 쓰는 게 뭐가 있다고."

"병원에서 나오는 거 봤어요. 그리고 마트 쪽으로 가는 것도. 이거 거기서 사온 것 맞죠?"

순간 고구마를 좋아하지 않는다는 말을 들었을 때보다 머릿속이 더 하얘졌다.

"선배가 저 챙겨주는 건 고마운데요……"

"……?"

"너무 애쓰지 않으셔도 돼요."

"……"

"18년 만에 선배를 보고 정말 좋았어요. 내 인생에서 처음으로 속을 털어놓을 수 있는 사람을 만났다 싶어서 행복했고. 하지만 너무 애쓰지 않았으면 해요. 저는 특별히 하는 것도 없는데 받기만 하는 것 같아서 좀 그래요. 이따 시간 되시면 점심이나 같이 해요."

점심이란 말을 듣자마자 내 입에선 나도 모르게 엉뚱한 말이 나오기 시작했다. 그건 5월 아카시아향이 산에서 스스로의 무게를 이기지 못하고 동네로 밀려 내려오는 것과 같았다.

"동네 가게 사람들이랑 밥 먹고 그래?"

"네. 가끔요. 왜요?"

"남자들이랑 돌아가며 밥 먹는 거 별로 안 좋아 보여."

"뭐가요? 밥 먹을 수 있는 거 아니에요? 같은 동네 가게 사람들인데."

"밥은 먹을 수 있겠지. 근데 그 사람들이 왜 늘 남자야?"

유은의 표정이 굳어졌다.

"그분들 다 저희 약국 단골이에요. 가끔 점심하자고 하면 그거 거절해야 하나요? 그야말로 이웃사촌들끼리 가끔 밥 먹는 건데. 그리고 선배! 저 내일 모레 사십이에요. 제가 누구랑 밥을 먹든 그게 남자든 여자든 제 앞가림은 제가 해요. 내가 만나는 사람들까지 신경 쓰고 그러는 거 하지 마세요. 듣기 거북하네요."

"전엔 챙겨달라더니."

“제가요?”

“엄마노릇 해달라고 하고.”

“언제요?”

“생각 안 나?”

유은은 머뭇거렸다.

“그건… 술김에……”

“술김?”

“네. 술김이었어요. 그러니 신경쓰지 마세요. 가뜩이나 사는 게 힘든데, 제가 사람들하고 밥 먹는 것까지 간섭하고. 좀 지나치세요.”

그 말을 던지고 그녀는 아무 말 없이 조제실 안으로 들어갔다. 온몸의 피가 발바닥으로 가라앉았다. 서둘러 병원으로 돌아왔지만 마음이 진정되지 않았다. 나는 아무 잘못 없이 소꿉장난에서 밀려난 아이처럼 억울했고 졸지에 둥지를 잃어버린 새처럼 황망했다. 진료가 시작되었지만 전혀 집중이 안 되었다. 나는 거의 좀비처럼 손님을 맞았다. 처방은 기계적이었다. 나는 최대한 정신을 차리고 오진을 하지 않기 위해 발버둥을 쳤다. 간신히 오전진료가 끝나자 탈진한 듯 견딜 수 없는 피로감이 왔다. 그대로 책상에 엎어져 잠이 들었다. 잠결에 점심은 어떻게 할 거냐는 김실장의 말소리가 들리는 듯했다. 그 소리는 곧 사라졌다. 나는 한낮의 백일몽에 빠졌다. 병원 개업 이후 낮잠을 그렇게 잔 건 처음이었다.

5

한동안 내 영혼은 무기력했다. 아무 일도 손에 잡히지 않았다. 웃는 일도 거의 없었다. 그리고 집에서도 병원에서도 차가운 유은의 말과 태도는 그림자처럼 나를 따라다녔다. 그럴 때마다 가슴이 아프고 화가 났고 모멸감이 온몸을 휘감았다. 그게 술김이었다고? 챙겨달라는 말은? 두 번이나 오아시스 같다고 했던 건? 그것도 다 허언? 그 말에 조금이라도 도움이 되려고 했던 일들이 다 주접이었네. 검은머리 짐승은 거두는 게 아니라는 옛말이 떠올랐다. 내가 사람을 잘못 봤어.

생강차 사건의 충격이 가라앉은 건 거의 일주일이 다 된 어느 날, 로드 킬을 당한 고라니를 지나가던 사람이 발견하고 병원으로 데려왔을 때였다. 아직 숨이 끊어지지 않은 고라니는 가느다란 신음소리만 내고 움직이지 못했다. 조치를 서두르지 않으면 생명이 위태로워보였다. 그 긴박한 상황은 잠시 유은을 잊게 만들었고 나는 오랜만에 진짜 수의사처럼 움직이기 시작했다. 서둘러 엑스레이를 찍었다. 상태가 좋지 않았다. 갈비뼈가 두어 개 부러져 있었다. 다리뼈도 골절된 상태였다. 갈비뼈가 부러지면서 그 충격으로 복부 출혈의 징조도 보였다.

"척추가 나갔군요. 갈비뼈도 부러졌고. 심각한 건 출혈입니다. 갈비뼈가 부러지면서 혈관을 찌른 것 같아요."

"살 수 있을까요?"

고라니를 데려온 남자는 안타까운 눈으로 물었다.

"일단 출혈을 잡는 수술을 해보죠."

나는 서둘러 마취를 하고 개복에 들어갔다. 놈의 상태는 생각보다 심각했다. 동맥이 파열되었고 거기서 다량의 피가 솟구치고 있었다. 그리고 부러진 갈비뼈 외에 뼈 여기저기 금이 가 있는 상태였다. 간신히 큰 출혈은 잡았지만 어디선가 미세한 출혈이 계속되고 있는지 맥이 떨어지고 있었다.

"원장님, 맥이 떨어지고 있어요."

김실장이 다급하게 소리쳤다.

"미세 출혈이 있나봐. 힘들겠는데."

김실장이 발을 동동 굴렀다.

"어쩌죠?"

"잠깐만."

나는 수술실을 나와 남자에게 갔다.

"상태가 안 좋습니다. 큰 출혈은 잡았는데 미세출혈은 안 잡힙니다. 그래서 맥이 계속 떨어지고 있고…… 뼈가 너무 많이 망가져 수술도 어렵습니다."

"그럼?"

"결론을 말씀드리면 살리기 어렵습니다."

"그럼 어떻게……?"

"안락사를 시키는 것이 좋을 듯합니다. 녀석에게도 고통이 없고."

"원장님이 알아서 해주세요."

"알겠습니다."

나는 다시 급히 수술실로 들어갔다. 김실장이 심전도를 가리켰다.

"맥이 계속 떨어져요!"

"안락사시켜야겠어. 그 길밖에 없어."

"안락사요?"

"살리기 어려워. 미세 출혈도 안 잡히고. 살아난다 해도 뼈가 너무 많이 망가져 정상이 되기도 어렵고. 야생으로 돌아가는 건 불가능해."

"불쌍해요."

김실장이 울상을 했다. 나는 고라니 발의 털을 깎고 혈관을 잡아 주사를 찔러 넣었다. 주사액이 들어가자 불규칙하게 움직이던 심장박동이 잦아들더니 얼마 후 멈추었다. 숨이 끊어진 고라니는 더 이상 아무 미동이 없었다. 수술실을 나가니 망연한 얼굴로 서 있던 남자가 다가왔다.

"안락사했나요?"

"네. 편히 갔습니다. 너무 마음 상해하지 마세요. 어쩌면 그게 녀석을 위해 더 나은 일일 겁니다. 새로운 몸을 받고 다시 건강하게 태어나는 기회를 얻은 거니까요."

"다시 태어나요?"

"네."

"원장님은 윤회를 믿나보군요."

남자는 진지한 눈빛을 보였다.

"생성과 소멸은 하나의 원이죠. 밤이 깊어지면 아침이 오듯이."

"저는 윤회를 믿지 않습니다만 죽음 앞에선 저도 가끔 그런 생각이 듭니다. 한 번 죽으면 그걸로 끝인 건 좀 아닌 거 같은…… 죽어봐야 알 텐데, 죽어본 적이 없어서 뭐라 할 수가 없지만요."

남자의 눈에 궁금증이 일었다.

"죽음 앞에서 다들 그러잖아요. 다음엔 좋은 곳에 태어나라고. 그건 사람들이 암묵적으로 윤회를 믿는다는 증거 아닐까요?"

"그렇네요."

남자는 고개를 끄덕거렸다.

"근데 저 고라니를 어디서 데려왔어요?"

"대모산 앞길에서요."

"대모산에도 고라니가 살아요?"

"글쎄요. 그건 저도 잘 모르겠습니다. 암튼 길에 쓰러져 있었어요."

"근데 어떻게 우리 동물병원에 오실 생각을 하셨어요?"

"제가 이 근처 살거든요. 이 동물병원도 알고… 마침 제가 이쪽으로 오던 길이어서 이리 온 거예요. 참 병원비는 얼마죠?"

"병원비요? 안 내셔도 됩니다. 돈을 받을 일도 아니고. 여기까지 고라니를 데려오신 그 마음 하나로 저는 충분합니다, 감사하고. 선생님 같은 분 때문에 세상이 아직 살 만한가 봅니다."

"별 말씀을요. 그냥 지나칠 수 없어서 그런 것뿐입니다. 그럼 전 이만."

남자는 뒷처리를 부탁하고 병원을 나갔다. 동물의 사체를 처리하는 것은 의외로 간단하다. 그건 폐기물로 처리한다. 그러나 나는 동물화장장을 이용한다. 그것이 나를 먹고 살게해준 동물들에 대한 최소한의 내 예의다. 우리 병원에서 생을 마감하는 이런 놈들이 일 년에 몇 건씩 있다. 살 수 있는 임계치를 넘은 놈들은 어떻게 손을 쓸 수가 없다. 할딱거리다가 조용히 생명의 끈을 놓는 놈들을 보면 난 언제나 숙연해진다. 오랜만에 마주친 생사라는 거대한 주제 앞에서 유은과의 갈등은 마음 한켠에 잠시 가라앉았다. 하지만 다른 한켠에선 여전히 유은이 괘씸하다. 그게 다 헛소리란 거지. 나는 그 헛소리에 놀아난 거고. 휴~!

6

나는 노골적으로 유은을 피했다. 출퇴근 시간이 아니면 병원 밖을 나가지 않았고, 외출을 했다가 밖에 나와 있는 그녀가 보이면 먼발치에 숨어 있다가, 그녀가 약국으로 들어간 것을 확인하고서야 병원으로 들어왔다. 그녀를 편히 보는 건 진료가 끝난 후 가끔 창밖을 내다볼 때다. 약국 매대 뒤에서 멍하니 밖을 내다보는 유은이 어쩌다 눈에 띈다. 그러나 그녀가 눈에 들어올 때마다 반가움 보다는 매몰찬 그녀의 행동이 오버랩되고, 어쭙잖은 엄마노릇을 하느라 전자레인지를 동원하고 고구마를 동원하고 생강차까지 들이댄 내 꼴이 한심해서 돌아선다. 그래! 더 이상 안 봐도 돼. 내가 왜 그런 수모를.

그녀를 노골적으로 피한 지 한 달이 넘어갈 무렵 유은이 연락도 없이 병원으로 왔다. 로비에서 유은의 목소리가 들리더니 진료실 문이 열리고 그녀가 들어섰다. 그녀 손에는 빵이 들려 있었다.

"빵을 만들었어요."

그녀의 목소리는 작았다. 그런데 그걸 왜 들고와? 그래서 어쩌자구. 유은이 다가와 테이블에 빵을 놓았다.

"바쁘신가 봐요. 요즘 통 못 보네요."

그녀의 목소리가 다시 조그맣게 울렸다. 그건 네가 원한 거 아냐? 말은 하지 않았지만 나는 그렇게 말하고 있었다. 내가 아무 말이 없자 유은은 당황하는 것 같았다. 나는 개의치 않았다. 어쭙잖은 엄마노릇을 하려다 3번이나 뒤통수를 맞은 것에 비하면 그 정도는 약과다.

"가끔 마실 오세요."

마실을? 병 주고 약 주자는 건가?

"어, 시간 봐서."

난 간신히 그 말을 뱉었다. 냉랭한 내 대답에 유은은 어색하게 진료실을 빠져나갔다. 열린 문으로 대화를 들은 김실장이 발자국 소리를 죽이며 조심스레 진료실로 들어왔다.

"약국 언니랑 다투셨어요?"

그녀의 낮은 목소리가 사태 파악에 나섰다.

"다투긴."

"근데 요즘 왜 식사도 거의 같이 안 하시고. 약국에 놀러가는 일도 없고."

"처음엔 반가워서 자주 봤고 이젠 익숙해져서 좀 덜 보고. 자연스러운 걸 가지고 왜 그래. 그건 그렇고, 김실장 빵 가져가 먹어."

나는 책상 위에 놓인 빵을 가리켰다.

"무슨 빵이에요?"

"후배가 놓고 간 거야."

"원장님 준 빵을 제가 왜 가져가요? 원장님 드세요."

"난 빵 별로 안 좋아해."

"빵 좋아하지만 남 선물받은 거 대신 먹는 거 별로거든요."

김실장이 나가자 진료실이 조용해졌다. 책상 위에 유은이 놓고 간 빵이 조용히 말을 건넸다. '그만 풀어. 저도 잘못한 거 알았으니 온 거고. 꽁하는 거 보기 안 좋아.' '꽁하는 거 없어. 그냥 실망스러울 뿐이지. 다 지 입으로 뱉은 말이야. 챙겨달라는 말도, 오아시스 같다던 말도, 엄마 해달라는 소리도…… 그래놓고 나한테 하는 태도좀 봐. 열불 안나게 생겼어?' '그래서 온 거잖아. 저도 생각하니 심하다 느낀 거고.' '무슨 말을 하는 거야? 저 생각해서 한 일마다 찬물을 붓고 이제 와서 너 하나 달랑 놓고 가면 없던 일이 돼? 나는 여전히 기분이 나쁘고 꼴 보기가 싫다고. 아쉬운 거 없어. 지 없이도 잘 살았고.……' 빵과의 설전은 끝없이 이어졌다.

손님이 오고 진료는 다시 시작되었다. 호기심이 왕성한 고양이 메인쿤, 털이 짧고 빽빽한 고양이 아메리카 숏헤어, 털이 잘 빠지지 않는 샴고양이, 장난감을 좋아하는 고양이 먼치킨, 귀여운 말티즈, 다리가 짧은 웰시코기 강아지 등이 왔다 갔다. 그 사이 진료실 책상에 두고 간 유은의 빵이 자꾸 눈에 들어왔고, 그럴 때마다 나는 빵에서 눈을 돌렸다. 더 이상은 안 해. 엄마노릇이고 뭐고 다시는 안 한다고.

8 —• 윤회

1

꿈에 나는 어떤 강변에 있었다. 주변은 온통 얼룩덜룩한 복장을 하고 조총을 든 왜놈들 천지였다. 난 혼자가 아니었다. 내 옆에는 두 여자가 있었다. 한 여자는 나이가 있었고 한 여자는 나이가 어렸다. 누군지 모르겠지만 그 위급한 상황에서 함께 있는 걸로 봐서 나와 가까운 사이가 분명했다. 여자 둘은 색깔이 아름답게 들어간 한복차림이었고, 어린 여자는 옆구리에 작은 보따리를 끼고 있었다. 난 그들과 함께 왜놈들 눈에 띄지 않게 강변으로 몰래 숨어들어 강가에 있던 배를 타고 강을 건너기 시작했다. 강을 반쯤 건너왔을 때 우리를 발견한 왜놈들이 조총을 쏘기 시작했다. 그리고 배를 띄워 우리를 추격했다. 난 사력을 다해 배를 저었고 강변에 도착하자마자 정신없이 뛰었다. 얼마쯤 도망을 갔을까, 정신을 차려보니 내 옆엔 한 여자밖에 없었다. 눈을 돌려 강변을 보자 보퉁이를 낀 어린 여자가 왜놈들에게 둘러싸여 있었다.

그 장면에서 눈이 떠졌다. 그게 꿈이라는 걸 알았지만 꿈은 너무도 선명했다. 파란 하늘, 흰 구름, 짙푸른 강, 모래톱, 한 여자와 그녀를 둘러싼 왜놈들! 왜놈과 조총이 등장한 걸로 봐서 조선시대가 분명했다. 왜 조선시대의 꿈이……? 목숨을 건질 생각에 옆에 누가 없어졌는지도 모르고 도망치다가 문득 돌아서서 왜놈들에게 붙들린 여자를 망연자실 바라보던 장면이 생각나자 쓴웃음이 났다. 아무리 급해도 그렇지 저 혼자만 살려고… 나참! 그 여자는 거기서 죽었을까, 일본으로 끌려갔을까. 그때의 내가 지금의 나일까? 그럼 그 여자들은? 난 왜 그런 꿈을 지금? 혼란스러웠다. 아내가 들어와 침대에 웅크리고 있는 나를 흔들었다.

"여보! 일어나. 출근 늦겠어."

나는 미동도 하지 않았다.

"일어나. 동우는 벌써 학교 갔어. 깨우지도 않았는데 혼자 일어났어."

동우가 혼자 일어나 학교를 갔다고? 사랑에 빠졌으니 학교에 일찍 가고 싶은 거지. 나는 눈을 감은 채 중얼거렸다.

"혼자 무슨 말을 하는 거야? 영수씨 아침에 전화했어. 당신 폰 안 받는다고."

잘 때 폰은 무음처리를 한다. 적어도 자는 동안은 전화 때문에 방해받기 싫어서.

"무슨 일로?"

나는 여전히 눈을 감은 채다.

"주말에 양평별장 가는 거 땜에."

"그게 왜?"

"상진이 엄마가 못 간대."

"그래서 취소?"

"취소는 아니고 자기는 간대. 우리도 보고 싶고. 근데 우리끼리만 가면 재미없으니까 같이 갈 만한 사람 있으면 데려오라는데. 여동생이든 옆집 아줌마든."

"그런 사람이 어디 있어?"

"그래서 생각해봤는데 후배 어때?"

그 말에 나는 눈을 뜨고 일어났다.

"후배?"

"약국 하는."

"안 돼."

단호한 내 말에 아내는 놀란 눈치였다.

"안 돼?"

"걔도 가족이 있는데 주말에 혼자 달랑 나올 수 없지."

유은과 얽히기 싫은 생각에 나는 핑계를 댔다.

"애는 같이 가면 돼."

"남편이 있잖아."

내 말투에는 짜증이 묻어났다.

"아참! 남편이 있지. 그 생각을 못했네."

아내는 그제야 포기하는 투였다. 유은이 찾아와 빵을 놓고 간 뒤로 근 보름이 지났지만 나는 여전히 그녀를 피하고 있다. 그녀를 보면 그녀 때문에 입은 상처가 되살아나 기분이 더러워진다. 그녀도 연락이 없다. 하지만 전과 달리 나는 평온하다. 유은이 뭘 하든, 연락을 하든 말든 누구랑 밥을 먹든 말든 더 이상 상관하지 않는다. 그런 유은을 별장에 데려가는 건 어불성설이다. 아침을 대충 먹고 병원에 도착하니 약국 앞엔 하늘색 포르쉐가 있었다. 행여 유은과 마주칠까 잽싸게 병원으로 걸음을 옮겼다. 그때 기다렸다는 듯 유은이 약국문을 열고 나왔다.

"이제 출근하시네요."

"응. 좀 늦잠을 자서."

나는 그녀를 피해 병원으로 발걸음을 재촉했다.

"커피 한잔 하고 가세요."

사양하려는 찰나 그녀가 돌연 내 팔을 잡고 약국으로 끌었다.

"오세요. 커피 막 내려놨어요. 따뜻해요."

그녀의 팔에선 나를 놓지 않겠다는 의지가 느껴졌다. 손을 뿌리치긴 어려웠다. 할 수 없이 그녀가 이끄는 대로 약국으로 들어셨다. 보영은 없었다.

"보영씨는 아직이군."

아까부터 나는 유은의 눈을 마주치지 않고 있다. 그러나 그녀의 시선은 나를 떠나지 않는다.

"네."

그녀는 커피를 내밀었다.

"유럽 갔다 온 후배가 준 거예요. 드셔보세요."

그녀는 내 차가 도착하는 타이밍에 맞춰 커피를 내린 것 같다. 그렇지 않고서야 약국에 들어서자마자 내게 커피를 줄 순 없다. 나는 그녀의 눈을 피하며 커피 한 모금을 넘겼다.

"맛있네."

의례적인 인사다. 조금이라도 빨리 약국을 벗어나고 싶은 마음에 나는 커피를 거푸 마신다.

"입에 맞나 보네요. 에티오피아산이에요."

그녀의 목소리가 나지막하게 약국을 울렸다. 맛있어서 마시는 건 아닌데. 하지만 그 말은 차마 할 수 없다.

"이렇게 마주보는 거 오랜만이네요. 그동안 잘 지냈어요?"

그녀의 친근한 멘트가 거부감이 든다. 내 엄마노릇에 대한 그녀의 냉대는 아직 앙금처럼 남아 있다. 자연히 내 대답은 어정쩡하다.

"그럭저럭. 특별히 나쁘지도 않고 특별히 좋지도 않고,"

"저하고 계속 말 안 하고 지내실 거예요?"

유은은 나를 똑바로 보았다. 나는 그녀의 눈길을 비켰다.

"그 일 때문에 그러세요? 저 신경 써 주시는 거 짜증냈던 거요."

끝내 유은은 듣고 싶지 않은 이야기를 꺼냈다.

"그 얘긴 그만하자."

"그날 이후 제가 좀 예민했어요. 사과할게요."

"그날 이후?"

"선배한테 그 사람 이야기한 날."

"……"

"그날 이후 힘들었어요. 상처도 받았고. 선배한테 하소연이라도 하려고 말했는데 마치 불륜을 저지르는 듯한 느낌을 받아서. 모든 걸 다 떠나서 난 정말 그가 좋았거든요. 내가 유부녀고 아이가 있고 남편이 있고, 그 모든 벽을 넘어서 그가 좋았어요. 네! 사랑이었어요. 내가 처음 겪는 …… 커피 한 잔도, 밥 한 그릇도, 같이 걷는 것도, 같이 말하는 것도 말할 수 없이 행복했어요. 단칸방에 살아도 사랑이 있다면 거기가 천국이란 말이 이해가 됐어요. 그래서 상실감이 컸어요. 그 사람이 파리로 간 이후 남편과 내내 싸웠어요. 남편 때문에 내 인생이 망가졌다는 생각에. 물론 그건 남편 때문이 아니죠. 눈이 어두워 그런 사람과 결혼한 내 탓이니까. 그런데 선배한테도 불똥이 튄 거예요. 저 생각해서 말하신 거 알면서도 내 마음을 몰라준다는 짧은 생각에. 선배 말이 듣기 싫었고, 내가 왜 이러고 사나 싶었고, 모든 게 짜증나고 힘들었어요."

"사랑이라는 이름의 사랑이 다 사랑은 아니지. 순간의 감정놀음일 수도 있고 진짜 사랑일 수도 있고. 넌 진짜 사랑을 한 모양이네."

나는 스치듯 말을 던졌다.

"모르겠어요. 하지만 마음은 아파요. 시작도 못하고 끝났다는 게. 선배한테도 잘못했고."

"네가 잘못한 건 없어."

"아니에요. 제가 너무 못되게 굴었어요. 제 감정에만 빠져가지고."

유은은 눈물을 흘렸다.

"울지 마. 나도 잘한 거 없어. 좀 더 네 마음을 알아줬어야 하는데. 엉뚱한 소리나 하고."

"선배에게 못되게 굴면서도 속으로는 선배랑 잘 지내고 싶었어요. 근데 마음이 자꾸 엇나가기만 하는 거예요. 뭘 해주셔도 마땅치 않고, 심술만 나고."

유은은 다시 울음을 터뜨렸다.

"그만 해. 아침부터 이러면 매상 안 올라."

"상관없어요."

"어쨌든 그만 울어."

"용서해 주시는 거예요?"

"용서할 게 뭐가 있어."

"제가 너무 내 생각만 해서."

유은은 고개를 떨구었다.

"아냐! 내가 생각해도 별로였어. 찌질하게 무슨 고구마니 생강차니. 그걸로 네가 위로가 될 거라고 생각했으니. 하지만. 난 걱정이 됐고 그 걱정이 좀 지나쳤고 그게 오지랖이 됐어. 동네가게 남자들이랑 밥 먹지 말라고 하고…… 다 네가 알아서 하는 일인데, 내가 무슨 엄마라도 된 것처럼 굴었으니. 미안해."

"미안해하지 마세요. 선배, 저에게 잘 해주셨어요. 제가 생각이 짧아서……"

"파리의 그 남자하고는 연락 안 해?"

나는 참았던 질문을 했다.

"네."

유은의 목소리가 떨렸다. 괜한 걸 물었다 싶었다.

"커피 맛있네. 이 에티오피아 커피 좀 나눠줄 수 있어? 병원에서 먹게."

그녀는 눈물을 닦고 조제실로 들어가더니 큰 약봉투를 들고 나왔다.

"이거면 되겠어요? 그리 많지는 않아요."

유은은 봉투를 열어 보이며 내게 닿을 듯 얼굴을 가까이 댔다. 그녀의 얼굴에선 알 수 없는 향수냄새가 났다. 조물거리는 입술에선 립그로스가 반짝였다. 도톰한 입술은 마릴린 먼로의 그것처럼 육감적이었다. 그 선은 그녀의 목을 타고 옷 속으로 깊이 파고들어가 복숭아처럼 단아하게 솟은 가슴으로 이어졌다. 순간 그녀에게서 한 번도 느껴보지 못하던 관능미가 느껴졌고, 얇은 옷 속에 감춰진 그녀의 눈부신 나신이 상상 속에서 선명하게 다가왔다. 백옥처럼 희고 단단한 다리와 장미꽃처럼 매혹적인 가슴이 떠올랐다. 숨이 막혔다. 더 이상 거기 있을 수가 없었다. 마시던 커피를 내려놓고 일어섰다.

"그만 갈게."

"커피 아직 다 안 마셨잖아요."

"아냐, 됐어. 병원에 급한 손님이 온다고 했어. 갈게."

2

병원으로 들어와서도 흥분은 쉬 가라앉지 않았다. 영수의 말이 생각났다. '뭐 엄마노릇이라고? 넌 그 여자를 좋아하는 거야.' 유은을 여자로 보지 않는다는 내 마음은 위선인가? 내 감정을 감추기 위한? 혼란스러웠다. 다시 꿈 생각이 났다. 유은은 그 두 여자 중 하나일까? 그렇다면 누구일까? 나이든 여자? 보퉁이를 든 여자? 같이 강을 건넌 걸로 보아 가족일 것 같은데. 그럼 그 두 여자는 아내와 딸? 아냐 첩일 수도. 조선시대라면 첩도 가족의 일원인데…… 혹시 일본놈들에게 잡힌 여자가 유은 아닐까? 정리되지 않는 전생의 꿈은 저 혼자 줄다리기를 했고 결론은 나지 않았다.

어쨌든 파리의 그 남자에게서 아무 연락이 없다는 건 다행이다. 그는 자기 나이에 맞는 적당한 여자를 만나는 게 좋다. 그를 위해서도 유은을 위해서도. 물론 내 생각은 합리적이지 않다. 그녀의 결혼생활은 불행하다. 그리고 유은 부부가 행복해질 가능성은 거의 없다. 그렇지만 나는 그녀의 새로운 사랑을 지지할 마음은 나지 않는다. 그 때문에 그녀의 가정이 깨지는 것은 더더욱 보고 싶지 않다. 현상 변경 없이 그녀가 행복해질 가능성이 거의 없다는 것을 알면서도 내가 하는 생각은 모순된다. 나는 앞뒤가 꽉 막힌 부모처럼 유은이 행복하든 말든 그저 현상유지를 바라고 있는 셈이다. 내가 왜 그런지는 나도 모른다. 유은은 엄연히 남이고 나는 그녀의 인생에 감 놔라 배 놔라 할 입장이 아닌데 말이다.

병원의 하루는 비슷하게 굴러갔다. 딩동 하고 손님이 병원문을 들어서고 저마다 개나 고양이를 안고 있고 호출을 받는 순서

대로 근심 어린 얼굴로 진료실에 들어왔다 나갔다. 그 대부분은 사소한 병치레였고 나는 간단한 약 처방과 주사를 놓고 보호자들을 안심시켜 돌려보냈다.

언젠가부터 나는 입원치료는 하지 않는다. 24시간 진료를 하지 않는 한 만에 하나 입원 중인 동물이 퇴근 후 문제가 생겼을 때 대처하기 어렵기 때문이다. 퇴근 전에 녀석들의 상태를 확인하고 별 문제가 없다고 생각했는데 밤사이 페르시안 고양이가 죽은 적이 있었다. 입원한 상태에서 케이지에 넣어놓은 녀석이 갇힌 스트레스를 이기지 못하고 발작을 해 심장마비로 죽은 것이다. 그날 이후 나는 내가 감당할 수 있는 만큼으로 병원일의 범위를 정했고 병원일의 목록에서 입원치료를 없앴다.

5시가 되자 손님들이 끊어졌다. 손을 씻고 자리에 앉아 라흐마니노프의 음악을 틀었다. 컴에서 감미로운 피아노 선율이 흘러나왔다. 피아노 한 소절이 끝날 무렵 유은이 준 커피를 내려 로비의 김실장에게 건네주었다.

"어머! 오랜만에 원두커피네요. 맛있는데요."

그녀는 커피를 마시더니 반색을 했다.

"아침에 후배가 주더군."

"어머! 약사언니랑 화해하셨어요?"

"화해는 무슨. 싸운 적도 없는데."

"아, 네."

김실장은 알 듯 모를 듯한 미소를 지었다. 나는 다시 진료실로 들어와 창가에 섰다. 저녁 햇살을 받아 반짝거리는 갈색 가로수 사이로 보이는 약국엔 유은과 보영이 번갈아 손님이 오면 처방전을 받고 약을 내주고있다. 얼마 전 멀지 않은 곳에 병원이 개업한 후로 약국은 한결 손님이 많아진 듯하다. 동물병원이 그녀의 약국에 별로 도움이 못되는 건 아쉽지만 어쩔 수 없다.

아침에 극적인 사과를 받고 쌓였던 감정이 어느새 많이 풀어졌다. 그러나 약국에서 갑자기 육감적으로 느껴지던 그녀의 몸은 여전히 혼란스럽다. 해석이 필요해? 그건 후배가 여자로 보여서야. 다른 이유 없어. 영수의 말이 들리는 듯하다. 그녀와 카풀을 할 때, 아내 몰래 산행을 할 때, 예진에서 술을 마실 때 느꼈던 로맨틱한 기분이 생각났다. 유은이 파리의 그 남자와 행복한 미소를 짓고 있는 걸 보았을 때 엄습했던 허탈한 기분도. 그녀를 여자로 보지 않는다는 내 말은 내 속내를 감추기 위한 위선인가? 하지만 여태 그녀의 손을 잡은 적도 없다. 그녀와 잠자리를 상상해본 적도. 아마 영수는 그러면 내가 더 행복해질 거라고 말할 것이다. 그러나 유은의 남자가 되는 건 내 머릿속에 없는 그림이다. 난 그저 그녀와 잘 지내고 싶다. 같이 밥을 먹고 같이 커피를 마시고 이야기를 하고… 그런 일상으로도 나는 충분히 행복했다. 갱년기라서 그래. 다시 영수의 말이 스친다.

주말 별장 건이 생각났다. 그건 어떻게 해결을 봐야 하는데…… 맘이 풀어진 탓에 나는 유은을 데려가 볼까 생각한다. 한 번 말을 해봐? 가족들이 있으니 어차피 안 된다고 할 게 뻔한데. 망설이던 끝에 전화를 했다. 자초지종을 듣던 유은은 반색을 했다. 주말에 아이는 수련회를 가고 남편은 출장이라고.

"어머! 잘 됐어요. 그러잖아도 혼자 어떻게 지내나 했는데."

"갈 수 있다니 다행이다. 와이프가 좋아하겠어."

"저도 좋아요. 언니도 한 번 보고 싶고."

"근데 니가 둔촌동에 이사왔다는 거 와이프 몰라. 우리가 잠깐 카풀한 것도."

"저도 남편한테 얘기 안 했어요. 선배가 길동에 산다는 거. 우리가 카풀한 거."

"그래서 그런데……"

"저는 서초에 사는 걸로 하고, 카풀은 없었던 걸로 할게요. 그럼 되죠?"

"오해하진 마. 어쩌다 말을 안 한 거야. 숨기려고 그런 건 없어."

"이해해요. 부부라고 다 말하고 살진 않으니까요. 저도 그렇고. 암튼 기분좋네요. 선배 덕분에 주말에 갈 데가 생겨서."

"그렇게 좋아?"

"그런 거 좋아한다고 말했잖아요."

"그런 거라니?"

"집 나가는 거 좋아한다고 말했었는데."

유은의 목소리가 가늘어졌다. 아마도 약국에 같이 있는 보영을 의식하는 것 같았다. 주말 약속시간을 잡고 전화를 끊었다. 끝나버린 라흐마니노프 연주를 다시 틀었다. 애잔한 피아노 선율이 진료실을 감싸자 진희 때문에 불현듯 생각났던 별자리 운세가 떠올랐다. 어쩌면 유은의 탄생 별자리는 물병자리인지 모른다. 물병자리는 구속되는 것을 싫어하고 자유를 좋아한다. 그건 지금의 그녀 모습과 유사하다.

나는 그녀의 라이징사인이 궁금해졌다. 별자리운세에서 라이징사인은 한 사람이 현실을 살아가는 자세와 성격을 보여주고 그건 평생 변하지 않는다. 오목조목 비율이 좋은 그녀의 생김새로 미루어 그녀의 라이징 사인은 리브라일 가능성이 높다. 라이징 사인이 리브라인 여자들은 대개 균형 잡힌 미모를 갖추고 있다. 그러나 외형적인 균형을 잡으려는 성향으로 인해 스스로 피곤할 수 있는 단점이 있다. 나는 다시 그녀의 8번 하우스로 옮겨갔다. 별자리 운세의 8번 하우스는 그녀가 어떤 사람과 화학적 결합을 원하는지를 보여준다. 지나치게 균형을 유지하려는 그녀의 이성적인 성향에는 해방감을 줄 수 있는 단순하고 저돌적이고 순수한 에리즈가 그녀의 이상형일 가능성이 있다. 진희도 에리즈일 것 같은데 묘하군. 둘이 남녀라면 서로 맞는 …… . 상상의 나래가 꼬리를 물었다.

3

주말 아침 유은이 택시를 타고 아파트로 왔다. 그녀가 포르쉐를 두고 택시를 타고 온 건 지혜로운 일이다. 젊고 이쁜 여자와 포르쉐의 조합은 평범한 우리 아파트 사람들에게 위화감을 불러일으킬 수도 있다. 택시에서 내리는 그녀를 보고 고개를 끄덕이자 유은은 옅은 미소를 띠었다. 그건 내 생각을 읽었다는 반증으로 보였다. 그래 유은이 저 정도는 되는 사람이지. 내가 사람을 잘못 본 게 아냐. 어설픈 엄마노릇을 하면서 받은 상처가 어느새 아문 느낌이 들었다. 나는 낡은 내 차에 아내와 동우, 유은을 태우고 별장으로 출발했다. 뒷자리에 앉은 아내와 유은은 별장으로 가는 내내 조근조근 이야기를 나누었다. 가끔은 호호거리고 웃기도 했다. 휴게소에 잠시 쉬자 유은이 동우를 매점으로 데리고 갔다. 유은이 멀어지자 아내가 눈을 동그랗게 뜨고 물었다.

"당신 알았어?"

"뭘?"

"남편이 검사래."

"들었어."

"왜 나한테 말 안했어?"

"그게 뭐 별 거라고. 그냥 공무원인데."

"공무원이긴 하지. 암튼 생각 밖이야. 남편이 검사고, 후배도 괜찮네. 말도 되바라지지 않게 하고, 동우까지 챙기고. 가끔 밥도 먹고 커피도 마시고 그래도 좋을 것 같아. 잘 지내다 사돈 되면 더 좋고."

"너무 나간다. 사돈이라니."

"사람 일 모르잖아. 그리고 세상에 좋은 사람은 흔치 않아. 좋은 사람 있으면 확 잡아야지. 안 그럼 다 채간다. 내 눈에 좋으면 다른 사람 눈에도 좋거든. 당신도 후배 잘 챙겨. 가끔 점심도 먹고."

"점심은 가끔 먹어. 동네 분식집에서."

"분식집 같은 데 말고 좀 좋은 데서 먹어. 점심값 얼마나 한다고."

"점심 때 멀리 못 가. 알잖아. 그리고 그 분식집 맛 좋아."

유은이 다가와 이야기는 거기서 끊겼다. 휴게소를 빠져나와 20여 분을 달리자 별장이었다. 영수는 이미 와 있었다.

"그동안 잘 계셨죠?"

아내가 차에서 내려 인사를 하자 영수가 아내 손을 덥석 잡고 흔들었다.

"제수씨 오랜만입니다. 근데 어떻게 제수씨는 점점 이뻐집니다."

"그 손 좀 놓고 말해."

난 두 사람을 떼놓았다.

"주효는 우리 사이가 좋은 걸 못 봐."

영수는 털털거리며 웃었다. 농담과 재기가 적당히 섞인 것이 영수의 모습이다. 하지만 그가 아내의 손을 잡는 건 별로다. 물론 그런 일로 그와 나 사이에 오해는 없다. 영수 옆에는 아들 상진도 있었다. 동우와 상진은 몇 번 봤다고 장난스럽게 툭툭 치며 아는 체를 했다. 영수는 유은에게 의아한 눈길을 돌렸다. 아내가 나섰다.

"처음 보시죠? 제가 모셔왔어요. 별장 구경도 시킬 겸. 남편 후배예요. 동물병원 앞에서 약국을 냈어요. 대학 졸업하고 처음 약국을 열었는데 거기가 우리 병원 앞이었어요. 보통 인연이 아니죠."

아내는 시키지도 않은 말을 늘어놓고 있었다. 영수의 놀란 눈이 나를 향했다. 그리고 대뜸 유은의 정체를 확인하고 나섰다.

"아! 들었어요. 연극도 같이 한?"

"네. 같이 연극했어요."

유은의 대답에 영수는 천연덕스레 감탄사를 늘어놓았다.

"연극도 같이 하고, 처음 낸 약국이 주효 병원 앞이고, 대단한 인연이네요."

"저도 약국을 내기 전엔 전혀 몰랐어요. 거기에 선배님 병원이 있을 줄. 덕분에 이런 데도 오고. 경치가 아주 좋네요."

나는 화제를 돌렸다.

"일단 뭐 좀 먹자. 배고프다."

아내도 내 말을 거들고 나섰다.

"저도 배고파요."

그제서야 영수는 내게서 눈길을 돌렸다.

"다 준비되어 있습니다. 고기도 있고 야채도 있고 과일도 있고. 주효하고 전 고기 구울 테니까. 제수씬 밭에서 감자 몇 개만 캐오세요."

"밭에 감자가 있어요?"

"네, 가을감자는 지금이 철입니다. 힘들어서 안 캔 것들이 있어요."

"힘들어서요?"

"네. 심을 때는 재미있지만 캐는 건 노동입니다. 땅을 파야 해서. 좀 하다가 냅뒀어요."

"그거 재미있겠는데요. 유은씨 우리 감자 캐러 가요."

아내는 유은을 데리고 감자가 있는 텃밭으로 갔다. 상진과 동우도 따라갔다. 네 사람이 멀어지자 기다렸다는 듯 영수가 내 옆구리를 찔렀다.

"야! 너 간도 크다."

"뭐가?"

"쟤가 걔지?"

"걔라니?"

"네가 말하던 엄마노릇 해주려는 그 후배!"

"……!"

"나한텐 왜 속였어?"

"뭘?"

"네 병원 앞에 쟤가 약국 열었다는 거."

"말을 안 한 거지 속인 건 아냐. 자질구레하게 말하기 싫어서."

"근데 어떻게 걜 데려올 생각을 했어? 이건 거의 핵폭탄급이다. 터지면 다 사망이야."

"네가 데려오라며 아무나?"

"그렇다고 쟤를 데려와. 겁도 없이?"

"와이프가 먼저 제안했어. 후배 어떠냐고. 재도 좋다 그러고."

"둘이 서로 알아?"

"내 병원 앞에 약국 낸 거 정도. 얼굴 본 건 오늘이 처음이고."

영수에게도 유은이 집 근처로 이사왔다는 얘긴 하지 않았다.

"그래? 근데 생각보다 애는 괜찮다."

"무슨 말이야?"

"몸매도 좋고, 얼굴도 이쁘고, 순진해 보여. 잘 해봐라."

"쓸데없는 소리."

점심이 시작되었다. 영수가 바베큐를 굽자 배가 고팠던지 아내와 유은은 고기를 입으로 연신 가져갔고 애들을 먹이느라 부산했다. 유은은 영수에게 스스럼없이 굴었다. 유은이 친근하게 굴자 영수도 유은을 편하게 대했다. 어느 정도 분위기가 무르익자 영수는 여자들에게 보트를 타볼 것을 제안했다.

"배 한번 타보세요. 오늘 같은 날 물도 잔잔하고 배 타기 좋아요."

"여기 배가 있어요?"

유은이 놀란 눈을 했다.

"네. 강가에 가면 있어요."

유은은 아내의 팔을 잡고 채근했다.

"언니, 우리 배 타요."

"노 저을 줄 알아? 나는 모르는데."

"저 잘 해요. 저만 믿으세요."

유은은 아내를 데리고 강가로 가 배를 탔다. 그리고 우리를 향해 소리쳤다

"우리 건너편까지 갔다 올게요."

아내는 겁이 났는지 앉아서 가만히 손만 흔들었다. 임진왜란의 꿈이 오버랩되었다. 배와 두 여자, 나 그리고 강변. 현실의 배경은 꿈과 너무도 비슷했다. 멍하니 두 사람을 보고 있는데 영수

가 다가와 어깨를 쳤다.

“엄마노릇 하겠다고 나설 만하다.”

“안 해.”

“그래 엄마노릇은 무슨. 애인이면 몰라도. 그게 훨씬 영양가 있지.”

“이웃사촌 정도야. 같이 밥도 먹고 커피도 마시고.”

“이웃사촌이 엄마노릇을 해? 말도 안 되는 소리 그만해.”

“이젠 안 한다니까.”

“이젠 안 한다고? 뭐 한 거 있구나.”

“뭐 좀.”

“그래서 재가 여기까지 따라왔구나. 너한테 감동 먹고. 너도 대단하다. 나도 나름 연애 좀 한다고 생각하는데 너 보니 나는 하수 같다.”

“무슨 말이야?”

“여자한테 엄마노릇 하는 거 그거 연애고수가 하는 짓이거든.”

“연애 아냐. 그저 좀 돕는 정도지.”

“좀 돕는 정도가 엄마노릇이라고? 그게 뭔지 몰라도 너는 했고. 재는 감동 먹었어. 주효야! 넌 내가 왜 연애를 하는지 알아? 그건 내가 행복하기 위해서야. 보통사람들이 다 그래, 그런데 너는 전에 그랬어. 저 여자가 행복하길 바란다고. 그게 네가 원하는 거라고. 그것처럼 사람의 마음을 감동시키는 게 어디 있어? 감동이 있는 사랑은 아무나 하는 게 아냐. 고수나 하는 거지."

"말이 너무 거창하다. 그냥 도울 수 있는 거 돕고 그게 다야."

"재가 너를 보는 눈이 다정하더라."

"무슨 뜻이야?"

"무슨 뜻이긴. 너를 좋아한다는 거지."

"그런 거 아냐."

"너는 나를 우습게 보는구나. 나 여자 보는 눈 있어."

"그래서?"

"엄마노릇 해달라는 그 소리. 그게 술김인지 뭔지 넌 모르겠다고 했지만, 설사 그게 술김이었다 해도 그건 진실일 가능성이 커. 왜냐구? 진실은 언제나 말이 아닌 몸으로 드러나거든. 남녀불문하고. 특히 여자는 더 그렇지."

"몸으로 드러난다고?"

"여기까지 널 따라왔잖아. 그리고 너를 보는 눈. 그게 증거야. 너를 좋아한다는. 아니면 여길 왜 따라와."

"시간이 나서 따라온 거야. 나를 좋아해서 따라왔다는 해석은 오버야."

"넌 나를 바보로 아는구나. 적어도 연애심리면에선 내가 너보다 한수 위야."

"아까는 나보고 고수라고 하더니."

"그건 너의 순수한 면을 말하는 거고. 순수한 사랑은 고수가 하는 거지. 하수들은 순수한 사랑 그런 거 안 하거든. 그냥 놀려고만 들고. 하지만 넌 아직 서투른 데가 있어. 딱 보면 알아야지. 입질이 오면 잽싸게 채고. 근데 넌 입질이 왔는데도 낚싯대만 보고 있어."

"내가 낚싯대만 보고 있다고?"

"그래. 여자도 사람이야. 사람으로서의 기본적인 욕구가 있다고. 너 요즘 여자들 우울증이 얼마나 많은지 알지? 그 때문에 자살하는 사람도 많고. 그게 다 사람으로서의 기본적인 욕구가 충족되지 않아서 그런 거야. 남편과 자식 뒷바라지만 하는 게 여자들의 인생이 아니라는 거지. 남편 자식이 잘 되는 게 여자들이 꿈꾸는 행복의 전부가 아냐. 여자들의 입술은 밥 먹는 데만 쓰이는 게 아니고. 그건 키스를 하는 데도 쓰이지. 여자의 가슴! 그건 애를 기르는 데만 쓰이는 게 아니라구. 그건 본인을 위해서도 존재해. 희고 날씬한 다리, 가는 허리, 풍만한 히프 역시 출산을 위해서만 있는 것이 아니라 자신의 즐거움을 위해 존재하는 거야. 근데 자식과 남편 뒷바라지에 치여서 그런 행복이 뒷전이라면 그 어떤 여자도 행복하지 않아."

"비슷한 말 여러 번 듣는다."

"넌 자꾸 들어야 돼. 그래야 여자를 보는 눈이 늘어. 아무튼 저 여잔 너한테 마음을 열고 있어. 엄마 해달라고 그러고, 여기까지 따라오고, 너를 보는 눈빛도 그렇고. 네가 조금만 더 현명했다면 쟤는 벌써 네 여자가 되었을 거야. 지금도 가능성이 있고. 아쉽다. 내가 먼저 저 여잘 만났더라면 갠 분명 내 애인이 되었을 거야. 그리고 난 세상에서 제일 행복한 남자가 되었을 거고."

"너 설마 쓸데없는 생각하는 거 아니지?"

"난 친구 여자는 건드리지 않아. 그건 내 불문율이야."

4

어느새 가을이 깊어졌다. 길 위에 쌓이는 낙엽은 점점 수북해졌다. 쌀쌀해진 날씨를 타고 어디선가 군고구마 장수가 나타났다. 붕어빵 장수도 나타났다. 고소한 군고구마 냄새와 달큰한 붕어빵 냄새가 병원까지 밀려들었고 김실장은 가끔 군고구마와 붕어빵을 사러 병원을 나섰다. 고구마 한 봉지에 5천 원. 그 안에 들어 있는 군고구마는 3개. 붕어빵 한 봉지는 2천원. 그 안에 들어 있는 붕어는 3마리. 군고구마는 작년보다 두 개가 줄었고 붕어빵도 작년보다 하나가 줄었다. 물가가 오른 탓이긴 하지만 군고구마 장수와 붕어빵 장수의 딱 떨어지는 셈법은 가을과 어울리지 않는다.

별장을 다녀온 후 유은이 동네가게 남자들과 점심을 먹는 일은 없어졌다. 이유는 알 수 없었지만 그 일이 늘 못마땅했던 난 기분이 한결 가벼워졌다. 유은은 전과 달리 전화를 자주한다. '날씨가 추워요. 손님은 어때요? ……' 그녀의 목소리를 들을 때마다 잔잔한 행복감이 나를 감싸고, 하나의 샘에 같이 발을 담그고 있는 동심원을 느낀다. 그건 아내에게서도 느껴본 적이 없는 감정이다. 가끔 나를 엄습했던 강렬한 몸의 욕망, 엄마노릇을 하려다 뜨거운 맛을 본 기억들, 그건 시간이 가면서 먼 봄날 아지랑이처럼 희미해졌다.

그리고 나는 가끔 그리고 자주 영수의 별장에서 바라본 강변의 풍경이 생각났다. 햇살에 반짝이던 물결, 그 위에 떠 있던 배, 배 위에 있던 유은과 아내…… 그럴 때마다 색동저고리를 입은 한 여자가 왜놈들에게 둘러싸인 임진왜란의 꿈이 자동적으로 오버랩된다. 영수의 별장에 가기 전에 꾼 그 꿈은 소정과 유은이 나와 어떤 관계가 있다는 것을 암시하는 것이 분명했지만 아무것도 알 수 없다. 소정과 유은이 전생에 나와 무슨 관계인지, 왜 그들이 이 생에서 나와 다시 인연이 되었는지. 그녀들이 내 앞에 있다는 분명하고도 불분명한 현실 외엔.

9 —• 그가 죽었다

1

첫눈이 내렸다. 거무튀튀한 세상이 순백으로 바뀌는 전경은 보는 것만으로도 마음이 정갈해졌다. 진료실 창문으로 물끄러미 내리는 눈을 보고 있는 유은이 보인다. 그녀는 손에 턱을 괴고 있다. 하얀 눈발 사이로 얼핏 보이는 그녀의 모습은 하얀 눈처럼 몽환적이다. 나는 유은이 약국을 연 지난 3월 커피를 마시러 오라던, 오늘처럼 눈이 펑펑 오던 그때가 생각난다. 전화를 안 하는군. 그땐 전화를 했는데.

"커피 어때요?"

김실장의 목소리가 들렸다. 상념에 빠져 있는 나에게 그녀의 목소리는 멀리서 부는 바람소리처럼 아득하다. 내가 아무 말이 없자 김실장의 목소리가 커졌다.

"원장님! 커피 안 마실래요?"

"커피?"

"네. 눈 오잖아요."

"좋지."

잠시 후 김실장은 커피를 들고 들어와 진료실 창가에 서 있는 나에게 커피를 건넨다.

"눈 보느라 정신없으시구나."

김실장이 건네준 믹스커피가 달콤하게 목을 타고 내려갔다.

"맛있다."

그녀는 커피를 홀짝거리며 창밖을 내다본다. 내리는 눈은 옆에 선 그녀의 어깨에도 쌓이는 듯한 환상을 일으킨다.

"행복해요."

"무슨 말이지?"

"눈 오는 날 커피를 마시니까요."

그녀의 행복은 눈처럼 소박하다.

"눈이 오니 환자도 안 오는군."

"문 닫고 싶어요. 돈도 싫고 환자도 싫고. 커피만. 호호! 그런다고 우리 병원이 망하지는 않겠죠."

"그럼. 하루 정도는 쉬어도 돼."

"눈이 제법 쌓였어요. 사람들 발이 푹푹 빠지는데요. 나가서 쓸까요?"

"그냥 둬. 시커멓게 쓸려나간 눈을 보는 건 별로야."

두고 온 폰이 울리자 김실장이 전화를 받으러 진료실을 나갔다. 유은은 여전히 내리는 눈을 망연히 보고 있다. 무슨 생각을 하고 있는 거지? 파리의 그 남자? 그래, 그 남자를 생각할지 모른다. 유은이 돌연 동물병원 쪽을 흘깃 쳐다본다. 약국에 손님이 들어서자 그녀는 이내 시선을 거두고 손님을 맞는다. 손님이 주는 처방전을 들고 조제실 뒤로 유은이 사라지자 며칠 전 약국 앞에서 그녀가 한 말이 생각났다.

"시아버지가 아파요."

찬바람이 그녀의 하얀 뺨 위로 가냘픈 머리카락을 날리고 있었다.

"아파?"

"암이래요. 위암 4기."

그녀의 얼굴엔 걱정도 연민도 보이지 않았다.

"4기면 회복될 가능성이 거의 없잖아."

"당신은 수술만 하면 나을 거라고 생각하고 있어요."

"말을 해야지. 사실을. 그래야 마음의 준비를 하고."

"목에 방울을 다는 사람이 없어요. 다들 눈치만 보고. 의사는 가망이 없다고 하면서도 가족들이 알아서 하라고 하고. 환자가 원하면 수술은 해주겠대요. 그 쪽은 손해 볼 게 없으니까. 돈도 벌고 임상실험도 하고."

"그렇군."

"집에선 수술을 하는 걸로 기울고 있어요. 당신이 원하니 소원을 들어주자는 거죠."

"시아버지가 그렇다니 기분이 좀 그렇겠네. 그동안 많이 힘들게 했잖아."

"아직도 그래요."

"아직이라니?"

"지금 우리 집에 와 있어요. 어머님 아버님 두 분 다."

"무슨 말이야?"

"입원하라니까 입원비가 아깝다, 입원비가 부담되면 병원 옆에 작은 오피스텔 같은 거 생각해 보라고 하니까 그것도 싫다, 그리고 하는 말이 내 집 놔두고 왜 오피스텔을 얻냐고. 그리고 우리 집에서 병원까지 택시 타고 다녀요. 한 시간도 넘는 거리를 매일."

"내 집이라니?"

"우리 집이 자기 집이라고 생각하는 거죠."

"여전하군."

"그러면서도 힘들다고 해요. 돈 쌓아놓고 고생을 사서 하는 거 보면 우습기도 하고 안쓰럽기도 하고."

"본인도 살 궁리를 취하겠지. 입원을 하든 오피스텔을 구하든."

"고민은 하는 눈치예요."

"뭐가 살길인지 스스로 알겠지."

"말은 안 하지만 눈치는 챈 것 같아요."

"무슨 눈치?"

"식구들이 쉬쉬 하고 그러니까 심상치 않은 기색을 느끼는 것 같아요. 그래서 뭐라도 하고 싶은 모양이에요. 죽는 게 무섭다는 말도 가끔 하고. 얼굴을 보면 공포심 같은 게 있어요."

"세상에 죽고 싶은 사람은 없으니까."

"전 가끔 죽고 싶어요."

"무슨 말이야?"

"전 한 번도 내가 원하는 인생을 살아보지 못했어요. 부모도 사랑도 결혼도. 이런 인생을 왜 살아야 하나 하는 생각이 가끔 들어요."

"얼마 전 한국시리즈를 보니 3번을 지고 한 번만 더 지면 끝인데 그 뒤로 4번을 연속으로 이기더라. 마지막 게임에서는 8회까지 1 : 2로 지다가 3점 홈런으로 게임을 뒤집었어. 정말 극적이었어. 엊그제 브라질과 축구시합도 그랬지. 후반전 막판에 우리가 머리로 받은 골이 들어가서 2:1로 브라질을 이겼어. 끝까지 가보지 않은 이상 누구도 끝이 어떻게 될지 몰라. 너도 9회말 멋진 끝내기 안타로 인생이 바뀔 수도 있고."

"별로 가망 없어 보여요."

"가능성은 누구에게나 있어."

유은은 희미하게 웃었다. 그 웃음엔 체념이 묻어났다. 12월을 넘기고 유은의 시아버지는 기어코 수술을 받았다. 그리고 회복할 때까지 입원을 했다가 퇴원을 해서 유은의 집에서 병원까지 또 택시를 타고 다니며 통원치료를 받았다. 입원이 보다 나은 선택이었음에도 굳이 통원치료를 고집하던 그는 몸이 견딜 수 없을 지경이 되자 그제야 병원 옆 오피스텔에 방을 얻었다. 그리고 거기서 병원을 오가는 것도 힘들어지자 입원을 했고 입원한 지 한 달만에 죽었다. 암이 발견되고 그가 한 일은 자신의 몸을 괴롭히는 일뿐이었다. 유은의 말에 의하면 그는 수술 후 경과가 좋지 않아 진통제로 연명하다시피 했다. 수술을 하지 않았으면 하지 않았을 고생을 덤으로 했고, 수술한 뒤 입원을 했으면 그나마 덜 힘들었을 것을 고집스레 통원치료를 고집하다 죽음이 더 빨라진 것이다.

그가 가졌던 남부럽지 않았던 부가 자신이 마지막 가는 길을 더 고통스럽게 한 건 아이러니였다. 그는 빈손으로 저승길을 갔고 그가 그렇게 집착했던 돈은 모두 남은 자들의 차지가 되었다. 유은도 더 이상 집 문제로 시아버지에게 시달리지 않아도 되었다. 때로 사람이 살아 있기보다 죽는 것이 세상에 좋은 일이 된다는 것을 그는 직접 보여주었다.

시아버지의 장례가 끝난 후 한동안 유은은 약국에 보이지 않았다. 나는 그녀가 쉬고있다고 생각했다. 그녀로부터 전화가 온 것은 열흘이 지난 저녁 무렵이었다.

"저예요."

그녀의 목소리는 가라앉아 있다.

"목소리가 안 좋네. 그렇게 쉬었는데 컨디션이 별로야? 약국에도 안 나오고."

"어디 좀 다녀왔어요."

"어딜?"

"지금 여기 영동 사거리에요. 엔젤이라는 술집. 좀 와주세요."

전화는 일방적으로 끊어졌다. 이 시간에 술집에? 유은이 혼자 술집에 있는 건 전례 없는 일이다. 나는 보이지 않는 벽에 갇힌 것처럼 답답해졌다. 퇴근까지는 아직 한 시간 가량 남아 있었지만 더 이상 병원에 있을 수가 없었다.

"김실장, 일이 있어 나가봐야겠는데."

"그러세요."

"손님들 오면 오늘 진료 끝났다고 해."

"걱정마세요."

"문단속 잘 하고."

"네."

2

아내에게 전화를 해 친구와 저녁약속이 있다고 둘러대고 병원을 나섰다. 아내는 언제나처럼 꼬치꼬치 묻지 않았다. 거기엔 나에 대한 적당한 믿음과 오랜 부부생활에서 오는 적당한 권태가 뒤섞여 있다. 사고는 안 치고 다닐 거라는 믿음. 식어버린 커피 같은 밋밋함…… 편하긴 하지만 편하지만은 않은 그 무엇이 그 안에 있다. 벽 같은 그 무엇이. 차를 가져갈까 하다가 택시를 탔다. 영동사거리에 내리자 엔젤이 바로 보였다. 술집에 들어서자 어두운 조명 아래 유은이 보였다. 홀 안에는 두 테이블 정도 사람이 있었다. 다가가 자리에 앉으니 유은이 고개를 들었다.

"지니! 일찍 오셨네요."

그녀는 이미 술에 취해 있었다. 내 등장에 유은을 보고 있던 젊은 남자가 아쉬운 표정으로 시선을 돌렸다. 아마 내가 오지 않았더라면 그는 유은에게 다가와 수작을 걸었을지 모른다. 욕망과 일탈이 가득한 도시의 술집엔 언제나 저런 여자사냥꾼들이 있다.

"지니라니?"

"제가 부르면 언제든 오잖아요. 제가 부르지 않아도 오고. 알아서 미리미리 챙겨주고. 그러니까 지니죠."

"엄마 같은 지니네."

"네. 엄마 같기도 하죠. 가끔 귀찮기도 하고. 떼를 쓰기도 하고. 혼이 나기도 하고."

"이 시간에 여기서. 무슨 일이야?"

"그 사람 죽었어요."

불빛 아래 그녀의 눈물이 반짝였다. 나는 잘못 들었다고 생각했다. 내가 가만히 있자 유은의 목소리가 커졌다.

"그 애가 죽었다구요."

워커힐에서 본 남자가 생각났다. 기럭지가 우아했던……

"그 남자?"

"너무 답답해서 그 애가 일하던 직장을 수소문했어요."

"파리에 있는?"

"네."

유은은 반쯤 남은 술을 입에 마저 털어 넣었다. 슬픔과 알콜에 젖은 그녀의 모습은 다소 퇴폐적이다. 늘 단정하고 반듯한 유은에게선 보기 힘든. 그녀는 머리칼을 쓸어 올리며 입술을 깨물었다.

"프랑스 동료와 통화가 됐어요. 그런데 그 사람이 내 이름을 먼저 묻더라구요. 서투른 한국어 발음으로. 난 깜짝 놀랐어요. 프랑스 사람이 어떻게 내 이름을 아는가 싶어서. 그런데 나를 기다리고 있었다는 거예요 그 사람이. 나한테서 연락이 오기를."

"뭐?"

"그리고 준식이가 죽었다고."

유은의 눈에 다시 눈물이 고였다.

"동료들과 아프리카로 여행을 갔는데…… 거기서 말라리아에 걸려 죽었대요."

"말라리아?"

"믿을 수 없었어요. 분명히 살아 있다고 믿었던 사람이 내가 모르는 사이에 죽고 이 세상에 없다는 게."

"사실이야?"

"저도 믿기지 않아 확인하러 파리에 갔었어요."

"그래서 약국에 안 나왔던 거군."

유은의 울음이 다시 커졌다. 내버려두었다. 우는 사람에게 울지 말라는 말은 쓸데없다. 그녀는 울만큼 울어야 울지 않을 것이다. 유은이 훌쩍대자 홀 안의 사람들이 힐끗힐끗 내 쪽으로 시선을 던졌다.

"걘 나 땜에 죽었어요."

"말도 안 되는 소리 그만 해."

유은은 종이뭉치를 내밀었다.

"이게 뭔데?"

"메일이에요."

"메일?"

"그동안 나에게 보내는 메일을 썼어요. 보내진 않았지만."

메일은 두툼했다.

"거기에 다 있어요. 나 때문에 고민했던 거. 괴로워했던 거. 아프리카로 여행을 간 것도 저 때문이었어요. 저 잊으려고. 저만 아니었어도 그 애가 아프리카에 가지 않았을 거고. 그렇게 죽지 않았을 거고. 그 애가 얼마나 힘들었을까를 생각하면 가슴이 미어져요."

유은은 준식의 이름을 나직히 불렀다. 슬픈 얼굴로 그 남자의 이름을 부르는 유은의 표정은 너무도 애잔해 보였다.

"전 인생을 껍데기로 살아왔어요. 사랑도, 결혼도, 엄마노릇도. 근데 그 사람 때문에 희망이 생겼죠. 사람답게 살 희망이. 같이 있으면 행복하고 바라만 봐도 즐겁고. 내가 여자라는 게 느껴졌고, 행복이라는 게 느껴졌어요. 근데 그게 한순간에 다 사라졌어요. 신기루처럼."

푸념처럼 늘어놓는 그녀의 말을 들으며 나는 생각했다. 내가 죽으면 그녀는 어떤 반응을 보일까? 내가 죽어도 저처럼 슬퍼할까? 다시 유은의 목소리가 들렸다.

"좋아하는 사람은 죽고 싫은 사람은 옆에 있고. 세상은 왜 이렇게 뒤죽박죽이죠?"

어느 책에선가 본, 모든 일에는 이유가 있다는 글귀가 떠올랐지만 입을 다물었다. 그 글이 그녀를 위로할 수 있을 것 같지 않았다.

"평생 사랑만 파먹고 사는 사람 없다고. 그건 양념처럼 잠깐잠깐 필요할 뿐이라고 이모가 말했는데. 그래서 나도 사랑에 목매는 게 우스웠는데. 그래서 돈과 힘을 택한 내가 정말 똑똑하다고 생각했는데. 내가 내 꾀에 넘어갔어요."

유은의 한탄은 끝도 없이 이어졌다. '아이는 족쇄다. 아이만 없었으면 진즉 이혼했을 거고 그 사람과 헤어지는 일도 없었을 거고 그가 죽지도 않았을 거고……' 후회는 가장 인간적인 인간의 모습이지만 거기엔 지혜와 무지의 여지가 동시에 있다. 과거에 대한 후회가 그러지 않는 현재를 사는 힘이 된다면 그건 지혜다. 후회가 과거에 대한 미련으로 그친다면 그건 무지다. 유은의 한탄은 그 둘 중 무엇일까. 꼬물락거리는 생각 하나가 올라왔다.

"어떤 책에서 봤는데, 우린 영혼의 상태로 있을 때 자신의 영혼이 최대한 성장할 수 있는 탄생의 조건을 결정한대."

"무슨 말이에요?"

"지금 네가 겪는 삶은 네가 영혼이었을 때 선택한 것이란 거지."

"난 이런 삶을 원한 적 없어요. 그 사람이 죽기를 바란 적도 없고."

"그건 네 생각이고. 그 사람의 죽음과 그로 인한 너의 고통은 아마 영혼의 선택 안에 미리 있었을 거야."

"그건 운명이 다 결정되어 있다는 얘기잖아요."

"따지고 보면 그렇지만 그게 미리 결정되어 있는지 아닌지 우린 몰라. 우린 그저 현재를 살 뿐이니까. 내가 너를 만난 것도 그래. 네가 내 병원 앞에 약국을 차리고 18년 만에 나타날 줄은 꿈에도 몰랐지. 하지만 그건 태어나기 전 너와 나의 영혼이 미리 짜둔 각본일 수도 있어. 하지만 나는 몰랐지. 너도 몰랐을 거고."

"내 영혼은 왜 이따위로 인생을 설계한 거죠? 마음에 안 들어요."

"나를 만난 게 마음에 안 든다는 소리 같다."

"그건 마음에 들어요. 내 인생에서 가장 마음에 드는 것 중 하나는 선배를 만난 거죠. 하지만 그 사람이 죽은 거, 거지같은 남편 만난 거. 엄마가 일본에 사는 거. 그 개발싸개 같은 미쉘이 일본 여자랑 붙어먹은 거, 돈밖에 모르는 시아버지…… 다 마음에 안 들어요."

유은의 입이 거칠어졌다.

"어쩌면 너는 네가 마음에 안 드는 인생을 통해 무언가를 배우도록 네 영혼이 삶을 설계한 것인지도 몰라."

"선배도 모른다면서. 그냥 현재를 살 뿐이라면서요. 그러니 너무 도사처럼 말하지 마세요. 별로예요."

"별로든 아니든 잘 생각해봐. 너의 행복을 위해서 무엇이 최선인지."

"그 사람을 잊으라고 말하는 거예요?"

"이 우주엔 일어날 일이 일어나. 일어나지 않을 일은 일어나지 않고. 그 사람이 죽은 것도 그래. 너는 그걸 네 탓이라고 하지만 그는 그렇게 살도록 그의 영혼이 설계한 것일 수도 있어. 어쩌면 그는 너에게 짧지만 행복한 추억을 주려고 왔을 수도 있고."

"무슨 행복요? 꽃을 만나고 꽃으로 행복했던 사람이 꽃의 추억 외 아무것도 남는 게 없다면 그게 행복일까요?"

"행복한 추억이 없는 사람들도 세상엔 많아."

"추억만 갖고 어떻게 살아요? 그건 마치 숨만 쉬고 사는 거와 같죠. 밥도 먹고, 잠도 자고, 손도 잡고, 그래야 살지, 안 그래요?"

"추억만 갖고 살라는 게 아냐. 그런 기억이 우리가 행복해지는 하나의 이유라는 거지."

"제가 불행한 건 행복한 기억이 별로 없기 때문이군요."

"인생은 하나의 레이스야. 중간에 좀 힘들었다고 그 인생이 실패라고 할 순 없지. 너는 아직 남은 레이스가 있어. 혹시 알아? 지금은 상상할 수 없는 기쁨이 남은 레이스에서 너를 찾아올지. 그런데 왜 벌써 불행하다고 단정해? 넌 겨우 레이스의 중간을 막 지났을 뿐이야."

"레이스의 중간을 지났을 뿐이라고요?"

"그래."

"남은 레이스에서 무슨 일이 벌어질지 겁나네요."

"겁내지 마. 좋은 일이 있을 거야."

"그건 모르는 거잖아요. 무슨 일이 일어날지. 저는 그 모른다는 게 겁나요. 늘 그랬어요. 엄마가 가면 언제 올지 모른다는 거. 안 올지도 모르고. 그래서 나는 늘 뭔가 단단한 걸 잡고 싶었어요. 불확실하지 않고 확실한. 그래서 돈을 택했고 힘을 택했죠. 그건 눈에 보이는 거니까. 잡을 수 있는 거니까. 그게 바보 같은 짓이란 걸 모르고."

그녀의 눈에 맺힌 눈물이 술집의 어두운 조명 아래 반짝거렸다. 별 같구나! 그녀의 눈물을 보면서 나는 그런 생각이 들었다. 그래 별이 아름다운 건 어둠 때문이고, 눈물이 아름다운 건 슬픔 때문이다. 하늘이 늘 밝고 환하다면, 우리가 늘 행복하고 즐겁다면, 별도 눈물도 없는 삭막한 세상이 될 거다.

"나도 좀 그래. 그 모른다는 게. 내일 죽을 수도 있는데 오늘 돈 벌려고 애쓰는 나를 볼 때면 한심하다는 생각도 들고. 죽은 뒤의 세상에 대한 준비는 하나도 안 된 나를 볼 때면 뭐 하는 건가 하는 생각이 들고."

"가슴이 텅 빈 것 같아요. 모든 게 부질없고 공허하고."

"삶은 본래 공허해. 이 땅의 모든 건 사라져. 우리도, 우리가 아는 사람도, 우리를 아는 사람도. 그 사람은 조금 먼저 간 것뿐이야."

유은은 술을 많이 마셨고 죽고 싶다고 했다. 어두운 술집 조명 아래 그녀의 실루엣은 선명했다. 벨벳처럼 윤기 흐르는 머리카락, 자작나무가지 같은 하얀 손가락, 슬픔에 젖은 크고 검은 눈동자, 작고 빨간 입술……! 아직 마흔이 넘지 않은 그녀는 아름다움으로 반짝인다. 그러나 저 아름다움도 순간이다. 언젠가 늙음이 저 아름다움을 덮을 거고. 주름 가득한 늙고 초라한 노인으로 무덤 속에 들어가 한 줌의 흙이 되겠지. 인간에 대한 신의 설계는 정말 마음에 들지 않는다.

3

자리에서 일어난 것은 유은이 술에 취해 탁자에 머리를 박은 후였다. 나는 유은을 부축해 엔젤을 나왔다. 택시는 금방 잡혔다. 택시가 그녀의 빌라에 도착할 때까지 유은은 잠에 취해 있었다. 그녀를 깨웠다.

"일어나. 집에 다 왔어."

유은은 잠이 덜 깬 표정으로 차에서 내려 비틀거리며 빌라 안으로 사라졌다. 택시를 돌려 집으로 향했다. 택시비를 치르고 몇 걸음을 걷는데 뒤에서 누가 큰 소리로 나를 불렀다. 돌아보니 택시기사였다. 그는 다가와 내게 뭔가를 내밀었다.

"이걸 놓고 내리셨네요."

그건 술집에서 유은이 보여주었던 메일이었다.

"아! 네."

"가끔 이런 분들이 계세요. 특히 술 취한 양반들이 간혹 뭘 놓고 내리세요. 그래서 그런 분들이 타면 꼭 제가 자리를 확인합니다."

사람 좋게 생긴 기사는 나를 보며 웃었다.

"고맙습니다."

"뭘요."

메일을 건네준 기사는 택시를 몰고 어둠 속으로 사라졌다. 메일을 접어 겉옷 안주머니에 넣고 걸음을 옮겼다.

싸늘한 겨울 밤 속에서 다람쥐 같은 아이들이 아파트 단지 놀이터에서 추위를 잊은 채 숨바꼭질을 하고 있었다. 어린 시절 나도 술래잡기를 하고 놀았다. 그 술래잡기는 주로 밤에 했다. 가위 바위 보로 술래를 정하고 그 술래가 눈을 감고 전봇대에 붙어 '무궁화꽃이피었습니다'를 부르기 시작하면 아이들은 멀리 도망쳤다가 멈추고 다시 술래가 '무궁화꽃이피었습니다'를 외치면 그 말이 끝나기 전에 술래 쪽으로 슬금슬금 다가간다. '무궁화꽃이피었습니다'가 끝나기 전 행동을 멈추지 못한 아이들은 포로가 되고, 포로가 된 아이들은 술래가 붙어 있는 나무에 붙들린 채 있다가 '무궁화꽃이피었습니다'라는 술래의 말이 끝나기 전에 포로에 다가간 아이들이 '다방구'를 외치고 포로를 터치하면 해방된 아이들이 어둠 속으로 도망치는…… 술래잡기를 하던 그때의 기억이 막 잡은 날치알처럼 탱글탱글 살아났다.

현관문을 열고 거실로 들어서자 소파에서 드라마를 보던 아내가 말을 걸어왔다.

"저녁은?"

"당연히 먹었지."

나는 소파에 엉덩이를 걸치고 앉았다.

"술 좀 한 것 같은데."

"조금."

"당신 나 사랑해?"

갑작스런 아내의 질문이었다.

"갑자기 왜 그런 말을?"

"사랑하냐구?"

"당연하지."

그건 입술이 하는 말이었다. 내 가슴은 무반응이다.

"동창 만났어. 낮에."

"동창 누구?"

"당신은 몰라. 영미라고. 오랜만에 연락이 와서. 고등학교 때는 친했는데 졸업하고는 소식이 끊어졌어. 근데 갑자기 연락이 왔어."

"아, 그래."

"응. 근데 걔가 뭐라는지 알아?"

"뭐라 했는데?"

"착한 남편 조심하라고."

"그게 무슨 말이야?"

"자기 남편 정말 착한데 알고 보니 뒤로 호박씨 까고 있더래. 여자 만나고. 같이 놀러 다니고. 툭하면 며칠씩 출장간다고 하던 일이 다 그 여자 만나러 간 거라고."

"아 그래."

아내는 나를 빤히 보았다.

"왜 그렇게 봐?"

"당신도 착하잖아."

"그래서?"

"착한 남편도 그런 끼는 다 있다고 그러더라구. 자기는 그런 꼴 못 본다고 이혼했대. 그러면서 나보고 하는 말이 착한 남편 조심하라구."

"나를 그렇게 생각해?"

"그건 아냐. 적어도 당신이 뒤로 호박씨를 깔 거라곤 생각 안

해. 하지만 호박씨를 깐다 하더라도 나는 이혼 안 해. 동우 때문에라도."

"나 때문이 아니고?"

"핏! 당신 때문인데 당신이 거기 왜 들어가. 어떤 경우에도 나는 동우가 상처받는 거 싫어. 혼자 애 키울 자신도 없고. ……"

"쓸데없는 생각 그만해. 내가 왜 호박씨를 까? 당신처럼 이쁜 마누라를 두고."

"영수씨 봐. 와이프가 안 이뻐서 바람피우는 게 아니잖아."

"그런 짓은 안 해. 죽을 때까지 당신 옆에 있을 거야."

"죽을 때까지만? 죽음이 당신을 데려가도 나는 당신을 보내지 않아요가 아니고?"

"무슨 말이지?"

"영미가 갖고 온 시집에서 봤어. 좀 충격이었어. 세상에 이런 사랑도 있나 하고. 당신 만나 결혼하고 동우 낳고 나 정도 살면 잘 사는 거라 생각했지 그렇게까지 절절한 사랑은 생각도 못해 봤거든. 근데 그 시를 보고 알았어. 내가 인생을 다 아는 건 아니라는 걸. 죽음을 넘어서는 사랑도 있다는 걸. 시인은 그런 사랑을 했나봐."

잠시 숨을 고른 아내는 다시 말을 이었다.

"그 사랑을 받은 사람은 행복했을까?"

아내는 황진이에게도 그런 의문을 품었었다.

"그건 그 사람만이 알겠지."

나는 그 때와 같은 대답을 했다. 가슴속에 작은 낙엽 하나가 졌다. 봄에는 푸르렀던 잎이 낙엽이 되어.

"우린 어떤 사랑이지?"

아내의 눈이 나를 향했다. 나는 대답이 궁색했다. 아내가 대놓고 그런 질문을 하는 건 처음이다. 친구에게서 자극을 받아서일까? 하지만 답은 이미 나와 있다. 세상의 보통 부부들과 별 다르지 않는 덤덤하고 익숙한, 의무방어전 같은 섹스를 하는, 생활은 별 문제가 없는, 그런 사랑이라는. 그러나 그렇게 말할 수는 없다.

"늘 함께하는 사랑이지. 밥도 같이 먹고 잠도 같이 자고 동우도 같이 키우는."

내 말에 아내는 뭔가 미진하다는 표정을 지었다.

"죽음이 오면 끝나는?"

"누구나 그렇지 않을까? 시인도 그건 어쩔 수 없을 거고. 죽음이 당신을 데려가도 나는 당신을 보내지 않아요 하는 건 마음뿐인 거지."

"그럴까?"

"그럼."

"난 시인처럼 그렇게 절절하지도 않고 그리 알콩달콩한 편도 아니지만 지금의 내가 좋이. 지금의 당신도 좋고. 우리가 이만큼

사는 거 다 당신 덕분이고."

"그렇게 생각해줘서 고마워."

아내를 가볍게 끌어안았다. 아내는 가만히 몸을 기대왔다. 얇은 잠옷 밑에서 아내의 몸이 느껴졌다. 익숙하고 편안한. 아내는 몸을 떼고 나를 쳐다본다.

"당신 별 문제없는 거지?"

"문제는 무슨."

그날 밤 내내 나는 신경이 곤두섰다. 아내가 조금만 뒤척여도 잠이 깼고 내가 잠든 사이 옷을 뒤질까봐 조바심이 났다. 그러나 잠든 아내의 얼굴은 평온했다. 아내는 왜 갑자기 착한 남편이란 말을 꺼냈을까. 내게 무슨 낌새를 챈 것일까. 영수의 말이 생각났다.

"여자들의 본능은 무서워. 나는 아내를 잘 속이고 있다고 생각했지만 집사람은 낌새를 채고 있더라고. 물론 결정적인 증거가 나오기 전까지 집사람은 모르는 척 시치미를 뗐지. 집사람이 모른다고 생각한 나는 방심하다 한 번 걸렸고. 네가 아는 것처럼 싹싹 빌었고. 그 뒤론 절대 방심 안 해. 그 순간 사망이니까."

"너도 참! 그렇게까지 신경 쓰며 여자를 만나야 돼?"

"와이프! 적당히 사는 데는 별 문제 없는 여자지. 하지만 사랑은 아냐. 반갑고 보고 싶고 사랑스럽고 안고 싶은 그런 감정은 없어. 살아 보니까 내가 원하는 건 결혼이 아니라 사랑이야. 마르고 닳도록 같은 집에서 신물나게 먹고 자는 그런 거 말고. 가슴이 뛰고 같이만 있어도 행복한 그런 사랑 말야! 진희가 그런 여자야. 그 여잔 지겹다는 생각이 안 들어. 사랑할 땐 불 같고. 자기 일에는 냉철하고. 평균 이상으로 지성적이지. 온난화에 대한 관심도 많고. 환경그린피스에 꽤 많은 후원도 하고. 이 정도 여자면 정착해야겠다는 생각이 들어. 근데 가끔 서늘해. 뜨거울 땐 하나가 된 것처럼 굴다가 어떨 땐 찬바람이 불어서."

진희가 나에게 대시한 걸 영수는 꿈에도 모를 것이다. 가끔 핸폰에 차단된 그녀의 전화가 뜬다. 그건 그녀가 나에게 전화를 시도했다는 증거다. 그러다 말겠지. 그럼 또 다른 사람을 찾을 거고. 그 대상이 내가 될 수는 없어.

아내가 잠결에 몸을 움직였다. 그 바람에 잠옷 앞섶이 살짝 열렸다. 어둠 속에 아내의 하얀 가슴이 동그랗게 드러났다. 아내가 숨을 쉴 때마다 유두가 흔들렸다. 술기운이 남아 있던 탓인지 세포들이 부스스 눈을 뜨고 일어섰다. 그건 정말 오랜만의 충동이었다. 가만히 아내의 가슴에 손을 갖다 댔다. 가슴은 따뜻하고 말랑했다. 살짝 조물락거렸다. 아내의 입에서 가는 신음소리가 흘러나왔다. 그러나 잠결이었다. 몸이 불편한지 아내는 몸을 뒤틀더니 등을 돌렸다. 뒤이어 가느다란 코골이를 했다. 그와 동시에 고개를 들고 일어났던 세포들이 슬그머니 고개를 숙였다. 아내의 몸이 에로스의 대상이 아닌 걸 확인하는 건 공허했다. 아내의 가슴에서 손을 뺀 나는 천장을 보고 누웠다. 옷에 넣어둔 메일이 생각났다. 무슨 내용일까? 가물거리는 의식 속에서 궁금증과 호기심 그리고 알 수 없는 두려움이 피어올랐다.

10 — 사랑이 남긴 이야기

1

이른 출근을 했다. 약국은 오픈 전이다. 병원문을 열고 들어섰다. 아무도 없는 병원에 들어서는 건 오랜만이었다. 난방 온도를 올리고 커피 한 잔을 만들어 진료실로 들어갔다. 한기가 느껴져 외투를 입은 채로 의자에 앉아 메일을 꺼냈다. 서둘러 출근한 건 이 메일 때문이다. 메일이 없다는 걸 확인한 유은은 바로 연락을 해올 것이고, 금방 그것을 찾으러 올 것이고, 꾸물대다가 메일을 못 볼 수도 있다. 메일은 여기저기가 얼룩져 있었다. 유은의 눈물자국일까? 심호흡을 하며 커피 한 모금을 마셨다. 조금 한기가 가셨다. A4로 인쇄된 메일을 천천히 읽었다. 열어서는 안 되는 판도라의 상자를 여는 것처럼 가슴이 두근거렸다.

선생님!
잘 계신가요.
파리에 온 지 열흘째입니다.

비행기 타고 지구를 반 바퀴 돌았을 뿐인데
다신 돌아갈 수 없는 먼 길을 온 느낌입니다.

오늘은 바빴습니다.
오랜만에 돌아온 본사라 처리할 일도 많고.
그러나 일이 손에 잡히지 않았습니다.
선생님 생각이 떠나지 않아서요.
파리에 돌아온 뒤 쭉 그렇습니다.
선생님 말소리
선생님 미소
분홍빛 입술
하얀 얼굴
찰랑거리는 머릿결
까맣게 반짝이는 눈
피아노 건반 같은 하얀 손가락
움직일 때마다 풍기던 선생님 향기
나긋한 목소리……
그 모든 게 한 편의 영화처럼 제 머릿속을 지나갑니다.

어제는 업무 차 샹제리제에 갔습니다.
선생님을 처음 만났던 에펠탑 아래에 서니

소년처럼 머리에 모자를 쓰고

사슴처럼 저를 바라보던 선생님 모습이 생각났습니다.

뛰던 제 가슴도.

오랫동안 간직했던 선생님에 대한 제 연모의 기억도.

선생님에게 잘 보이려 정말 열심이었던 공부의 추억도.

그 선생님을 파리에서 만나다니!

알 수 없는 것이 사람의 일이라지만

세상에 그런 일이 있을 수 있을까요?

서울에서 선생님을 다시 봐서 너무 기뻤습니다.

오랜 친구를 만난 것 같이 반갑고

고향집에 간 것처럼 편안했고

매일매일 신났고……

하지만 그때까지만 해도

그 감정들이 무얼 뜻하는지 몰랐어요.

선생님과 함께했던 서울의 시간들이

그 문제에 답을 주었습니다.

선생님을 만날 때면 가슴이 뛰고

헤어져 있는 시간들이 아쉽고

잠을 이루지 못할 정도로
행복한 시간들이 이어지면서
그게 사랑이라는 것을요.
그래서 힘듭니다.
선생님을 사랑한다는 사실이.
선생님이 가정이 있다는 사실이.
선생님과의 사랑은 이루어지기 힘들다는 사실이.

제 인생에 이런 일이 일어날 줄은……!
전 그냥 제 일에서 성공하고
착한 여자를 만나
가정을 이루고
평범하게 살 것이라 생각했는데
내 인생의 사소한 계획들이
사막의 신기루처럼 머릿속에서 사라졌습니다.

지금은 아무것도 모르겠습니다.
무엇이 길인지도 모르겠고
사는 게 뭔지도 모르겠고
어떻게 해야 하는지도 모르겠고
그저 답답하고 가슴이 아프고……

선생님은 어떠신가요?

_8. 20.

뒤통수를 맞은 듯 눈앞이 아찔해졌다. 의자에서 벌떡 일어나 창가로 갔다. 유은은 아직 출근 전이다. 바람이 지나는 듯 거리의 낙엽들이 한쪽으로 우르르 쓸려갔다. 녀석이 떠나고 난 뒤 유은이 보인 반응이 생각났다. 세상을 다 잃은 듯한 모습, 생기 없는 표정…… 녀석의 글이 떠올랐다. 사는 게 뭔지 모르겠고 어떻게 해야 하는지도 모르겠고 그저 답답하고 가슴이 아프고…… 유은도 그런 상태였을까? 의자로 돌아와 두 번째 메일을 폈다.

선생님!

아파트입니다.

와인을 마시고 있어요.

혼자입니다.

멀리 파리의 야경이 눈에 들어옵니다.

아름답게 반짝이는 불빛을 보니

선생님 생각이 납니다.

선생님의 숨소리도 느껴지고

종달새 같은 목소리도 들리고……

끊이지 않는 호흡처럼

선생님 생각이 제 머리를 떠나지 않습니다.

머리가 타버릴 듯
가슴이 터져버릴 듯
그리움이 밀려옵니다.
하지만 그리움은 선생님과 떨어져 있다는 증거일 뿐
제가 할 수 있는 일은 아무것도 없습니다.
우리가 나눠진 둘이라는 게 싫습니다.
둘에는
끝내 닿을 수 없는 거리가 있고
닿을 수 없는 거리만큼의 간절함이 있고
간절한 만큼의 고통이 있습니다.

장미꽃 냄새가 나던 선생님의 입술
저를 안아주던 선생님의 가느다란 팔
감미롭고 향기로웠던 볼의 감촉……
선생님을 생각하면
버터처럼 영혼이 녹는 느낌입니다.

다시 선생님을 만날 수 있다면
다시 선생님을 안을 수 있다면

악마에게라도 영혼을 팔고 싶어요.

선생님은 어떠신가요?

_ 8. 30.

심장이 두근거렸다. 메일을 덮고 눈을 감았다. 온갖 생각이 꼬리를 물고 일어났다. 커피를 들고 일어나 다시 창가로 갔다. 약국은 여전히 닫힌 채다. 녀석을 만나고 돌아다닌 여름날, 생기 있던 유은의 모습이 떠올랐다. '녀석이 그렇게 좋았을까?' 커피를 마셨다. 식어버린 커피가 차갑게 목을 타고 내려간다. 창밖의 풍경은 스산하다. 먼지 쌓인 동네의 벤치, 그 아래 나뒹구는 휴지, 두터운 옷을 입고 어디론가로 종종걸음을 하는 사람들…… 메일을 덮었지만 그 다음 장을 향해 내 마음도 종종걸음을 치고 있었다. 나는 이내 자리로 돌아와 다시 메일을 넘겼다. 온도가 올랐는지 실내는 조금 훈훈해졌다. 덕분에 조여들었던 심장이 조금 차분해졌다.

선생님!

한 여자를 만났어요.

미술공부를 하러 파리에 온 한국여자입니다.

귀엽고 상냥하고 밝고 명랑해요.

만나면 기분이 좀 나아집니다.

왜 여자를 만났냐구요?
너무 외롭고 힘들어서요.
혼자 있으면 선생님 생각이 끊임없이 나고
그럴 때마다 숨이 막혀 죽을 것 같아서요.
그녀가 옆에 있으면
그때만큼은 선생님 생각이 잠깐 쉽니다.
그나마 제 생활이 정상으로 돌아가고
예민하던 감정이 누그러지고
그래서 마약처럼 그녀를 만납니다.
같이 밥을 먹고
같이 커피를 마시고
이야기를 나누고……
가슴속의 공허는 여전하지만
그녀와 함께하는 몇 시간은
잠시나마 고통을 덜어줍니다.
선생님을 그리워하는 고통을.

어젠 그녀를 따라 루브르에 갔습니다.
숙제를 해야 한다고 같이 가자더군요.

감명 깊은 불멸의 명화들을 보았습니다.

다빈치의 모나리자, 밀로의 비너스,
드라크르와의 자유의 여신……
세월을 뛰어넘은 그림들을 보면서 선생님을 생각했어요.
저 불멸의 그림처럼
세월을 뛰어넘는 불멸의 사랑은 없을까 하고.
선생님은 어떠세요?
_9. 5.

선생님!
어제는 그 친구와 같이 잤습니다.
술을 많이 마셨고
너무 힘들었고
누군가의 위로가 간절히 필요했어요.

그녀는 거부하지 않았어요.
아니 그녀도 저를 원했어요.
제가 그녀를 원한 것 이상으로.

그녀는 저를 정말 좋아하는 것 같아요.
그래서 갈등이 됩니다.
그녀의 몸을 가진 것도

그녀를 사랑하지 않는 것도.

그녀가 이런 사실을 알면 슬퍼하겠죠.
자기를 가지고 논다고 생각할 거고
어쩌면 울고불고 할 거고 뺨을 때릴지도 모르고
배신감에 젖어 치를 떨며 나를 떠날지도 모르죠.
그녀가 떠나는 건 두렵지 않지만
그녀에게 상처를 주는 건 두려워요.
내가 혼자 있게 되는 것도요.
당분간 그녀를 잡아둘 겁니다.
혼자선 나를 감당할 힘이 없어서요.
하지만 나를 보고 웃는 그녀의 얼굴을 보면
가슴이 저립니다.
이래도 되는 것인지
언제까지 가면을 쓰고 있어야 하는지.

모든 인간은 이기적이라더니
저도 예외가 아닙니다.
하긴 전 부처도 아니고 예수도 아니고
그냥 27살의 평범한 남자죠.
한 여자가 보고 싶은.

한 여자를 사랑하는.
그게 제 모습입니다.

파리의 하늘에 구름이 낮게 깔렸어요.
낮게 깔리는 구름처럼
선생님 생각이 제 안에 늘 깔려 있습니다.
선생님을 처음 본 어릴 적 그 순간부터
선생님을 다시 본 지금도
선생님은 어떤가요?
_9. 14.

선생님!
침대에서 눈을 뜨면 제일 먼저 생각나는 게 선생님이에요.
침대에 누울 때 제일 마지막까지 생각나는 게 선생님이고.
선생님을 생각하는 건 거의 자동인형 수준입니다.

사랑을 하면 누구나 저처럼 되는 걸까요?
아무나 잡고 물어보고 싶습니다.
사랑이 원래 이렇게 힘든 거냐고?
당신도 그랬냐고?

서울은 지금쯤 단풍이 한창이겠군요.
어릴 때 보았던 경복궁 옆길이 생각납니다.
길을 따라 노란 가을 은행잎들이 반짝이고
그 아래 사람들이 물결처럼 지나가는 모습도.

가을이 왔다는 사실이
전 그리 기쁘지 않습니다.
여름이 가고 가을이 왔다는 건
지난 여름이 다시 돌아올 수 없다는 뜻이니까요.
다시 돌아올 수 없는 모든 것들이 가슴 아픕니다.
다시 돌아올 수 없는 시간도
다시 돌아올 수 없는 추억도
다시 만날 수 없는 사람도.

거대한 우주의 순환 위에 서 있는
초라한 한 인간이 느껴집니다.
선생님은 어떠세요?
_9. 28.

선생님!
아직 가을은 가지 않았습니다.

저의 영혼도 아직 가을을 보내지 않았고요.
지금 그녀가 제 침대에서 자고 있습니다.
어제 그녀가 제 아파트에 왔습니다.
제 아파트에서 보이는 파리를 그리고 싶다고.

그녀가 펴놓은 스케치 북에 그녀를 담고 있습니다.
창가의 전경을 배경으로 누워 있는 그녀의 나신은
여신의 그것처럼 고고하고 매혹적입니다.
밤색머리는 베개 위에 솜구름처럼 놓여 있고
팔 다리는 사슴의 그것마냥 가냘프고
우윳빛 가슴은 우아한 곡선을 만들며
숨 쉴 때마다 풀잎의 물방울처럼 가볍게 흔들립니다.
거기에 선생님이 오버랩 되는 건 어쩔 수 없습니다.
용서하세요.

전 내일 친구들과 아프리카로 갑니다.
머리도 쉴 겸 여행 삼아……
그녀도 이미 알고 있습니다.
나 없는 시간을 어떻게 보낼지 걱정된다고 합니다.

배낭을 꾸리는 길에

선생님이 선물로 주신 향수를 챙겼습니다.

_ 10. 15.

선생님!

오랜만에 메일을 씁니다.

아프리카 여행은 쉽지 않습니다.

체력도 많이 필요하고……

여기저기 다니다보면 지쳐서

숙소에 오면 곯아떨어집니다.

지금은 밤이에요.

아프리카의 밤!

보름달의 몇 배만큼이나 큰 달이 빛나는

아프리카 대륙의 밤이 상상이 되세요?

어둠 속에 이름 모를 새들이 꾹꾹 울어대고

밤 사냥에 나선 사자와 하이에나에 쫓기는

동물들이 질주하는 소리와 울부짖는 소리가

멀리서 들려오고

그 위엔 태평양만큼이나 큰 달이

환하게 떠 있는 광경이란!

꿈인 듯 생시인 듯 아찔합니다.

참! 여긴 탄자니아의 세렝게티입니다.
어제 세네갈을 떠나 탄자니아로 왔습니다.
세렝게티를 못 보면 아프리카를 못 본 거라는 말에.

말로만 듣던 세렝게티는 말 그대로 장관입니다!
원시의 생명이 우글거리는…… 이곳은
원시의 미개함이 가득 찬 곳이 아닌
생명의 약동과 환희가 꿈틀대는 곳입니다.
물감을 풀어놓은 듯한 티 없는 파란 하늘,
끝없이 펼쳐진 푸른 초원,
신사같이 유유자적한 기린,
처녀처럼 날씬한 암팔라,
한가로이 풀을 뜯는 얼룩말.
질주하는 누우떼가 일으키는 황톳빛 먼지,
갈기를 세우고 사냥감을 쫓는 사자들의 거친 숨결……
그 앞에서 제가 살아왔던 세련된 문명의 모습들이
왜 그렇게 초라하고 가냘프게 느껴질까요?

파리 노천카페의 달콤한 커피 한잔,
귀를 매혹시키는 샹송의 선율,
도로를 달리는 온갖 자동차들,

부띠끄를 장식한 휘황한 보석과 옷들,
한껏 멋을 낸 파리지앤느……
인간의 삶을 채우던 그 모든 것들이
아프리카 초원의 한 포기 풀만큼도 못한 것 같습니다.

시멘트로 뒤덮힌 회색 도시에서
살아온 제 삶은 무엇이었을까요?
전 어쩌면 살아가는 데 급급한 나머지
생명 그 자체의 환희와 약동을 잊은 건 아니었을까요.
선생님 어떠세요?
_ 11. 11.

선생님!
비가 옵니다.
파리에 비가 오듯이
아프리카의 땅에도 비가 옵니다.
한 쪽은 해가 비치고
한 쪽은 비가 내리고
운무가 걷힌 곳엔
무지개가 피었다 지는
아프리카 평원은 정말 환상적입니다.

비가 오는 까닭에 오늘 종일 숙소에 있습니다.
어제부터 괜스레 으슬으슬 춥고 떨립니다.
감기에 걸린 것도 같고.
열대의 아프리카에서
감기에 걸린 제 모습이 우습지 않으세요?
어제 기습적으로 소나기를 맞은 탓 같아요.
산책을 나갔다가 그야말로 비를 뒤집어썼죠.
처음엔 시원하다가 나중엔 오돌오돌……
열이 약간 있어요.

여기에 온 지 한 달이 다 되어 갑니다.
문명세계는 어느덧 아득해지고
이젠 아프리카 사람이 다 된 것 같아요.
여기저기 다니다 보니 많이 타서
선생님이 저를 알아보실 수 있을지 걱정이 됩니다. 하하!

어떻게 지내시는지 궁금하네요.
겨울이 가까운 날들
여전히 바쁘신지……?
약국도 나가시고
아이도 키우시고

그리고 또 뭘 하시는지……

_ 11. 16.

선생님!

열이 안 내려서 어젠 병원에 다녀왔어요.

해열제를 먹고 있는데도 열이 여전합니다.

힘이 없어 간신히 자판을 두드리고 있어요.

창문으로 초원을 걷는 두 사람이 보이네요.

부부같기도 하고, 연인같기도 하고.

부부같습니다. 뒤에 아이들이 있어요.

언제 어디서나 가족의 모습은 비슷합니다.

함께 있고 서로 위해주고……

선생님과 제가 한 가족이라면 좋을 텐데.

아이들도 있고

아이들의 웃음소리가 마당 가득한 집도 있고

선생님과 전 미소를 띠고 서로를 바라보고……

그런 생각만 해도 가슴이 미어집니다.

서울은 춥나요?

얼마 안 있으면

눈도 오겠군요.

눈 오는 겨울!

하얀 눈에 덮인 서울!

눈을 맞는 선생님!

멋진 그림인데

거기에 저는 없군요.

아쉽고 쓸쓸하고……

건강하세요.

감기 걸리지 마시고.

_ 11. 18.

선생님!

여긴 병원이에요

입원을 했습니다.

말라리아래요.

그런 줄도 모르고 해열제만 먹었어요.

무식하면 용감하다더니 제가 그 꼴입니다

친구들은 다 파리로 돌아가고

저만 탄자니아에 남았어요.

의사는 걱정 말라고 하는군요.

죽지는 않을 거라고.

후훗!

저도 그렇게 생각합니다.

여기서 말라리아에 걸려 죽는다면

그건 정말 너무 영화 같잖아요.

침대에 누웠다가 일어나 앉아

노트북으로 자판을 두드리고 있으니

신기하게 몸이 덜 아픈 것 같아요.

흑인 간호사가 와서

눈을 흘기고 갑니다.

컴 하지 말라고.

상상이 되시나요?

산만 한 몸집에

눈이 왕방울만 하고

말을 할 때면 입이 얼마나 큰지 마치 동굴 같고

카리스마가 철철 넘치는 그 간호사 앞에

환자들이 기를 못 펴요.

서울에 아직 첫눈이 오지 않았나요?

목도리를 하고
부츠를 신고
눈 위를 걷는 선생님이 환영처럼 지나갑니다.
_ 12. 2.

PS: 당장이라도 서울로 가고 싶어요.
선생님 품에 안기고 싶고.

선생님!
전 여전히 병원입니다.
오한이 심해요. 춥다가 덥다가……
제 옆엔 아무도 없습니다.

좀 외롭습니다.
말을 나눌 사람도 없고
데리고 놀 강아지도 없고
너무 멀어
파리친구들이 병문안을 올 수도 없어요.
걱정할까봐 집에는 연락을 안 했습니다.

하루 종일 침대에 누워

하얀 병원 천장을 바라보고 있으면
온갖 그림이 천장에 그려집니다.
선생님과 처음 만났던 에펠탑,
선생님과 같이 마셨던 커피,
선생님과 같이 보았던 한강의 야경,
같이 걸었던 남산의 숲길, 새소리, 바람소리,
나직하던 선생님 말소리,
병아리 솜털처럼 따스하던 선생님 눈빛……
그런 기억들을 하고 있노라면 절로 행복해집니다.
행복한 기억들을 갖고 있는 건 축복입니다.
그런 기억마저 없다면 제 인생은 얼마나 황폐할까요.

오랫동안 아파서 그런지 기력이 없습니다.
선생님이 옆에 계신다면 힘이 불끈 날 것 같은데.
간호사가 와서 컴을 끄라고 눈을 부라리는군요.
이제 메일은 그만 접어야 할 것 같습니다.
졸려서 자야겠어요.
선생님! 안녕히 주무세요.
밤이 영원처럼 곁을 어슬렁거립니다.
_ 12. 10.

메일은 그게 다였다. 어쩌면 그는 이 메일을 끝으로 더 이상 글을 쓸 수 없는 상태가 되었는지 모른다. 가슴이 먹먹해졌다. 메일을 덮고 천천히 창가로 다가갔다. 어느새 약국은 열려 있었다. 그러나 포르쉐는 보이지 않는다. 보영이 먼저 온 모양이다. 그렇게 마셨으니……! 어쩌면 유은은 암막커튼을 치고 침대에서 죽은 듯 누워 있을지도 모른다.

진료실 창문으로 보이는 길엔 아까보다 지나가는 사람들이 늘었다. 느릿느릿 걸어가는 할아버지, 한껏 목도리를 하고 멋을 낸 아가씨, 두툼한 외투를 입고 목줄을 한 강아지를 앞세우고 가는 아줌마, 병아리 같은 어린애를 품에 안고 가는 젊은 엄마…… 어쩌면 저들은 내일도 볼 수 있을 것이다. 그러나 유은의 그 남자는 두 번 다시 볼 수 없다. 죽음의 지평 너머로 사라진 그가 다시 나타날 가능성은 제로다. 가끔 그렇듯 거부할 수 없는 부재를 향해 가는 존재의 무상함은 나를 무력하게 한다. '결국은 다 사라져…… 삶이란 참으로 어처구니없어.' 남자의 미소 띤 얼굴이 떠오른다. 그를 사랑했던 사람들은 젊음이 반짝거리던 그의 소멸을 아무렇지 않은 듯 견딜 수 있을까?

어쨌든 메일로 보아 두 사람이 선은 넘지 않은 것으로 보인다. 그건 다행이다. 난 가슴을 쓸어내렸다. 녀석은 생각보다 괜찮다.

야생마 같은 욕망에 경도되기 쉬운 이십대인 그가 보여준 절제는 감탄스러울 정도다. 유은의 태도로 보아 그가 마음을 먹었다면 얼마든지 유은을 가질 수 있었다. 그러나 그는 자신보다 유은과 유은의 가정을 먼저 생각한 것 같았다. 그 대가는 쓸쓸하고 외로운 죽음이었다. 마음이 아팠다. 그는 소위 여자들이 원하는 최고의 스펙을 가진 남자였다. 젊고 잘 생기고 좋은 성격에 준수한 학벌, 경제력까지. 그가 조금만 덜 순수했다면, 조금만 더 욕심을 부렸다면, 그렇게 죽진 않았을 것이다.

나쁜 놈이 미어터질 듯 많은 세상에 그런 놈은 좀 더 살아도 되는데……! 안타까운 마음이 들었지만 동시에 안도감도 들었다. 덕분에 유은의 가정이 깨질 가능성은 없어졌다. 물론 그게 유은을 위해 나은 일이라고 할 순 없다. 나는 그저 그녀의 가정이 깨지는 것을 보고 싶지 않다. 그것이 그녀의 행복을 위한 최선이 아님에도 그런 생각을 벗어나지 못하는 내가 나는 여전히 어이없다.

유은이 병원에 나타난 것은 점심시간이 훌쩍 지난 오후였다. 다급히 진료실 문을 열고 들어서는 그녀를 보자 난 직감적으로 메일 때문이라는 생각이 들었다.

"혹시 메일 못 봤어요? 어제 선배 보여주고 기억이 없어서요. 가방에도 없고."

유은의 눈동자는 불안했다. 잃어버려서는 안 되는 보물을 잃어버린 것처럼.

"내가 갖고 있어."

"정말요?"

유은의 얼굴이 환해졌다. 난 서랍에 넣어두었던 메일뭉치를 건네주었다.

"택시 내려서 집으로 가는데 기사가 부르더군. 차에 놓고 내렸다고."

"다행이에요. 전 잃어버린 줄 알고."

유은은 내가 건네준 메일을 잽싸게 받아 백에 넣었다.

"어젠 고마웠어요. 그동안도 고마웠고."

"무슨 말이야?"

"약국은 보영이가 맡을 거예요."

"무슨 말이야?"

"좀 쉬려고요."

"좋은 생각이다. 마음도 추스르고. 근데 부럽네. 나는 언제나 마음대로 쉬게 될지. 아직은 목구멍이 포도청이라."

"선배는 행복하잖아요."

"모르겠어 그건."

"저처럼 살면 행복이 뭔지 알아요."

"너처럼?"

"행복 안에 있으면 행복을 모르죠. 행복은 행복 밖에 있는 사람이 잘 알아요."

"그건 전에 네가 했던 말인데."

"선배는 행복한 사람이에요. 그것만 아세요. 갈게요."

"어디 가?"

"연락드릴게요."

11 —• 재회

1

수수께끼 같은 말을 하고 병원을 나간 그녀에게선 두 달 가까이 아무런 연락이 없었다. 난 가끔 그녀가 궁금했고 보고 싶었다. 그러나 그녀의 무소식이 걱정되진 않았다. 어쩐지 그녀는 잘 지내고 있을 것만 같았고 걱정은 쓸데없는 일 같았다.

유은의 부재가 이어지는 동안 동물병원은 늘 비슷하게 굴러갔다. 아침에 문을 열고 저녁에 문을 닫고 그 사이 아프거나 다친 개와 고양이 등등이 다녀갔다. 그들을 진료하고 약을 처방하고 가끔 간단한 수술을 하면 어느새 저녁이었고 나는 늘 그렇듯 음악을 틀거나 커피를 마시며 하루를 마감했다. 특별한 변화가 없는 일상이지만 때로 그 일상이 소중하고 감사한 마음이 들었다. 적어도 그건 내가 살아 있다는 증거의 표상이었다. 진료실 창밖으로, 무료한 표정으로 동네 벤치에 멍하니 앉아 있는 노인을 볼 때면 더더욱 그랬다. 죽었다는 건 생명이 마감되는 것이 아니라 할 일이 없는 거야. 살아 있다는 건 생명이 유지되는 것이 아니라 할 일이 있다는 거고. 새로울 것도 없는 그 자각은 동물병원을 지탱하는 보이지 않는 힘이 되었다.

3월 초 겨울은 아직 가지 않고 봄은 아직 오지 않은 즈음 간만에 눈이 왔다.

"원장님! 눈이에요."

김실장의 들뜬 목소리가 로비에서 울렸다. 그녀의 말에 고개를 돌려 보니 진료실 창밖으로 눈이 소리없이 내리고 있었다.

"함박눈이에요!"

그녀의 들뜬 목소리가 다시 이어졌다.

"그러네."

나는 다시 아까부터 보고 있던 유튜브로 눈을 돌렸다.

"커피 어때요?"

"좋지."

잠시 후 김실장이 커피를 들고 진료실로 들어와 내게 커피를 건넸다.

"눈 오는데 뭐하세요?"

"아! 그냥. 뭐 좀 보느라."

"정말 오랜만에 오는 눈이잖아요. 그런데 일이 되세요?"

"일은 아니고."

그녀는 진료실 창으로 다가가 밖을 내다보았다.

"신기해요. 작년에도 3월에 눈이 왔는데 올해도 3월에 눈이 오네요."

그제서야 나는 작년 3월 눈이 왔다는 게 기억났고, 환청처럼 유은의 목소리가 들렸다. '눈이 오면 칙칙한 세상이 지워져서 좋아요.' 나는 커피를 들고 일어서서 창가로 갔다. 우중충한 도시의 민낯이 하얗게 분칠을 하고 있었다. 유은의 목소리가 다시 들렸다. '다 다시 그리고 싶어요. 나도 세상도.' 폰이 울렸다. 영수였다.

"어! 무슨 일이야?"

"무슨 일은. 친구가 전화도 못해."

말과 달리 그의 목소리는 가라앉아 있다.

"그건 아니고."

"너 오늘 시간 괜찮아?"

"오늘, 왜?"

"보고 싶어서."

"내가?"

"그럼 지금 내가 누구한테 전화를 하는 건데."

"네가 보고 싶다고 말한 건 처음이라. 벌써 한잔 한 건 아니지?"

"무슨 술이야. 근무 중인데. 7시쯤 인사동으로 와. 거기 우리가 가던 술집 알지?"

"애랑 말이야?"

"그래."

"그게 아직도 있을까? 가본 지가 20년도 더 됐는데."

"아직 있어."

그는 그 말을 하고 전화를 끊었다.

"한잔 하는 건가요?"

김실장이 나를 돌아다보았다.

"오랜만에 인사동에 가보겠군."

"시내 들어가기 만만치 않을 텐데요."

"지하철로 가야지."

아내에게 전화를 걸어 영수와 저녁 약속이 있다고 알렸다. 영수의 주량을 아는 아내는 대뜸 걱정부터 했다.

"술 많이 마시는 거 아냐?"

"걱정 마."

"아무튼 적당히 해요."

"알았어."

퇴근 후 인사동으로 향했다. 지하철 1호선 종각역에서 내려 인사동 쪽으로 걸었다. 종로를 벗어나 인사동으로 가는 길목에 들어서자 어둠이 내리는 길가에 노점들이 보였다. 꼬치를 파는 노점, 호떡을 파는 노점, 액세서리를 파는 노점, 타로를 보는 노점…… 예전에 노점은 별로 없었는데. 뭐, 세월이 흘렀으니까. 인사동에 들어서자 삼삼오오 외국인들이 눈에 띄기 시작했고 어디선가 중국어와 일본어가 들렸다.

기억을 더듬어 인사동 골목길을 뒤지기 시작했다. 그러나 기억은 희미했고 인사동은 너무 변해 있었다. 기억 속의 골목을 찾는 건 모래사장에서 바늘을 찾는 격이었다. 안 되겠다 싶어 영수에게 전화를 했다. 그러나 아무리 신호가 가도 받지 않았다. 나는 핸폰을 끄고 다시 길을 찾기 시작했다. 미로처럼 얽힌 골목길을 한참동안 헤맨 끝에 기억 속의 골목길과 비슷한 형태의 골목길이 눈에 들어왔다. 한 걸음 두 걸음 골목길 안으로 들어갔다. 비슷하긴 한데, 맞을까? 반신반의하던 내 눈에 '애랑'이라는 낯익은 간판이 눈에 들어왔다. 시간이 가도 사라지지 않는 것이 있구나! 반가움이 뒤섞인 묘한 감정이 올라왔다. 문을 열고 들어서자 연륜만큼이나 오랜 술집의 정취가 느껴졌다. 벽면을 장식한 많은 낙서들. 캐리커처, 방명록, 낡고 희미한 불빛…… 그 구석진 곳에서 영수는 혼자 술잔을 기울이고 있었다. 내가 다가가자 그는 취한 눈으로 나를 올려다보았다.

"어! 친구 잘 찾아왔네. 헤맬 줄 알았는데."

"넌 왜 전화를 안 받아?"

"전화?"

"못 찾겠더라고. 그래서 전화를 했는데 받지도 않고."

영수는 그제야 주머니에서 폰을 꺼내 보았다.

"아! 전화했네. 시끄러워 못 들었나 보다."

영수는 폰을 주머니에 넣었다.

"그나저나 넌 아직 애랑이 있다는 걸 어떻게 알았어?"

"얼마 전에 한 번 온 적이 있어. 회사동료들과. 혹시나 했는데 있더라구. 그래서 연락한 거야. 너랑 한잔 하려고."

"인사동 진짜 많이 변했더라. 어디가 어딘지 모르겠어. 골목들도 다 달라졌고."

"시간이 가면 다 달라지지. 인사동도 사람도. 변하지 않는 건 없어. 자, 한잔 해."

그는 내 잔에 소주를 부었다. 오랜만에 마시는 술이었다. 알콜이 들어가자 속이 짜르르했다.

"갔어."

영수의 목소리는 시금털털했다.

"뭐가?"

"진희가 갔다고."

"가다니?"

"좀 알아들어라."

영수는 짜증을 냈다.

"헤어졌다는 거야?"

"그래."

영수가 자기 타입이 아니라던 진희의 말이 생각났다.

"무슨 일이 있었어?"

"별 일 없었어. 근데 그러더라구. 더 이상 만나지 말자고. 너무 뜻밖이라 받아들이지 못했어. 그래서 매달렸어."

"네가 매달려? 그런 일도 있네. 천하의 영수가."

"그녀는 뜬금없이 내 칭찬을 하더군. '당신은 괜찮은 사람이에요. 돈도 많고 잘 생기기도 했고. 몸도 맞고. 그래서 노력했어요. 한번 잘해 보려고. 당신이 부를 때면 늘 달려간 건 그래서죠. 하지만 당신과 헤어져 돌아가면서 내가 먼저 전화를 한 적이 한 번도 없었어요. 기억하죠?' 그녀의 말을 듣고 보니 그렇더군. 헤어지고 집으로 돌아가는 길에 한 번도 그녀가 전화를 건 적이 없다는 걸. 전화는 항상 내가 했지. 잘 가고 있냐고. '처음에는 몰랐어요. 내가 왜 그런지. 시간이 가니 알겠더군요. 당신으로 내가 채워지지 않는다는 것을. 그래도 당신과 지내는 시간은 나쁘지 않았어요. 하지만 당신과는 여기까지에요. 남편도 그랬었고 당신도 그렇고, 적당히 살기엔 무난하지만 난 그게 너무 싫거든요. 무난하게 사는 거. 그건 죽은 거나 같죠. 난 그림장이에요. 내게 무난한 그림이란 없어요. 내 그림은 모두 죽을 힘을 다해 그린 거죠. 그럼 한두 개 맘에 드는 작품이 나와요. 분신과도 같은 그 작품들을 보면 말할 수 없는 행복이 있어요. 사랑도 그래요. 정말 죽을 힘을 다하는 사랑! 그게 내 꿈이에요. 딱 한 번 그런 사람을 만났어요. 하지만 시작도 하기 전에 끝났죠. 내가 너무 서둘렀거든요. 물을 마시기도 전에 쪽박을 깬 거죠. 바보 같이. 세상 참 마음대로 안 돼요. 어쩌면 이 세상은 마음대로 안 되는 것 하나쯤 가슴에 품고 사는 곳인지도 몰라요. 당신도 그렇겠죠?'"

"그게 마지막이야?"

"응."

"괜찮아?"

"뭐, 괜찮아. 애랑에서 이렇게 술도 마시고. 너도 보고. 하지만 가슴이 시려. 가끔 멍하고. 세상이 싫어지고."

"그 마음 알아."

"나는 진희가 좋았어. 그림을 그리는 것도 좋았고. 생각보다 고상한 것도 좋았고. 섹스도 좋았고. 영혼이 통하는 것 같았고. 그래서 그 사람한테 정착해야겠다고 생각했는데……"

영수는 눈물을 보였다. 처음 보는 영수의 눈물이었다.

"……"

"세상 참 마음대로 안 되네."

"마음대로 다 되면 재미없잖아. 안 되는 것도 있는 게 세상이고."

"너도 그런 게 있어?"

"물론이지."

아내가 생각났다. 유은도…… 멀어진 영육의 합일이란 내 꿈도. 잠시 침묵을 지키던 영수가 천천히 입을 열었다.

"넌 내가 바람둥이라 생각하지?"

"갑자기 무슨 뜬금포야?"

"이 여자 저 여자 숱하게 만나고, 결혼하고도 그러니까."

"능력있으니까 그렇지."

"능력은 무슨. 외로워서야."

"외로워서?"

"너도 알다시피 난 외동이야. 아버지와 어머닌 사업한다고 늘 바빴고. 난 늘 혼자였어. 공부도 혼자. 밥도 혼자. 그래서 학교 가서는 떠들었지. 외로운 게 싫어서. 그래서 이 여자 저 여자 연애를 많이 했고. 마음 붙인 여자들이 있으면 덜 외롭고 그나마 사는 것 같았거든. 결혼하고도 그건 마찬가지였어. 집안끼리 정략으로 결혼한 와이프와는 처음부터 별 애정이 없었고. 상진이 하나를 낳았지만 애는 공부한다 바쁘고 와이프는 돌아다니기 바쁘고 집에 가면 늘 휑하고. 그래서 밖으로 나돈 거야. 그나마 누굴 만나면 덜 외롭고. 그래서 중독된 것처럼 계속 여자들을 만났지. 근데 어느 순간부터 그것도 아니더라고. 여자를 아무리 만나도 그때뿐이고 외로운 건 여전해. 이유를 알았지. 내가 엔조이로 여자를 만나서 그렇다는 걸. 나도 진짜 사랑을 해야겠다는 생각을 그래서 했어. 그때 진희를 만났어. 근데 만날 때마다 좋은 거야.

다 잘 맞고 행복하고 그랬는데, 그게 나 혼자만 좋아한 거고 나 혼자만 행복한 거고 그 사람은 아니었던 거지. 가끔 그 사람한테서 싸한 게 느껴진 게 그래서였나봐. 이런 말을 해서 뭐하냐. 다 끝났는데."

"어쩌면 잘 된 일인지도 몰라."

"잘 된 일이라고?"

"진희씨가 간 건 진짜 네 짝이 아니라는 거고, 그건 또 어딘가 진짜 네 짝이 있다는 거지."

침울하던 영수의 얼굴에 옅은 화색이 돌았다.

"진짜 내 짝?"

"그래."

"기회가 있다면 진짜 사랑을 하고 싶다. 적당히 만나고 적당히 헤어지는 거 말고. 데면데면 사는 거 말고. 네 말대로 영혼의 접점이 있는."

"몸의 접점은?"

"그것도 필요하지. 하지만 몸이 모든 건 아니지. 사람이 밥만 먹고 살 수 없는 것처럼."

"달라졌다."

"내가?"

"그래."

"몸의 접점만 가지고는 안 되는 걸 알았어. 진희도 그래서 끝났고."

"그럼 이제 영혼의 접점이 맞는 사람이 나타나겠군."

"그렇게 생각해?"

"하나의 문이 닫히면 또 다른 문이 열리니까."

"안 열릴 수도 있잖아?"

"열릴 수도 있지."

"그놈의 가능성이란 게 참! 막막하다."

막막하다는 영수의 말에 나는 딱히 할 말이 없었다. 인생이란 매 순간 막다른 골목길 같다. 끝에 이르기 전엔 그 무엇도 예측할 수 없다. 정말 막다른 길일지 옆으로 난 또 다른 길이 있을지 끝에 이르기 전엔 아무것도 가늠할 수 없다. 할 수 있는 건 마지막 순간까지의 노력이다.

난 마음에 들지 않는다. 끝에 뭐가 있는지도 모른 채 그저 앞만 보고 달려가는 눈먼 강아지 같은 막막한 노력이. 어디에도 확실함이 없는 흐릿한 안개 같은 이 세상도.

영수와 헤어진 나는 인사동을 빠져나와 종각과 반대방향으로 길을 잡았다. 오랜만에 나온 종로였고 바로 전철을 타고 집으로 들어가긴 아쉬웠다. 눈이 내린 뒤라 얼어붙은 눈으로 길은 미끄러웠고 곳곳엔 한쪽으로 치워진 눈들이 쌓여 있었다. 뺨에 닿는 밤바람이 차가웠지만 술기운 덕에 추위가 느껴지진 않았다. 귀금속 상가로 변한 종로3가 옛 단성사 극장 터에 이르자 불현듯 옛날 결혼하기 전 근처에서 보았던 타로 생각이 났다.

나는 집으로 가던 발길을 돌려 귀금속 상가로 가득한 골목길로 접어들었다. 골목길의 풍경은 변했지만 골목길 자체는 달라진 게 없었다. 나는 아련한 기억의 회로를 따라 조심스레 걸음을 옮겼다. 그리고 한참을 헤매던 끝에 옛날 타로를 보았던 곳을 연상시키는 골목 어귀에 이르렀다. 그러나 예의 그 타로방은 없었다. '없어졌구나! 하기야 세월이 많이 지났으니……' 허탈한 생각에 발길을 떼지 못하고 잠시 근처를 서성거렸다. 그런데 건너편 골목길 입구의 한 건물 일층에 타로라는 간판이 반짝이고 있는 게 눈에 띄었다. 근처에선 그게 유일한 타로방이었다. 잠시 망설이던 나는 이왕지사 여기까지 온 거 타로나 한번 보자는 생각이 들었다. 허름한 골목길과 어울리지 않게 이쁘장한 타로방에 이른 나는 조심스레 문을 열고 들어섰다.

타로방은 온기로 따뜻했다. 실내는 정갈한 카페 같았고 타로방 특유의 신비한 분위기가 느껴졌다. 알 수 없는 은은한 향기가 느껴지는 찰나 타로방 뒤쪽에서 말소리가 들려왔다.

"잠시만 의자에 앉아 계세요. 곧 나갈게요."

조용하고 따뜻한 여자의 목소리였다. 잠시 후 휘장 뒤에서 찻잔을 들고 여자가 나타났다. 여자는 나이가 들어보였다. 머리는 거의 반백이었고 왠지 모를 기품이 있었다. 의자에 앉은 여자는 내게 차 한 잔을 건네고 자신의 잔에도 차를 따랐다.

"드세요. 이 늦은 시간에 타로를 보러 오셨군요."

"오랜만에 종로에 나왔다가 옛날 기억이 나서요."

나는 찻물을 머금었다.

"옛날 기억요?"

"결혼 전에 근처에서 타로를 본 적이 있습니다. 여자분이었는데, 기억 속의 그 곳은 사라지고 없더군요. 벌써 20년도 넘은 일이라 당연한 일이겠지만."

"가게를 옮기기는 했지만 저도 이 근처에서 한 30년 넘게 있었어요. 여기서 청춘을 다 보냈고 이제 내일 은퇴합니다."

"은퇴하신다구요?"

"네. 할 만큼 했거든요. 이제 쉴 때가 되었어요. 꽃이 피면 지고 해가 뜨면 지듯이 사람 사는 일도 피고 지고 뜨고 지고 그렇게 돌아갑니다. 어쩌면 손님이 내 마지막 손님이 될 것 같군요."

"제가 마지막 손님이라구요?"

"네, 아마도."

여자는 손으로 시계를 가리켰다. 시계는 8시를 넘어서고 있었다.

"자, 무엇이 궁금해서 왔나요?"

"그 때 그런 말을 들었어요. 제가 영육의 합일을 추구하는 영혼이라는. 그리고 평생 그걸 추구한다고."

"아! 그런 말을 들었나요?"

"네."

여자는 지긋이 나를 응시했다.

"옛날 내가 그런 말을 한 적이 있어요. 어떤 분에게. 그분의 타로가 굉장히 특이했지요. 그분은 평생 영육의 합일을 추구한다고 나왔어요. 대개 타로의 예측 한도는 한 6개월인데 그분은 그 한계를 뛰어넘는 걸로 나왔지요. 타로의 한계를 뛰어넘는 타로점이 나온 적은 한번도 없었어요. 그분 외에는."

여자의 말을 듣자 나는 가슴이 쿵쾅거렸다.

"아!"

"저를 못 알아보겠나요? 나는 바로 알아봤는데 당신 입에서 영육의 합일이란 말이 나오는 순간."

"그때 그분이 바로?"

"네 접니다."

"아! 그러고 보니 비슷합니다. 나이는 드셨지만. 그리고 그 말은 제가 늘 기억하고 있는 저만 아는 이야긴데. 세상에! 정말 꿈에도 생각지 못했습니다."

가슴은 여전히 쿵쾅거렸다.

"당신도 그때보다 나이는 들었지만 당신의 얼굴 속에 그 옛날 내가 보았던 모습이 있어요. 호기심과 궁금증이 가득해서 질문을 하던…… 그런데 다시 날 찾아왔군요. 참으로 운명이란 알 수가 없어요. 만날 사람은 꼭 만납니다. 이렇게."

전율이 밀려들었다.

"친구를 만나러 인사동에 나올 때만 해도 아무 생각이 없었어요. 그저 한잔 한다는 생각밖에. 친구랑 헤어져 걷다가 근처에 이르자 갑자기 생각이 났어요. 그 옛날 근처에서 타로를 본 기억이."

흥분된 나머지 나는 말이 빨라졌다.

"그러셨군요."

여자는 미소를 띠었다.

"그래서 골목길을 따라왔습니다. 기억을 따라서. 근데 그때 그 분을 만나다니."

나는 더 이상 말을 잇지 못했다.

"나는 알고 있었어요. 내 타로를 보았거든요. 오늘 당신이 온다고 나왔지요. 그래서 설렜어요. 그 옛날 내게 영감을 준 당신을 다시 만난다는 사실에. 물론 타로의 예언이 실현되지 않을지도 모른다는 일말의 불안도 있었지만."

"제가 영감을 주었다는 게 무슨?"

"당신 덕분에 나도 영육의 합일을 추구하게 되었거든요. 그때 나는 미혼이었고 결혼을 고심하고 있었어요. 밉상이 아니었던 탓에 주변엔 남자가 많았지요."

늙기는 했지만 여자의 얼굴은 고왔다. 20여년 전의 그때도 미인이란 생각이 들었었다.

"돈 많은 사람, 힘 있는 사람…… 그런 사람들이. 그때 나는 사람보다 조건을 따졌고, 그래서 거의 그쪽으로 기울었었어요. 나 혼자 힘으로 잘 먹고 잘 살기는 틀렸고 뭔가 의지할 사람이 필요하다고 생각했거든요. 그래서 돈 많은 사람과 적당히 결혼하려고 마음을 먹었죠. 그러다 당신에게 한 방 얻어맞았지요. 영육의 합일을 추구하는 당신의 순수한 눈빛에 정신이 번쩍 들었어요. 그리고 깨달았죠. 돈이 주는 편안함이란 한순간이란 것을. 그 뒤 나는 조건이 아닌 사람을 택했고, 영혼이 통하는, 별로 가진 것 없는 한 남자와 결혼을 했어요. 그와의 삶은 정말 행복했어요. 단칸방에서 라면만 먹어도 행복했고 눈빛만 보아도 그 마음이 다 읽혀지고 같이 있어도 떨어져 있어도 결코 둘이라는 느낌이 들지 않는, 일 분 일 초가 충만한 삶을 살았어요. 그 사람이 먼저 갔고 나는 혼자 남았지만, 그 사람이 남겨준 마음의 행복감은 늘 내 안에 있었고 나는 한 번도 외롭거나 쓸쓸하지 않았어요. 그게 다 당신 덕분이에요. 손님으로 온 당신 덕분에 내 삶이 송두리째 바뀐 거죠. 하마터면 불행해질 삶이 행복으로. 공허할 뻔한 삶이 충만함으로."

여자는 잠시 말을 멈추고 숨을 돌렸다.

"사실 나는 시한부인생이에요. 암환자죠. 언제까지 살지 장담할 수 없어요. 하지만 당신을 만나서 정말 기쁘군요. 당신을 다시 한 번 보겠다는 꿈이 이루어져서요. 당신 덕분에 내 삶이 행복했고, 이렇게 감사함을 전할 수 있는 기회가 주어져서 정말 기분이 좋군요. 이런! 손님을 두고 내 얘기만 했네요. 자! 무슨 일로 오셨나요?"

2

"깜박했다."

문을 열고 들어서는 나를 보자마자 아내가 무릎을 쳤다.

"뭘?"

"쌍화탕."

"쌍화탕?"

"응. 떨어져서. 그거 사오라고 말하려 했는데."

"아, 그래."

"당신 후배하고 밥 한번 먹으려고 했는데 잘 안 되네."

"시아버지 돌아간 뒤로 약국에 안 나와. 한 두어 달 됐어."

"왜?"

"모르겠어."

"연락 안 해봤어?"

"나중에 연락하겠다고 했어. 그 뒤론 소식 몰라."

"친해보려고 했는데…… 타이밍이 안 맞네. 그런데 영수씬 무슨 일로 보자고 한 거야?"

"내가 보고 싶다고."

"보고 싶다고?"

"응."

"그게 무슨 소리야? 뚱딴지같이."

"뚱딴지는 아니고 사랑타령을 할 사람이 필요했더라고."

"또? 영수씨답다, 어쨌든."

"어쨌든?"

"초지일관하잖아. 늘 여자 여자! 영수씬 여자 없이 못 사는 사람 같아."

"나도 그렇게 생각했는데 이번엔 좀 다르더라고."

"달라?"

"울더라고."

"왜?"

"사귀던 여자랑 헤어졌다고."

"그런다고 울어? 영수씨 답지 않네."

"영수다운 게 뭔데?"

"바람둥이잖아. 늘 여자 꽁무니 따라다니고. 당신 옆에 그런 친구 있다는 거 별로 마음에 안 들어. 결혼했으면 와이프에게 충실해야지. 와이프 몰래 바람피면서 실연했다고 울다니. 영수씨 철들려면 아직 멀었다."

"근데 안 하던 말을 하더라."

"무슨?"

"늘 외로웠다고. 어려서는 사업에 바쁜 부모 때문에 늘 혼자였고, 결혼 뒤에도 와이프는 와이프대로 바쁘고 아들은 공부한다고 바쁘고, 마음 붙일 데가 없어서 밖으로 나돈 거라고. 그나마 여자를 만나면 좀 사는 것 같고 그랬다고. 이번에 정말 마음이 통하는 여자를 만났는데 그게 깨져서 힘든 모양이야. 우는 건 정말 처음 봤네."

"외롭다고 다른 여자를 만나? 그건 말이 안 돼."

"와이프랑은 잘 안 맞잖아."

"노력해야지. 안 맞으면 맞춰 살고."

"노력해도 안 되는 일이 있지. 노력한다고 네모가 세모가 될 수 없듯이."

잠시 말문을 닫은 아내가 나를 쳐다봤다.

"당신은 우리가 뭐라고 생각해?"

"무슨 말이야?"

"우리가 네모와 세모라고 생각해?"

아내의 표정은 의외로 심각했다. 나는 재빨리 무난한 답을 찾았다.

"아니. 당신이 네모면 나도 네모. 당신이 세모면 나도 세모."

그건 마음에 없는 말이었다. 유은 부부처럼은 아니지만 내가 네모일 때 아내는 세모였고 내가 세모일 때 아내는 네모였다. 그렇게 네모와 세모가 어긋날 때마다 아내와 영육의 합일을 이루려던 내 꿈은 금이 갔고 허물어졌다. 지금은 그저 가족이다. 서로 다른 네모와 세모가 한 집에서 어울려 사는.

"나도 그래. 당신이 네모라면 나도 네모, 당신이 세모라면 나도 세모야."

"불만 같은 거 없어?"

"불만? 무슨 불만? 당신 같은 최고의 남편에게. 돈 잘 벌어다 주지, 속 안 썩이지, 내 친구들 다 부러워 해."

"돈 잘 벌어주고 속 안 썩인다고 최고의 남편은 아니잖아?"

"그 정도면 돼. 더 이상은 안 바래. 바랄 것도 없고."

"바랄 게 없어?"

"응."

돈 잘 벌어주고 속 안 썩이는 그 지점에 머무는 아내가 난 다시 갑갑해진다. 섹스리스에 가까운 우리 사이도. 하지만 섹스에 대한 불만을 꺼내는 건 그만 두었다. 아내가 섹스를 좋아하지 않는다는 건 이미 아는 사실이다. 그걸 굳이 끄집어낸다면 아내는 불편할 것이다. 어쩌면 아내는 내 불만을 눈치채고 노력해보겠다고 할 수도 있다. 그런 노력은 달갑지 않다. 노력하는 사랑은 이미 사랑이 아니다. 진짜 사랑은 봄 여름 가을 겨울과 같다. 노력 없이 오고가는. 노력 없이 온전한. 노력하는 사랑이란 바다에는 들어가 보지도 못하고 물가에서 머뭇거리는 물놀이처럼 초라하다.

"당신은 어때?"

"무슨 말이야?"

"나한테 바라는 게 없냐고?"

"없어."

나는 다시 마음에 없는 말을 했다.

"내가 태어나서 가장 잘한 게 당신 만난 일 같아. 동우 태어난 것도 그렇고."

아내의 말은 다소 예상 밖이다.

"정말?"

"그러니까 내가 지금까지 즐겁게 밥하고 빨래하지."

"즐거워?"

"음, 조금은 힘들지. 당신도 생각해봐. 20년 가까이 매일 오늘은 뭘 해줄까 고민하고 밥상 차려내는 거. 그게 쉽겠어? 하지만 그게 내 일이다 싶으니까 괜찮아. 재미도 있고. 잘 먹어주는 당신 보면 좋고, 잘 차려입고 나서는 당신 보면 행복하고."

행복해 보이는 아내의 얼굴에 난 돌연 묵광의 말이 생각났다.

"어떤 사람들은 하나에서 하나를 보지. 어떤 사람들은 하나에서 둘을 보고. 또 어떤 사람들은 하나에서 모든 걸 보고. 근데 하나에서 그 하나를 못 보는 사람들도 있다네."

그의 거처에서 내가 던진 사랑이라는 주제에 대한 그의 답은 뜬구름 같았다.

"무슨 말씀인가요?"

"바람 한줄기가 지나가고 있네. 그런데 어떤 사람은 그 바람을 의식하지 못해. 다른 데 정신이 팔려서. 어떤 사람은 바람을 바람으로 인식하지. 바람이 불어도 바람을 못 느끼는 사람에 비하면 나쁘지 않지. 하지만 어떤 사람은 바람 한줄기에서도 우주의 섭리를 느낀다네. 그리고 말할 수 없는 희열과 충만함을 만끽하지. 물론 그런 사람은 아주 드무네. 만에 하나 있을까 말까. 하지만 있지. 진정한 사랑이 드물지만 없는 게 아닌 것처럼."

갑자기 엉킨 실타래가 풀린 듯 자각 하나가 일어났다. 아내가 밥하고 빨래하는…… 그 하나하나가 한줄기 바람이고, 난 그 바람에서 바람을 인식하지 못하고 그 바람이 담고 있는 의미를 인식하지 못하고 있었다는! 달을 덮고 있던 구름이 걷히듯 내 마음 한켠이 환해졌다. 말없이 아내의 손을 잡았다. 그리고 아내를 가볍게 안았다. 아내의 포근한 온기가 느껴지자 말할 수 없는 안온감이 온몸을 휘감았다. 그리고 아내에게서 전해지는 이 안온함이 내가 찾던 사랑의 한 모습일지도 모른다는 생각이 들었다. 울컥했다.

“왜 그래? 여보.”

품에서 떨어진 아내가 물었다.

“뭘?”

“우는 것 같은데.”

“울긴.”

“난 다 안다. 당신 나한테 감동 먹은 거지? 당신한테 밥하고 빨래해주는 거 즐겁다니까.”

“당신 귀신이다. 그걸 어떻게 알아?”

나는 장난스럽게, 또 진심으로, 어설픈 감탄을 쏟아냈다.

“어떻게 아냐고? 모르는 게 이상하지. 아는 건 당연한 거고. 당신과 산 세월이 몇 년인데.”

“그러게 말야. 그걸 몰랐네. 바보 같이.”

아내는 나를 가볍게 안았다. 다시 안온함이 밀려왔고 아내의 품은 오랫만에 편안했다. 시계소리만 가늘게 들리는 거실에서 나는 그렇게 한동안 있었다. 차가운 밤바람에 얼었던 몸이 녹으면서 졸음이 찾아왔다. 그만 자라는 아내의 목소리가 들리는 듯했다. 그리고는 아무 의식이 없었다. 눈을 떠보니 침실이었다. 아내는 옆에서 곤히 자고 있었다. 나는 손을 뻗어 아내의 손을 잡았다. 따뜻하고 부드러운 손이었다. 아까의 안온함이 다시 뭉클뭉클 일어났다. 자주 거슬렸던 아내의 숨소리가 아무런 거슬림 없이 귓전을 부드럽게 맴돌았다. 몸이 나른해지면서 다시 잠이 들려는 순간, 타로여자와의 대화가 떠올랐다.

"영육이 함께하는 그런 사랑을 당신은 조만간 경험하게 될 겁니다."

"조만간요?"

내가 믿을 수 없다는 표정을 하자 여자는 탁자 위에 펼쳐진 타로카드를 손가락으로 가리켰다.

"당신 카드가 그걸 말해주고 있어요. 그러니 믿어보세요. 오늘 당신을 만날 것이란 타로의 예언을 내가 믿었듯이. 어쩌면 그게 오늘이 될 수도 있어요. 아닐 수도 있지만…… 조만간이란 건 확실합니다."

자신감과 예지로 가득 찬 그녀의 얼굴엔 시한부 삶을 살고 있다는 느낌이 전혀 없었다.

"이 일을 좀 더 하시지 않고요. 아주 건강해 보이시는데."

여자는 빙그레 웃었다.

"꺼지기 전의 촛불이 더 밝은 법입니다. 나도 그래요. 그러나 아쉬움은 없습니다. 이 땅에서 경험할 건 다 경험했거든요. 영육이 함께하는 찐 사랑도 해보고. 더 이상 여기 있어야 할 이유도 목적도 없어요. 전 곧 이 삶을 떠납니다."

"두렵지 않으세요?"

"뭐가요?"

"죽는다는 게."

"밤이 가면 낮이 오고, 낮이 가면 밤이 오지요. 사람들은 그걸 죽음이라고 하는데, 사실 죽음이란 없어요. 생명 그 자체는 소멸하지 않거든요. 다만 변할 뿐이죠. 보이는 모습에서 보이지 않는 모습으로, 보이지 않는 모습에서 보이는 모습으로. 아무튼 내 마지막 손님이 당신이란 건 나도 놀랍습니다. 어제까지만 해도 전혀 예상하지 못했거든요. 인생이란 정말 신비합니다. 예측하지 못하는 일들이 늘 일어나고. 그래서 인생이 살 만한지 몰라요. 예측가능한 일만 일어난다면 그런 뻔한 인생은 살 재미가 없지요. 예상 속에서 다 경험한 일들을 또 경험하는 게 무슨 의미가 있겠어요. 인생을 잘 살려면 머리를 믿지 말아야 한다는 걸 다시 한 번 깨닫습니다. 당신이 나타나기 전까지 내 머리는 계속 부정했거든요. 머리는 습관적인 컴퓨터죠. 그래서 머리의 삶엔 창조가 없습니다. 머리에 종속된 삶은 내가 기존에 입력한 데이터를 벗어날 수 없거든요. 새로운 창조는 항상 여기서 일어납니다."

여자는 손가락으로 자기 가슴을 가리켰다.

"저도 지금 상황이 꿈만 같습니다. 원래는 종각에서 지하철을 타려고 했습니다. 여기 올 때도 그렇게 왔기 때문에 갈 때도 그렇게 가려고 생각했습니다. 그런데 나도 모르게 발걸음이 이리로 향했습니다. 그리고 근처에 이르자 갑자기 당신 생각이 났어요."

그녀와의 극적인 만남에 내 목소리는 들떠 있었다. 여자는 손가락으로 내 가슴을 가리켰다.

"당신의 가슴이 당신을 이리로 인도한 겁니다. 그래서 새로운 창조가 일어났죠."

"당신을 만나는 게 새로운 창조인가요?"

"생각지도 못한 당신과 나의 만남, 우리가 나눈 이야기, 이게 새로운 창조 아닌가요? 당신이 머리에 입력된 데이터를 따랐다면 추운 밤거리를 걷는 소모적인 일 대신 지하철을 타고 바로 집으로 가는 길을 택했을 거고 우리가 다시 만나는, 삶의 새로운 모습은 없었을 겁니다."

잠시 말을 멈춘 여자는 물 한 모금을 마셨다.

"당신이 던진 영육의 합일이란 주제에서 중요한 건 몸이 아니라 영혼입니다, 사람들은 흔히들 착각합니다. 몸의 모든 경험을 완료한 뒤에야 영육의 합일이 이루어진다고. 그러나 그렇지 않아요. 몸의 감각적 경험은 또 다른 감각적 경험을 추구하고, 그건 결코 끝이 없어요. 감각적 경험을 완료하고 나서야 영혼의 접점이 가능하다는 생각은 우리를 영원히 몸에 가둡니다. 그 상태에서 영육의 합일은 없습니다. 영육의 합일이란 감각적 유희의 상태를 벗어나는 지점에서 시작되고 완성되는 것이거든요. 그러므로 당신은 사랑하는 상대와 감각적 유희 없이 오로지 함께 있는 것 외에 다른 아무것도 하지 않아도 편안하고 행복하고 충만하다면 영육이 함께하는 사랑이 이미 거기 있는 겁니다."

3

어느새 병원 앞 가로수들은 조금씩 푸른 싹을 내밀고 있었다. 겨울에는 아무도 찾지 않던 나무 밑 벤치에도 이른 봄의 햇살을 즐기는 노인들이 하나 둘 찾아와 시간을 보냈다.

그 봄의 언저리에서 나는 가끔 30년 만에 우연인 듯 필연인 듯 재회한 타로 여자가 생각났고, 생사를 초월한 듯한 그녀의 신비스런 미소가 떠올랐다. 나를 배웅하려고 문밖까지 나온 그녀의 하얀 머리칼이 은비처럼 바람에 흩날리던 모습은 언제나 그림처럼 선명했다.

"길이 미끄럽습니다. 조심히 가세요."

"물어볼 게 있습니다."

"네 말씀하세요."

"염색을 안 하시는 이유가 있나요? 염색을 하면 훨씬 젊어 보이실 것 같은데."

염색은 개인적인 일이므로 그걸 물어보는 건 무례할 수 있는 일이다. 그러나 묻고 싶었다. 여자라면 보통 감추고 싶어 하는 노화의 상징인 백발을 천연스레 드러내는 이유를. 여자는 미소를 띠었다.

"몸은 하나의 꿈입니다. 흰 머리를 검은 머리로 바꾸어도 꿈은 여전히 꿈이죠. 내일 모레면 세상을 떠날 내가 꿈속에서 또 다른 꿈을 꾸는 건 우스운 일입니다."

여자와 헤어진 나는 도로가 꺾어지는 곳에 이르렀다. 이제 모퉁이를 돌면 그녀는 볼 수 없다. 나는 돌아섰다. 그녀는 여전히 타로방 앞에 서서 나를 바라보고 있었다. 그리고 나를 향해 손을 흔들었다. 나도 그녀를 향해 손을 흔들었다. 어쩌면 마지막일지 모른다는 생각이 들자 코끝이 찡해졌다. 나는 다시 그녀에게 달려가 긴 이야기를 나누고 싶었다. 그 때 묵광의 말이 생각났다.

"끝은 없다네. 시작을 모르는 자는 끝을 말하고 끝을 모르는 자는 시작을 말하지만 우주는 시작도 끝도 없어. 그러니 오늘 우리가 헤어진다고 아쉬워 말게. 그건 또 다른 시작일 뿐이니까. 우리가 할 일은 끝에도 시작에도 머물지 않는 마음을 내는 것이야. 그것이 끝도 시작도 없는 이 우주를 유유자적 걸어가는 길이네."

나는 어렴풋이 묵광의 말뜻을 알 것 같았다. 마지막이라는 아쉬움이 살짝 고개를 숙였다. 그녀는 여전히 나를 향해 손을 흔들고 있었다. 나도 그녀를 향해 손을 흔들었다.

"또 봐요!"

나는 소리쳤다. 그녀도 화답했다.

"그래요! 또 봐요."

또 볼 수 있을지 나는 모른다. 그건 그녀도 모를 것이다. 우주의 시작부터 이어져 온 오랜 인연의 매듭을 내가 알 길은 없다.

그러나 인연이 있다면, 묵광의 말처럼 끝이 시작으로 이어지는 또 다른 세상의 길목에서 그녀와 내가 만날 것이다.

나는 가끔 그녀가 생각났고 그녀가 생각날 때마다 난 하던 일을 멈추고 상념에 잠겼다. 하루는 김실장이 걱정스레 물었다.

"원장님! 요즘 왜 그래요?"

"뭐가?"

"요즘 틈난 나면 멍하세요. 작게 말하면 못 듣고 크게 말해야 듣고."

"봄이잖아."

"봄요?"

"나무에 싹이 나는 것처럼 생각이 많아지는 계절이잖아. 김실장은 안 그래?"

"저도 그렇긴 하죠. 괜히 싱숭생숭하고."

병원문이 조심스럽게 열리는 소리가 났다. 누군가 들어온 듯했다. 그러나 인기척이 없었다. 김실장과 내가 로비에 나가보니 어린 남자아이가 손에 곤충을 들고 있었다.

"무슨 일이니?"

김실장이 조심스레 물었다.

"이 앞에서 봤는데 아픈 것 같아서요."

아이는 손에 든 곤충을 내보였다.

"죽은 거 아니니?"

움직이지 않는 곤충을 보고 김실장이 다시 물었다.

"아니에요. 더듬이가 움직여요."

"여긴 동물병원이야."

김실장이 부드럽게 말했다.

"그래서 왔어요. 안 아프게 해주세요."

아이는 금방이라도 울 듯했다. 아이의 표정에 김실장은 어쩔 줄 몰라 했다. 내가 나섰다.

"아냐. 치료할 수 있어. 잠깐 아저씨가 좀 보자."

딱정벌레였다. 아이 말대로 아직 죽지 않은 건지 더듬이가 움직이고 있었다.

"죽은 건 아닌데."

"그렇죠?"

아이의 얼굴에 화색이 돌았다. 딱정벌레는 바싹 메말라 있었다. 나는 작은 물뿌리개로 살짝 물을 뿌려주었다. 온몸에 물을 머금은 녀석은 이내 발을 움직였다.

"와 살았다. 아저씨 진짜 의사다!"

김실장은 웃음을 터뜨렸다.

"그래. 이 아저씨 진짜 의사야. 곤충도 살리는."

발을 버둥거리던 딱정벌레는 이내 몸을 꼿꼿이 하고 날아갈 채비를 했다.

“야~ 이 녀석 날아가려는 모양인데. 어쩌지?”

“그럼 밖에 나가서 날려줘요.”

아이의 재촉에 나는 딱정벌레를 가볍게 쥐고 병원 밖으로 나왔다. 김실장도 따라나왔다. 손을 펴니 딱정벌레는 기다렸다는 듯 허공으로 날아갔다.

“야~ 날아간다.”

아이는 딱정벌레가 보이지 않을 때까지 팔짝팔짝 뛰었다. 이윽고 딱정벌레가 보이지 않게 되자 아이가 나를 쳐다보았다.

“저, 치료비는 어떻게 하죠? 지금은 돈이 없으니 말씀하시면 집에 가서 가져올게요.”

“아니다. 곤충치료는 무료란다. 치료비는 동물만 받아. 그러니 걱정하지 말거라.”

“아! 그래요.”

아이의 얼굴이 다시 환해졌다.

“아저씨! 감사합니다. 아픈 곤충이 있으면 또 올게요.”

“그래. 언제든 오너라.”

아이는 배꼽인사를 하고 멀어져 갔다.

“세상에 저렇게 이쁜 아이가 있다니. 저런 아이를 키우는 엄마는 행복하겠어요.”

“김실장도 결혼해서 저런 아이 하나 낳아.”

“저런 아이를 낳는다는 보장은 없잖아요.”

"기도해봐."

"그게 무슨 말이에요?"

"보통은 그냥 아이를 낳지. 욕망에 이끌려 생기는 대로. 나도 그랬고. 근데 아이를 갖기 전에 어떤 바램을 가지면 그런 영혼이 찾아온대. 고상한 아이를 가지고 싶다면 그런 영혼이 오고. 지혜로운 아이를 가지고 싶다면 그런 영혼이 오고."

"어디서 그런 얘길 들었어요?"

"책에서. 역사적으로 훌륭한 인물들은 그 부모들이 모두 그런 기도를 했다는데. 그러니 김실장도 해보라구. 그러면 그 기도를 따라 김실장이 원하는 해맑은 영혼이 찾아올지도 모르니."

"동화 같은 이야기네요."

알고 보면 인생은 일종의 동화다. 엉뚱하게 곤충을 들고 동물병원을 찾아오는 아이처럼, 18년 만에 불쑥 등장한 유은처럼, 30년 만에 재회한 타로 여자처럼…… 예상치 않게 일어나는 일상의 모든 일들은 상상속의 세상을 구현한 동화와 하나도 다를 바가 없다. 폰이 울렸다. 아내였다.

"어! 여보."

"무슨 일 있어? 목소리가 밝네."

"아! 어떤 아이 때문에."

"아이?"

"어떤 애가 곤충을 들고 들어왔어. 치료해달라고."

"곤충을? 웃긴다. 그래서?"

"물을 좀 뿌려줬더니 다시 날아갔어. 근데 아이가 나보고 뭐라는 줄 알아?"

"뭐래?"

"진짜 의사래."

"듣기만 해도 기분이 좋아지는데… 당신도 그래서 기분이 좋구나. 참! 올 때 쌍화탕 좀 사와요."

"알았어."

아내의 전화는 끊어졌다.

"요즘 사모님 전화 자주 하시네요."

"전화는 내가 더 하는데."

"아 그러세요? 무슨 전화를 그렇게?"

"특별한 건 없지. 뭐해? 밥 먹었어? 나는 커피 마시고 있어. 당신은? 응 나는 빨래 돌리는 중. 참! 오늘 손님은 어때? 늘 비슷비슷해. 근데 오늘은 딱정벌레를 들고 온 아이 이야기가 하나 더 생겼지."

"전에는 안 그러셨잖아요?"

"그랬나? 암튼 요즘은 그래."

"신혼이 다시 왔나보네요."

"신혼은 무슨."

"그런데 약사 언닌 아무 연락 없어요?"

"응."

"무슨 일 있는 건 아니겠죠? 괜히 걱정돼요."

"그렇진 않을 거야."

"그걸 어떻게 알아요?"

"그냥 잘 있을 것 같아서."

김실장은 태평스런 내 말에 고개를 갸우뚱했다. 하지만 정말 그랬다. 그녀가 자취를 감춘 지 어언 석 달이 넘어가지만 이상하리만치 난 편안했고, 그녀는 잘 있을 것만 같았다. 퇴근길에 약국에 들렀다. 보영은 기다렸다는 듯 유은 이야기를 꺼냈다.

"어제 언니한테 전화가 왔었어요!"

"그래요? 어디서 뭘 하고 지내길래 연락도 없고."

"그러니까 말이에요. 로밍도 안 걸어놓고 가서 전화도 안 되고."

"로밍도 안 해놓고 갔어요?"

"네. 암튼 지금 유럽에 있다나 봐요."

"유럽요? 일본에 갔나 했는데."

"파리라던데요."

"또 그 파리!"

"파리가 왜요?"

그녀는 파리에서 일어난 유은의 스토리를 모르는 것 같았다.

나는 서둘러 말을 돌렸다.

“사랑하기 딱 좋은 곳이죠.”

“가보셨어요?”

“파리요? 아뇨, 아직.”

“왜요?”

“불어를 못해서요.”

“호호! 불어는 저도 못해요. 하지만 불어 못해도 파리 가는 건 어렵지 않을 텐데.”

“네. 만국공용어인 바디랭귀지가 있으니까. 암튼 잘 지낸대요?”

“네. 목소리도 밝고. 그새 북유럽을 다 돌았나 봐요. 조만간 일본으로 간다고.”

“일본요?”

“네.”

“근데 그렇게 오래 나가 있어도 되나요? 애가 있는데.”

“애는 데리고 나갔어요.”

“아, 네.”

“그나저나 전 언니가 부러워요.”

“뭐가요?”

“언니는 자유로운 영혼이에요. 어디든 훅 가요.”

“언니는 아마 물병자리일 겁니다. 그래서 자유를 좋아하고. 물병자리는 매이는 걸 싫어해요."

"별자리를 아세요?"

"조금요. 대학 때 잠깐 공부했어요."

"저는 뭐에요?"

보영은 호기심에 눈을 반짝였다.

"양력 생일을 알아야 해요."

"6월 29일이에요."

"캔서군요."

"캔서가 뭔가요?"

"캔서는 가정적입니다. 돌보고 양육하는 특성이 있고. 그래서 아프면 캔서한테 가라는 말이 있죠."

"오 신기한데요. 저는 옆에 누가 아픈 걸 못 봐요. 집이 좋고. 누구와 붙어 있는 것이 좋고. 그런데 붙어 있을 사람은 왜 이리 안 나타나는지."

"어쩌면 길모퉁이를 막 돌아 나오고 있는지도 모르죠."

"무슨 길모퉁이?"

"인생의 길모퉁이."

"호호! 전 또 무슨 말인가 했네요. 그 길모퉁이가 꽤 긴가 봐요. 아직 안 보이니."

자전거 한 대가 따르릉 소리를 내며 지나갔다. 보영의 시선이 자전거를 따라갔다.

"거의 다 돌았을지도 모르지요."

"그러길 바래요. 그래서 짠~ 하고 나타났으면 좋겠어요. 안 그럼 지쳐서 아무한테나 시집가 버릴지도 모르니까."

"아무한테나요?"

"자꾸 집에서 선보라고 해요. 선은 딱 질색인데."

보영은 얼굴을 찌푸렸다.

"그 사람이 길모퉁이를 돌아 나온 사람일 수도 있죠."

"그 길모퉁이를 돌아 나온 운명의 짝을 내가 알아볼 수 있을까요?"

"걱정 마세요. 그 사람이 그 사람일 땐 언제나 하늘의 사인이 있어요. 그래서 알아볼 수 있죠."

"어떤 사인요?"

보영은 호기심에 눈을 반짝거렸다.

"이를테면 지구로 떨어지는 별똥별을 맞는 꿈 같은."

"그건 너무 어렵잖아요? 그런 꿈 기다리다간 다 늙어버리겠어요. 호호!"

"아! 그런가요? 어쨌든 인연이라면 영혼이 보여주는 특별한 사인들이 있습니다."

"원장님은 영혼이 보여주는 그런 꿈을 꾼 사람과 결혼하셨나요?"

임진왜란의 꿈이 스쳐 지나갔다

"네. 비슷한."

"멋진데요. 그럼 저도 기다려볼래요. 영혼이 알려주는 그런 인연을. 근데 그냥 들리신 건가요, 아님 약을 사러?"

"아 참, 깜박했네요. 쌍화탕이 필요해서."

"여기요."

보영은 쌍화탕을 내밀었다.

"가끔 놀러오세요. 언니가 없어도. 오늘처럼 재미있는 별자리 얘기도 해주시고."

"그럴게요."

약국을 나오면서 서운한 생각이 들었다. 나에게 하지 않는 전화를 보영에게는 했다니. 약국 일 때문일까…… 난 애써 마음을 다잡았다. 전화는 하지 않았다. 로밍도 걸지 않았다니 전화를 할 수도 없다. 잡히지 않는 생각들이 손가락 사이로 흘러내렸다.

4

5월이 문을 열고 들어서고 있었다. 동네 뒷산의 아카시아는 눈부시게 꽃눈을 피웠고 그 냄새가 온 동네를 뒤덮었다. 아카시아 냄새에 들뜬 유은의 목소리가 생각났다. 그러나 그녀에게선 여전히 연락이 없다. 잘 있겠거니 하는 내 마음은 조금씩 걱정으로 바뀌기 시작했다.

"왜 이렇게 덥죠? 겨우 5월인데."

외출에서 돌아온 김실장이 땀을 닦으며 투덜거렸다.

"세상이 불타고 있으니까."

"그게 무슨 말이에요?"

"5월은 사랑의 계절이잖아. 그러니 불탈 수밖에."

"너무 낭만적인 수사군요."

"낭만이 아니라 현실일 수도."

"그런데 그 현실이 왜 저에겐 멀까요?"

"남자친구가 있잖아?"

"휴!"

그녀는 한숨을 쉬었다.

"왜 그래?"

"만나긴 하는데 사랑은 아닌 것 같아서요. 그냥 무난한 정도. 그래서 고민이에요. 그냥 적당히 결혼해야 하는 건지, 아니면 정말 사랑하는 사람이 나타날 때까지 기다려야 하는 건지."

"그건 김실장이 뭘 원하는가에 달려 있지."

"무슨 말이에요?"

"적당한 사랑을 원하면 그렇게 살 거고. 적당한 결혼을 원하면 그렇게 살 거고. 몸과 마음이 하나가 되는 사랑과 결혼을 원한다면 그렇게 살겠지."

"그게 가능할까요? 몸과 마음이 하나가 되는 사랑과 결혼이."

"불가능하다고 할 순 없겠지."

"원장님은 그런 사랑과 결혼을 하셨나요?"

"그런 건 묻는 게 아냐."

"왜요?"

"대답하기 어려운 문제니까."

"왜요?"

"김실장은 누구지?"

"저는…… 김실장이죠."

"그게 다야?"

"다는 아니고……"

"말을 못하는군. 하지만 그게 답이지."

"무슨 말이에요? 뜬구름 잡는 것 같아요."

"말은 모든 것을 담지 못해. 그건 언제나 부분적이지. 하지만 김실장은 알아. 자기가 누군지. 그럼 그걸로 된 거야. 굳이 말하지 않아도. 나도 그래. 사랑하고, 그래서 결혼했지만 그게 어떤 사랑이고 어떤 결혼이라고 말하긴 어려워. 하지만 알지."

"말이 모든 것을 담을 수는 없다. 금 같은 말인데요."

"금 같긴."

"방금 생각이 났는데, 여긴 동물병원이 아니라 금은방 같아요."

"금은방?"

"금 같은 말을 들을 수 있으니 금은방이죠."

"여기가 금은방 같다면 그건 다 김실장 덕분이지."

"제가 왜요?"

"김실장 덕분에 우리 병원이 이만큼 컸으니까. 손님도 늘고 매출도 늘고. 초라한 동물병원이 금은방이 됐어."

"알아주시니 고마운데요."

"내가 안 알아주면 누가 알아줘? 우리 병원 일등공신인데."

"말만 그러지 말고 생색 좀 내보세요."

김실장이 생글거렸다.

"생색?"

"드라마 보면 공신 같은 경우는 다 상을 받던데요, 임금한테."

"보너스를 원하는 거야?"

"아뇨."

"월급을 올려줘?"

"그건 해마다 올려주시잖아요."

"그럼 뭘 원하지?"

"종신근무요!"

"종신근무?"

"그만두고 싶을 때까지 근무하는 거. 할머니 될 때까지."

“김실장 할머니 될 때까지 있을 생각이야?”
“네.”
“오케이.”
“진짜죠?”
“그래.”
“아! 신난다. 원장님! 냉커피 한 잔 어때요?”
“좋지!”

김실장이 건네는 냉커피를 받아드는데 폰이 울렸다. 모르는 번호가 떴다. 국제전화였다. 통화버튼을 누르자 낯익은 여자의 목소리가 전화기를 타고 흘러나왔다. 유은이었다. 난 말문이 막힌 것처럼 말이 나오지 않았다. 김실장은 누군지 궁금한 얼굴로 날 쳐다봤다. 난 핸폰을 들고 진료실로 들어가 문을 닫았다.
“여기 교토에요.”
“교토? 파리가 아니고.”
“제가 파리에 있었던 건 어찌 알았어요?”
“보영씨한테 들었어.”
“아 개한테 전화 한번 했어요, 파리에서. 약국일 때문에. 약국 그 애한테 넘겼어요. 이제 보영이가 주인이에요.”
“왜 몇 달 동안 연락 한 번을 안 했어?”
“한국을 다 잊고 싶어서요.”

"나도?"

"선배는 빼고요."

그 말에 그녀에게 품었던 서운함이 녹아내렸다.

"기다렸어요. 편안해질 때까지. 복잡한 마음으로 전화하긴 싫어서요. 일본에 와서야 마음이 편안해졌어요. 그래서 제일 먼저 전화하는 거예요."

"한국은 언제 와?"

"글쎄요. 당분간은 갈 일이 없어요. 엄마도 여기 있고."

"그렇게 몇 달씩 밖으로 돌아다녀도 남편이 아무 말도 안 해?"

"남편과는 이혼했어요. 변호사를 통해서."

어설픈 엄마노릇을 했던 전자레인지, 고구마, 생강차의 웃픈 기억이 떠올랐다. 동네 가게 남자들과 어울리는 걸 못마땅하게 생각하고 파리의 그 남자를 떼어놓으려고 애썼던 일도 떠올랐다. 이혼을 막으려고 그랬는데…… 한줄기 아쉬움이 지나갔다.

"괜찮아?"

"네. 괜찮아요. 편안하고."

"네가 잘 살기를 바랐는데."

"결론적으로 잘 살고 있으니 선배 바램대로 된 거죠. 이혼을 했지만 결혼으로 얻은 게 있다면 노력해도 안 되는 일이 있다는 걸 안 거예요. 노력한다고 네모가 세모가 될 수 없는데도 나는 정말 바보처럼 애썼어요. 세모인 내가 네모가 되려고."

"많은 세상 부부들이 네모와 세모로 살고 있지."

"선배는 아니잖아요?"

"그걸 어떻게 알아?"

"집에 가는 게 좋다면서요? 그게 증거에요."

유은에게 내가 집에 가는 것이 좋다고 말한 건 아내와 내가 완벽한 한 쌍의 네모 혹은 세모여서가 아니다. 그때 우린 네모와 세모 그 중간 어딘가에 있었다. 겉으론 한 쌍의 잉꼬부부 같은, 실제론 생활을 공유하는 가족 그 이상도 이하도 아닌. 지금 네모와 세모의 간극은 그 때보다 많이 좁혀졌다. 어떨 땐 완벽한 하나의 네모와 세모 같을 때도 있다. 그 때는 더 없이 좋다. 가끔은 네모와 세모처럼 다를 때도 있다. 그럴 때는 다름이 인식된다. 그럴 때에도 그 이질감은 예전보다 작고 또 견딜만하다. 그럴 때마다 나는 생각한다. 신은 나에게 견딜 만한 아내를 주었다고. 가끔은 무심하지만 변치 않는 마음으로 밥과 빨래를 해주는. 그것도 아주 괜찮은 행운에 속한다고.

"근데, 애는?"

"호호! 선배는 여전하군요."

"뭐가?"

"엄마처럼 말해요."

"엄마처럼?"

"엄마도 그랬거든요. 내가 이혼한다니까 애는 어떻게 할 거냐고."

"걱정돼서."

"알아요."

"뭘?"

"고맙게 생각해요."

"밑도 끝도 없이 무슨 소리야?"

"저 챙기느라 애쓴 거."

"챙기긴, 뭘?"

"전자레인지, 고구마…… 다 저 돌봐주려고 그런 거 알아요. 근데 전 뿔난 망아지처럼 굴었죠. 사랑에 찬물을 끼얹는 선배가 미웠고 짜증이 나서. 근데 시간이 가니까 알겠더라고요. 선배가 어떤 사람인지. 나를 얼마나 아껴줬는지. 선배 같은 사람 만나는 게 얼마나 어려운 일인지."

가슴 밑바닥 눈물샘이 출렁거렸다. 물론 그게 영수가 말하는 여성호르몬의 작용 때문인지는 알 수 없다.

"선배 덕분에 배운 게 많아요. 진짜 사랑이 뭔지도 알고."

"진짜 사랑?"

"조건 없이 저를 생각해 주셨잖아요."

"그건……"

"그게 사랑이죠. 진짜 사랑."

"대단한 거 아닌데……"

"대단한 거예요 선배."

"나도 너한테 배운 거 있어."

"뭐요?"

"진짜든 얼치기든 엄마노릇 쉽지 않다는 거."

"아! 그랬어요? 호호! 미안해요 선배!"

"하나 물어볼 게 있어."

"뭔데요?"

나는 목에 가시처럼 걸려 있는 질문을 조심스레 꺼냈다.

"나한테 엄마노릇 해달라는 거, 그거 술김이었어?"

"아뇨. 진심이었어요."

"네가 술김이라고 했잖아. 그때 약국에서."

"괜히 뿔이 나서 그랬어요. 선배가 쓸데없이 간섭한다 싶어서. 그리고 후회 엄청 했죠."

"아, 그랬어?"

"엄마 해달라는 말은 진심이었어요. 그래서 고마웠고. 나한테 그렇게 자질구레한 것까지 마음 써 준 사람은 평생 없었어요."

유은은 잠시 침묵을 지키다 말을 이었다.

"한국을 나와서도 늘 궁금했어요. 선배가 나한테 왜 그렇게 잘해줬을까? 나한테 뭘 바래서? 아무것도 안 바라고, 언제나 내 걱정을 해주고, 구박까지 받아가며…… 남이 그러긴 정말 어려운 건데. 더구나 선배는 남자잖아요."

"그냥 너를 돕고 싶었어."

"저를 도와요? 저 잘 살았잖아요. 검사 남편에 돈도 많고. 그런 제가 안돼 보였어요?"

"몰라. 난 그냥 힘이 되고 싶었어. 그냥 그러고 싶었어. 네가 어쨌든 잘 살았으면 했고. 그래서 잔소리가 많았지."

"저 생각해서 그러신 거 알아요."

"그래도 미안해. 내가 너무 쓸데없이 끼어들어 너를 힘들게 했어."

"다 저 생각해서 그런 거 알아요. 그땐 제가 너무 여유가 없었어요. 근데 이젠 좀 어른이 된 것 같아요. 사는 게 뭔지도 알겠고 내가 살아갈 인생도 보이고. 서울에선 그게 하나도 안 보였어요."

"다행이다."

"근데 그 넓은 서울에서 어떻게 선배를 만났을까요? 아무리 생각해도 기적 같아요."

"너를 생각하면 언제나 아득한 우주공간을 가로질러 엄청나게 희귀한 확률로 지구에 떨어지는 별똥별이 생각나."

"선배가 바로 그 별똥별인지도 모르겠네요."

임진왜란의 꿈이 생각났다. 여전히 오리무중인 꿈속의 두 여

자. 그중 어떤 여자가 지금의 유은일까?

"근데 거기선 어떻게 지내?"

"공부해요."

"또 학교 들어갔어?"

"아뇨. 집에서 사케 만드는 거 배우고 있어요."

"사케?"

"일본 아빠가 대대로 사케 만드는 집안이라고 했잖아요. 아이 학교 보내고 혼자 있는 게 심심해서 하게 됐는데 생각보다 되게 재밌어요."

"아, 그래."

"사케 만들 때 쌀알 한 알 한 알 변해 가는 걸 보면 너무 신기해요. 쌀알이 익을 때 그것들이 오글대는 걸 보면 뭐, 자식 기다리는 산모 같은 느낌이 들고."

"무슨 말인지 알겠다."

"선배는 어때요?"

"뭐 그럭저럭."

"동물병원은요?"

"맨날 똑같지 뭐. 강아지 고양이 똥구녕 보는 거."

"호호! 똥구녕!"

"사실이니까."

"그래도 그 덕분에 잘 살고 있잖아요."

"그래서 걔네들에게 감사하고 있어."

"선배! 사람이 죽으란 법은 없나 봐요. 정말 죽을 것 같았는데, 정말 죽고 싶었는데. 그런 생각들이 사라져 버렸어요."

"우린 죽으려고 태어난 게 아니지. 그러려면 아예 태어나지도 말았어야 하고."

"네. 사는 날까지 열심히 살 거예요."

"잘 생각했어."

"여기 사람들 일하다가 사케가 완성되면 맛보려고 한 모금씩 해요. 어떤 사람들은 술에 취해서 대낮부터 얼굴이 벌겋고. 일 때문에 그런 거니 뭐라 하는 사람은 없는데 그런 걸 보고 있으면 너무 웃겨요. 일하느라 대낮부터 술에 취해 비틀거리니."

"재밌네."

"그 사람들 때문에 진짜 인생이 뭔지 알았어요. 가짜 인생이 뭔지도 알았고."

"진짜 인생이 있고 가짜 인생이 있어? 그게 뭔데? 나도 좀 알자."

"진짜 인생엔…… 즐거움이 있어요. 영혼 충만한 즐거움! 가짜 인생은 그게 없어요. 한국에서 내 인생이 그랬어요. 다신 그런 가짜 인생은 살지 않을 거예요."

"영혼 충만한 즐거움! 좋은 얘기군."

"선배를 만난 것도 그런 일이었어요. 영혼의 대화를 했고 영혼의 술잔을 마셨고. 아름다운 시간들이었어요. 선배! 지금 술독에 가봐야 돼요. 또 연락할게요. 참, 이 번호로 아무 때나 전화하셔도 돼요. 선배는 언제나요."

"언제나?"

"네. 서울엄마니까요."

전화를 끊고 나서도 서울엄마라는 유은의 목소리가 메아리처럼 머릿속을 맴돌았다. 서울엄마라는 그녀의 목소리엔 지난날의 우울하고 어두운 기색은 없었다. 사랑했던 사람을 잃고 날개 잃은 새처럼 처져 있던 그녀에게선 거짓말처럼 생기가 돌았다.

어설픈 엄마노릇에 대한 그녀의 감사는 전혀 기대하지 못한 것이었다. 코끝이 찡했다. 잠시잠깐 그녀가 여자로 보였던 일과 엄마처럼 그녀를 돌보려는 마음 사이에서 오갔던 감정의 줄타기가 한 편의 옛이야기처럼 아련했다. 핸폰 너머 그녀의 목소리는 더 이상 들리지 않는다. 그녀를 다시 보게 될 기약은 없다. 그러나 나는 편안했고 고요했다. 오랜 마라톤레이스에서 마침내 이른 결승점처럼 내 맘속엔 어떤 바람도 욕구도 없었다. 유은이 일본에 있고 내가 한국에 있다는 물리적 거리가 주는 그 어떤 단절도 없었다. 그 순간 나는 유은과 하나였다. 잊혀졌던 타로 여자의 말이 불현듯 생각났다.

"영육의 결합에서 오는 감정이 뭔지 아세요?"

"뭔가요?"

"고요함입니다. 깊고 충만한 고요함! 가장 높은 단계의 지복이죠. 당신에게 그런 느낌이 든다면 그때 당신은 영육의 합일이란 목표에 도달한 거예요. 물론 욕망이 작용할 때 그 행복감은 사라집니다. 그러나 육신이 육의 욕망에 매달리지 않을 때, 육신이 육의 욕망을 넘어설 때, 영육의 합일에서 오는 깊고 충만한 고요함은 결코 사라지지 않아요. 저도 그걸 경험했어요. 당신도 그걸 경험하게 될 겁니다."

하늘이 우르릉거리더니 소나기가 쏟아지기 시작했다. 빗소리에 창밖을 내다보니 갑작스런 비에 미처 우산을 준비하지 못한 사람들이 여기저기 뜀박질을 하고 있었다. 잠시 후 조금 전까지 길에 있던 사람들은 온데간데없이 사라졌고 길은 텅 비었다. 나타나고 사라지는 사람들을 저 길에서 나는 오래 보아 왔다. 비어 있는 것은 채워지고 채워진 것은 비워진다는 단순한 진실도.

"원장님!"

돌아보니 김실장이 진료실 문을 열고 날 보고 있었다.

"뭐 하시는 거예요? 불러도 못 들으시고."

"비를 보느라. 정말 시원하게도 오네."

"비는 그만 보시고, 환자 보시죠."

그녀가 손가락으로 로비를 가리켰다. 거기엔 강아지를 안고 있는 한 중년여자가 있었다. 김실장의 안내로 진료실로 들어선 그녀의 품에 있는 건 작은 말티즈였다. 어디가 아픈지 녀석은 애처로운 눈으로 날 보고 있었다. 녀석을 보자 갑자기 울컥하는 느낌이 났다. 강아지를 보고 그런 느낌이 든 건 처음이었다. 개나 고양이를 진료할 때마다 일어났던 지겨움은 어디론지 사라지고 없었다. 녀석들을 볼 때마다 의도적으로 떠올리던 비발디의 바이올린이나 라흐마니노프의 피아노도 생각나지 않았다. 난 마치 엄마가 자신의 사랑하는 아이를 돌보듯 녀석을 조심스레 어루만지고 있었다.

"많이 아파? 이제 곧 괜찮아질 거야. 겁내지 마."

녀석은 정말 내 말을 알아듣는 듯 눈빛이 고요해졌다. 강아지를 품에 안은 여자는 그런 나를 보고 놀란 눈을 했다.

"이상하군요. 우리 애는 저 아니면 아무도 못 만지는데… 역시 의사선생님이 다르네요."

"아! 제가 동물을 좋아해요. 애들 덕분에 먹고 살고 철도 들고."

김실장은 미소를 지었다. 어느새 비가 개었는지 바깥에서 행상트럭의 확성기 소리가 들렸다. “참욉니다 참외! 잘 익은 참욉니다. 어서 오세요. 달고 맛있는 참욉니다.” 아카시아가 피는 5월의 오후였다.

- 끝 -

지은이 김명주

대학에서 프랑스어를 전공하고 고등학교에서 프랑스어를 가르쳤다. 재직 중 극작가로 등단하였으며, 2002년 명상 육아서 『내안에 등불을 든 아이』를 펴냈다. 뜻한 바 있어 2010년 명퇴를 하고 봉화산골로 들어가 농사와 글쓰기, 명상수행을 하였다. 2017년 노작문학상(희곡)을 수상하였으며, 오랜 명상수행의 결실로 불면증 치유의 근본적 해법을 담은 『불면증, 즉각 벗어날 수 있다』를 출간하고 불면증으로 고생하는 분들을 돕고 있다. 2019년 자유문학(시부분)으로 등단하였으며, 시집 『햇살 속을 걸어갑니다』(김하진/필명)를 펴냈다.

현 : 하라명상치유의집 원장 (불면증치유센터)

email : moiet@hanmail.net

한 남자가 한 여자의 엄마가 되었다

초판 1쇄 인쇄 2023년 4월 21일 | **초판 1쇄 발행** 2023년 4월 28일

저자 김명주 | **펴낸이** 김시열

펴낸곳 도서출판 자유문고

(02832) 서울시 성북구 동소문로 67-1 성심빌딩 3층

전화 (02) 2637-8988 | **팩스** (02) 2676-9759

ISBN 978-89-7030-170-9 03810　값 17,000원

http://cafe.daum.net/jayumungo